COLLECTION
FOLIO/ACTUEL

Alain Minc

Le nouveau Moyen Âge

Gallimard

Observateur des tendances du monde contemporain, Alain Minc s'est fait connaître du grand public par quelques essais, notamment le *Rapport sur l'informatisation de la société,* en collaboration avec Simon Nora, *La machine égalitaire, La vengeance des nations,* et, plus récemment, un *Rapport à Monsieur le Premier ministre.*

INTRODUCTION

Je ne sais pas si l'Histoire est tragique, mais je suis convaincu qu'il faut faire comme si elle l'était, afin qu'elle ne le soit pas.

Après s'être accommodé des pires massacres et des dictatures les plus folles, l'optimisme historique s'efface : un règne de plus de trois siècles s'achève, qui avait postulé à la fois le progrès et l'ordre. Progrès, croyait-on, de notre civilisation, puisque malgré ses faux pas, l'Histoire se devait d'aller dans la bonne direction : le millénarisme communiste n'aura fait que pousser jusqu'à l'absurde cette conviction. Ordre, parallèlement, du monde qui finissait par trouver un équilibre, impérialisme, colonialisme ou concert des nations aidant... Tels allaient, disait-on, les Temps Modernes. Un cycle ne se bouclerait-il pas qui, par une apparente régression, nous ramènerait vers un nouveau Moyen Âge ?

L'idée n'est étrangement pas neuve et Berdiaev se l'était, en son temps, appropriée : « J'appelle conventionnellement nouveau Moyen Âge la chute du principe légitime du pouvoir et du principe juridique des monarchies et des démocraties et son remplacement par le principe de la force, de l'énergie vitale, des unions et des groupes sociaux spontanés. » Ni la force ni l'énergie vitale ne paraissent aujourd'hui aussi menaçants, mais pour le reste, effacement de l'ordre légitime, apparition de structures floues et aléatoires, triomphe du spontané, les assonances sont multiples.

Tout ne procède certes pas de la chute du communisme, mais tout s'y ramène. À l'aune des grands effondrements, l'onde de choc est sans égale depuis peut-être la disparition de l'Empire romain. La fin de l'Empire ottoman, l'émiettement de l'Autriche-Hongrie, l'écrasement des tentatives impériales allemandes sembleront, par comparaison, des événements régionaux. Parce qu'il se voulait empire mondial, l'empire soviétique avait réussi à conditionner le monde entier : dans ses États bien sûr; dans son orbite à l'évidence, mais aussi chez ses adversaires dont bouc émissaire ou menace, fantasme ou partenaire, il dominait l'avenir. Cette « performance »-là, aucun autre empire n'y était jamais parvenu : même Rome que les barbares éloignés pouvaient ignorer. D'un tel séisme, la mort du communisme, nul ne sort indemne. L'après-communisme ne se résume ni au triomphe incontesté de l'économie de marché, ni à la vengeance des nations, ni à un hypothétique imperium américain. Il n'existe aucune conséquence dominante et exclusive. Toutes sont vraies et toutes sont erronées. C'est cette incapacité de découvrir le principe fondateur du monde postcommuniste qui, à sa manière, nous ramène à un nouveau Moyen Âge.

Nouveau Moyen Âge, en effet : l'absence de systèmes organisés, la disparition de tout centre, l'apparition de solidarités fluides et évanescentes, l'indétermination, l'aléa, le flou. Nouveau Moyen Âge : le développement de « zones grises » qui se multiplient hors de toute autorité, du désordre russe au grignotage des sociétés riches par les mafias et la corruption. Nouveau Moyen Âge : l'affaissement de la raison, comme principe fondateur, au profit d'idéologies primaires et de superstitions si longtemps disparues. Nouveau Moyen Âge : le retour des crises, des secousses et des spasmes, comme décor de notre quotidien. Nouveau Moyen Âge : la place de plus en plus réduite de l'univers « ordonné » face à des espaces et des sociétés, eux, de plus en plus imperméables à nos instruments d'action, voire à nos capacités d'analyse.

Sommes-nous, avec ce nouveau Moyen Âge, à la veille d'une période longue ou d'une simple parenthèse, brutale mais brève ? L'accélération du temps, chaque jour plus impressionnante, joue-t-elle sur un phénomène de cette ampleur ? Ce Moyen Âge-là se déroulera-t-il sur un temps accéléré avec ses haute et basse époques ? Interrogations évidemment sans réponse, hormis une conviction. Ce qui se comptait autrefois en siècles, se mesurera au moins en décennies, de sorte que notre génération ne connaîtra pas de son vivant d'autre horizon que celui-là : nous devons en prendre notre parti.

Pour nos esprits cartésiens, cette révolution équivaut à une régression et nous risquons de n'apporter d'autre réponse que la passivité. Trous noirs, désordres, incohérences, solidarités imprévues : autant d'analogies avec le premier Moyen Âge, jusqu'à céder en cette fin de siècle, à un nouveau millénarisme : après la grande peur de l'an 1000, le désarroi de l'an 2000 ? Ce serait à désespérer : aurions-nous si peu progressé ?

À nous, bien au contraire, de penser l'incertain avec le même soin qu'autrefois le probable, d'inventer de nouveaux concepts, de réestimer le rôle de l'État, d'essayer de réagencer les jeux complexes de poulies et de contrepoids qui structurent les rapports internationaux ! Du nouveau, enfin ! Hier, nous avions le droit d'être fatalistes par optimisme ; nous devons désormais être audacieux par pessimisme.

PREMIÈRE PARTIE

L'ère du flou

CHAPITRE 1

LE CONTINENT DU CHAOS?

Qu'il est loin le temps des rêves élégiaques, de la fin de l'Histoire et des propos naïfs sur la paix universelle [1] qui ont suivi la chute du Mur de Berlin! Que n'aura-t-on entendu? Le progrès, la paix, la reprise économique, le rattrapage quasi instantané des pays de l'Est, l'équilibre et la prospérité de l'Atlantique à l'Oural...

La réalité a rapidement fait façon de ces premières illusions. Il en demeure d'autres, substituts aux premières et qui, toutes, cherchent à justifier l'équilibre du continent : la conviction inavouée que l'Ouest riche est, pour l'essentiel, à l'abri des soubresauts de l'Est pauvre, que les explosions et les accidents pourront être circonscrits, et – plus superficiel encore! – que la Russie a adopté définitivement une posture mi-amicale, mi-humiliée qui la verra se soumettre à l'Occident et jouer sa partition mezza voce en échange de quelques milliards de dollars. Faudra-t-il encore longtemps aux Européens pour comprendre qu'ils ont troqué un monde avec une menace mais sans risques, pour un univers sans menace mais avec risques? Combien de secousses et de

1. Pour avoir écrit le surlendemain de la chute du Mur : « Mes enfants connaîtront non plus la guerre, mais des guerres en Europe », combien de remarques narquoises ou méprisantes n'ai-je pas recueillies...

spasmes seront-ils nécessaires pour leur faire admettre que le continent est « un », que les ondes de choc – économiques, démographiques, idéologiques – parties de Moscou, de Ljubljana ou de Varsovie se répercuteront à Milan – c'est déjà le cas –, à Glasgow, à Madrid ou Paris ?

Les éléments de désordre sont innombrables : ils ne se produiront certes pas tous au même moment ; ils ne sont pas tous fatals ; ils ne s'enchaîneront pas les uns les autres, mais ils sont là, qui surplombent les décennies à venir. Et à ces menaces, latentes ou fortes, virtuelles ou réelles, il n'existe aucun mécanisme régulateur, aucune « cybernétique de l'Histoire » qui, telle une corde de rappel, ramènerait le monde vers un ordre minimum. Ni guerre froide, ni alliances internationales, ni impérialismes locaux ne fonctionnent. Tel est donc le nouveau Moyen Âge : aléatoire, incertain, flou.

Désordre, le retour du tribalisme. Tribalisme, en effet et non nationalisme : le premier met l'accent sur le sol, le sang, l'identité ; le second, moins monolithique, laisse parfois place à l'adhésion ou à l'ouverture. Sorties du congélateur de l'Histoire, telles qu'elles y étaient entrées entre 1917 et 1947, les sociétés de l'Europe de l'Est n'ont pas pu accomplir le travail de maturation, la réflexion et l'action sur elles-mêmes qu'ont menées, des décennies durant, leurs congénères de l'Ouest. Les fantasmes resurgissent, vierges de toute modification. D'abord le bouc émissaire juif, même dans cette Pologne dont le judaïsme a été rayé de la carte, et à Moscou où il suscite la même agressivité qu'à l'époque des Protocoles des Sages de Sion. Ensuite, la haine des tziganes, peuple mobile et insaisissable dont le mode de vie se heurte aux remugles du sol nourricier, de la terre qui, là-bas non plus, « ne ment pas » et aux réflexes ethniques les plus classiques. Le refus de l'autre enfin, le rejet des minorités, la peur du cosmopolitisme, la violence et l'hostilité, au minimum verbales...

Certes, depuis que leur espace s'est ouvert au capitalisme, certains de ces pays voient peu à peu le marché, l'échange, les premiers signes d'extraversion faire baisser la pression. La Pologne de 1994 est sans doute moins antisémite que celle de 1990 lors de sa première campagne présidentielle; le gouvernement démocrate-chrétien de Budapest résiste, bec et ongles, aux surenchères de ses extrémistes; les Tchèques font un argument de promotion touristique de leur extrême civilisation. Mais en dehors de ces trois pays qui ont entamé une transition heurtée et peut-être gagnante vers la démocratie et le marché et dont les miasmes xénophobes n'ont pourtant pas disparu, tous les autres sont à la merci d'un tribalisme auquel a correspondu, en écho, le retour des aspirations identitaires à l'Ouest. Celles-ci illustrent une fois de plus la remarque de Renan dans la *Vie de Jésus* : « L'Histoire est pleine de synchronismes étranges qui font que, sans avoir communiqué entre elles, des fractions de l'espèce humaine, très éloignées les unes des autres, arrivent en même temps à des idées et des imaginations presque identiques. »

Aux Slovènes, en mal d'indépendance par égoïsme fiscal, répondait à ses débuts la Ligue Lombarde avant que la révolution italienne ne la transforme, presque contre son gré, en parti national. Aux Tchèques, les Flamands et aux Slovaques, les Wallons, à moins que le quadrille se danse dans l'autre sens : Tchèques, Wallons; Flamands, Slovaques. Aux Moldaves, les Écossais; aux Arméniens, les Catalans... Le régionalisme s'était atténué, à l'Ouest, au rythme de la construction européenne, comme si l'apparition probable d'un super-État plus lointain rendait plus tolérable la cohabitation avec le vieil État mitoyen et abusif. L'exemple de l'Est autant que la disparition du rêve d'une Europe fédérale – du moins à échéance humaine – auront réveillé le démon.

Pour avoir démontré au monde entier, avec leur divorce de velours, qu'un État peut connaître à son tour la parthénogenèse, Tchèques et Slovaques auront rendu plausible l'improbable : après un tel exemple, qui peut garantir que la Belgique, même fédérale, passera sans encombre le cap de l'an 2000 ? Qui peut assurer que l'Italie n'est pas en train de revivre à l'envers l'épopée de Cavour, et de passer du statut, pour elle récent, d'État-nation à celui qui lui est plus familier, d'une nation en ses États ? Jusqu'où iront désormais l'irrédentisme écossais, l'autonomie catalane, sans même compter le conflit irlandais et l'indépendantisme basque, voués moins que jamais à l'apaisement ? À ce jeu-là, seules l'Allemagne et la France sont protégées et ce pour des raisons diamétralement opposées : la première, peuple avant d'être un État, entretient avec l'espace une relation floue ; la seconde, État-nation, bénéficie d'une cohésion sans équivalent que les modestes soubresauts corses n'arrivent guère à entamer.

Ce tribalisme-là ne nous promet pas un simple retour au dix-neuvième siècle : il risque, en effet, d'entrer en résonance avec les frustrations économiques. Lorsque les nations s'éveillaient en 1848, elles le faisaient avec, pour toile de fond, une économie assez homogène. Rien de commun avec les formidables écarts que l'accélération du dynamisme capitaliste et le désastre communiste ont suscités. Avec une économie devenue l' « ultima ratio », les aspirations à la consommation un but vital, la richesse la valeur suprême, et l'argent la référence absolue, les aléas de la transition vers le marché aggravent le désarroi des populations et donc la tentation pour elles de se réfugier dans des fantasmagories ethniques.

De même que les Occidentaux rêvaient, le Mur détruit, de paix définitive, les Orientaux s'imaginaient rejoindre, après quelques années de sacrifice, le nirvana capitaliste. Jamais ils n'ont compris que le marché était une ascèse sans fin, que le rattrapage était, à vue humaine, une utopie et que les premières purges seraient synonymes de dégradation pour le pouvoir d'achat comme pour l'emploi. Ils rêvaient d'un marché à l'anglo-saxonne ; ils auront découvert la jungle : qu'est-ce d'autre en effet que le capitalisme sans des règles de droit ? Ils imaginaient parcourir, en accéléré, le film du développement traditionnel : accumulation primitive, investissement, naissance d'une classe d'entrepreneurs ; ils n'auront connu jusqu'à présent que les charmes des circuits illicites de distribution, le marché parallèle, la chasse aux dollars et l'apparition de cette classe dominante à laquelle Marx n'avait pas pensé : la mafia.

Certes, le décor n'est pas aussi noir partout. Préparée à l'économie de marché par le « kadarisme [1] », cet ersatz du capitalisme – ce n'était pas le capitalisme, mais cela en avait le goût –, la Hongrie entre dans le moule. Forte d'une tradition industrielle qui lui permet d'offrir un savoir-faire presque à l'allemande, à des coûts proches du Tiers Monde, la nouvelle République Tchèque réussira, elle aussi, sa transition. De même sans doute que la Pologne, partie plus tôt, profitant de sa mitoyenneté avec l'Allemagne et appuyée sur une société civile sophistiquée. Ou la Slovénie, « Hinterland » heureux d'une opulente Autriche.

Mais pour le reste et a fortiori en Russie, le désarroi économique risque de fournir le meilleur alibi au tribalisme : il faut une dose collective de raison, au-delà de la normale, pour accepter un traumatisme dont on ne voit ni la fin ni les effets, mais exclusivement les profiteurs et les prévaricateurs. Le discours désespéré sur l'aide occidentale porte en germe ce dérapage : il fournira, le moment venu, un parfait alibi. L'Occident sera responsable de ne pas avoir assez donné :

1. Du nom de Janos Kadar, Premier ministre depuis l'insurrection de Budapest en 1956 et qui s'est révélé le plus réformiste des leaders communistes.

enfin un bouc émissaire crédible ! Le pire n'est jamais sûr, mais au jeu des hypothèses, il constitue pour nous la référence de départ. Aux Balkans près, les cinq ans d'instabilité paisible que viennent de vivre les anciens pays communistes ne préjugent pas de lendemains qui chanteraient moins.

Désordre bien sûr les mouvements de population. Protégés des migrations par l'énorme « édredon » allemand, les Français ne mesurent pas le phénomène. Eux qui ont absorbé, il y a trente ans, un seul million de « pieds-noirs », qu'affolent cent mille immigrés clandestins par an et qui, bien que patrie de l'aide humanitaire, se sont contentés d'accueillir quelques milliers de réfugiés yougoslaves, ne mesurent pas la révolution démographique que vit, avec une vraie tempérance, l'Allemagne. Ce ne sont pas un million, mais dix-sept millions de « pieds-noirs » qu'elle doit intégrer, ni cent mille clandestins mais plus de cinq cent mille immigrés officiels par an, dont deux cent mille Yougoslaves en mal d'asile, auxquels s'ajoutent des illégaux en bien plus grand nombre que chez nous. Un formidable transfert de population se déroule à l'est du Rhin, dont nous ne percevons que les effets les plus lointains : les Allemands cherchent à se protéger des clandestins en provenance de Pologne qui, elle, essaie de bloquer les arrivants de Roumanie, laquelle, elle-même, voudrait se mettre à l'abri des migrants russes. Une partie de dominos invisible, à coups de centaines de milliers d'immigrés se joue, le long d'une ligne qui, de Moscou à Francfort, mesure, chaque cent kilomètres, une prospérité toujours plus insolente. Elle ne connaîtra pas de terme, comme l'irrésistible pression que le Mexique n'a cessé d'exercer, depuis des décennies, sur les États-Unis, jusqu'au jour où de guerre lasse, ceux-ci ont décidé d'ouvrir leur frontière aux produits exportés, espérant de la sorte fixer les Mexicains chez eux, mais avec le risque probable d'accueillir à la fois les exportations et les hommes.

Par comparaison l'immigration en provenance du Sud paraît presque bénigne. Là aussi, sans le savoir, la France est protégée. Ce seront désormais les quatre pays latins, et non plus elle seule, qui serviront de terre d'accueil. Jusqu'à présent pays d'émigration et non d'immigration, l'Italie, l'Espagne et le Portugal commencent à connaître un séisme démographique. Démunis de toute pratique administrative, juridique, culturelle du phénomène immigré, ils commencent à accueillir en masse Africains, Marocains, Maghrébins pour lesquels, depuis Nouakchott ou Fès, Milan vaut Lyon, Barcelone Toulouse, voire Lisbonne Marseille. De là une partie de main chaude pleine d'hypocrisie qui voit les Français espérer que l'Espagne et l'Italie ne seront plus de simples pays de transit, et ces dernières essayer de pousser les arrivants au moins autant vers la France que vers leurs patries d'origine dont ils n'auront de cesse que de s'enfuir à nouveau.

Derrière ce double flux d'immigration, sans limites, du Sud vers le Nord, de l'Est vers l'Ouest, se profile à terme une césure entre les deux Europe, latine et centrale : elles connaîtront des angoisses différentes en termes d'identité, de relation à autrui, de perception de l'autre. Existe-t-il pire divorce que celui entre des imaginaires et des fantasmes? Un Allemand s'inquiète de l'Est et, au mieux, se rassure à l'Ouest; un latin s'angoisse à partir du Sud mais ne trouve guère de réconfort à l'Est. Et, au milieu, après avoir été les premiers à cristalliser leur malaise sur l'immigration, les Français apparaissent paradoxalement, et sans qu'ils en soient conscients, comme des privilégiés. Privilégiés, parce que tenus à distance du charivari démographique de l'Est par l'Allemagne. Privilégiés, puisque partageant désormais avec les autres pays latins la pression en provenance du Sud. Privilégiés parce que forts d'une expérience administrative et politique quasi séculaire, ils semblent, quoi qu'ils en pensent, à même de maîtriser un phénomène qui devrait, vis-à-vis d'eux, demeurer dans des limites raisonnables.

Désordre avec la perspective d'être adossés, notre vie durant, à un trou noir à l'Est. Faut-il que cette réalité soit insaisissable pour recourir au concept le plus sophistiqué des astrophysiciens! Pour nous dont la vision du monde a été structurée, en bien ou en mal, par la présence de l'Union Soviétique, rien n'est plus difficile à imaginer que le vide se substituant au plus hiératique des États-empires. L'URSS tenait le continent, comme un échafaudage un mur branlant : nous sommes devenus européens contre elle, donc grâce à elle. Nous devons nous faire à l'idée que nous ne connaîtrons plus jamais du côté de Moscou l'ordre, au sens classique du terme : un territoire, un État, des règles du jeu, un système de pouvoirs toujours lisible.

Il ne reste, face à ce continent désormais inconnu, que la vieille boîte à outils de Braudel. Une insertion dans l'économie-monde : les matières premières et, un jour, le pétrole affermés aux grandes compagnies occidentales, à l'instar de ce qu'ont dû accepter, il y a cinquante ans, les États arabes, ce qui donnera aux Russes le minimum vital de devises. Des « joint-ventures », zones de quasi-extraterritorialité, comme l'étaient les concessions dans la Chine du début du siècle, où les entreprises capitalistes emploieront une main-d'œuvre presque gratuite sans être assujetties au moindre impôt. Des acteurs financiers occidentaux qui sauront trouver, en termes de rentabilité, une opportunité sans pareille dans l'importation de produits de luxe pour la bourgeoisie « comprador ».

Un étage d'économie de marché que l'absence de règles juridiques, de droit commercial, de droit civil, de droit de l'urbanisme et évidemment de droit du travail fait davantage ressembler à une jungle, où marché noir et marché légal se superposent, puisqu'il n'existe aucune règle pour les différencier. Domine de ce fait une myriade de mafias locales en voie de s'unifier, après maints conflits, en une camorra de niveau international, susceptible de s'affronter ou de coopérer avec ses grandes concurrentes européennes ou américaines.

Un étage, enfin, d'économie de subsistance, dont l'efficacité, aujourd'hui incertaine, dépendra de l'aptitude des Russes à redevenir des koulaks, c'est-à-dire des paysans mus par le plus simple et le plus complexe des réflexes : le sens de leur propre intérêt. Avec, en surplomb, un système politique qui nous rappelle, lui aussi, le Moyen Âge : au cœur, un pouvoir symbolique, doté de l'attribut nietzschéen que représente le feu nucléaire, détenteur, en apparence, de la souveraineté et héritier de la tradition historique russe; autour de lui des centres de responsabilités autonomes, là une région, ailleurs un conglomérat industriel, parfois un appareil technique, dirigés par de grands vassaux en négociation permanente avec le suzerain moscovite, qui n'acceptent que certains ordres et s'estiment seuls juges des intérêts de leurs mandants.

Cette Russie-là est-elle si différente de celle de Michel Strogoff? Les Occidentaux se dupent, lorsqu'ils imaginent que les complots de couloir à l'intérieur du Kremlin sont représentatifs des rapports de forces au sein du continent. Il ne s'agit que d'intrigues à la cour du tsar. Le retour à un vrai pouvoir centralisé passerait par une répression hors de portée d'une armée devenue elle-même la maquette des tensions qui agitent le pays. Mais paradoxalement ce « trou noir », économique et sociologique, ne signifie pas que le résidu d'autorité centrale, à laquelle s'assimile la Russie, soit vis-à-vis du monde extérieur une « non-puissance ». Le poids de l'Histoire et le nucléaire suffiraient, à eux seuls, à l'empêcher.

De là l'incertitude née de l'affrontement au sein des élites entre la tentation occidentale et la tentation slave qui finissent d'ailleurs par cohabiter, davantage qu'elles s'excommunient. De là la difficulté, pour nous, à imaginer que la Russie ait définitivement renoncé à toute forme d'union vis-à-vis de l'Ukraine, c'est-à-dire en clair, d'impérialisme. De là les difficultés de Moscou à régler son contentieux avec le Japon, par attachement aux Kouriles et à l'île Sakhaline, misérables arpents de terre au large de la Sibérie. De là le désir des Russes de tenir leur rang dans ce « concert des nations » nouvelle formule, auquel veulent ressembler les jeux onusiens. De là les réminiscences de solidarités slave et orthodoxe, de la part de nomenklaturistes communistes devenus les partisans les plus acharnés d'une alliance du glaive et du goupillon. De là le risque pour nous de voir les Russes se lasser de supplier, de mendier et de jouer les bons élèves d'une classe internationale qui les méprise trop ostensiblement.

Pour des cartésiens familiers des structures claires et d'un ordre du monde en apparence rationnel, que de difficultés à appréhender une réalité aussi fuyante, faite d'un demi-pouvoir en déshérence, d'un tissu économique émietté et d'une société qui échappe aux canons les plus classiques ! La Russie s'identifie, peut-être et à sa manière, à un système stable, mais à nos yeux, elle est synonyme de désordre.

Désordre aussi l'irrésistible force centrifuge qui, partie de l'Est, a gagné l'Ouest du continent. Qui aurait imaginé, il y a cinq ans, un des pays phares de la construction européenne, l'Italie, en proie à une révolution telle qu'aucun autre État démocratique n'en a connu depuis des décennies ? Révolution, en effet, au sens propre du mot, c'est-à-dire satisfaisant aux deux critères qui l'ont toujours caractérisée : l'engloutissement des élites en place, sans qu'apparaissent clairement les dirigeants de demain; l'indétermination absolue de l'avenir.

L'Italie vit, à sa manière, sa période 1789–1795. Avec une « guillotine sèche » qui décapite les responsables politiques et économiques. Avec une « loi de proscription » qui fera des aristocrates hier du pouvoir, des exilés, demain, de l'intérieur : libres certes, riches bien sûr, rentiers par la force des choses, mais privés de tous droits politiques et civils. Avec l'opinion publique dans le rôle des sans-culottes il y a deux siècles. Avec les journaux dans la position confortable de justiciers. Avec les délateurs, en quête de salut individuel et en l'occurrence de levée d'écrou, grâce à leurs dénonciations. Avec l'étranger, avide cette fois-ci, non pas de reconquête territoriale, mais de rachats d'entreprises que leurs propriétaires devront vendre, pour payer leurs amendes, se mettre en conformité avec la loi, ou plus simplement parce qu'ils ont perdu toute légitimité.

Thermidor adviendra : mais quand? Nul ne le sait. Et pour quel avenir? Deux scénarios sont imaginables, aussi plausibles l'un que l'autre. L'un, rose, voit une nouvelle génération politique émerger, les institutions recouvrer leur équilibre, les redressements financiers se poursuivre et l'Italie, en quelques années, rejoindre le cœur de l'Europe qu'elle aura simplement abandonné, le temps d'une parenthèse. L'autre, gris, imagine le nouveau système électoral en train de propulser les Ligues à la tête du Nord, les anciens communistes aux commandes en Émilie-Romagne et au Centre, et la part la plus mafieuse de la démocratie chrétienne aux manettes dans le Sud. Cette Italie-là sera-t-elle encore une réalité politique ou une pure identité culturelle, avec la frontière entre l'Occident et l'Orient se situant quelque part entre Florence et Rome? Toute la géographie européenne en serait bousculée. Mais l'Histoire est aujourd'hui sur le fil : elle peut basculer d'un côté ou de l'autre. L'incertitude italienne pèse sur l'avenir du continent, au moins autant que maints soubresauts à l'Est, même si les apparences encore civilisées de cette révolution en occultent la formidable intensité [1].

À cette aune-là, les difficultés allemandes sembleraient, par comparaison, ténues. Au-delà du coût toujours plus élevé de la réunification, des tensions qui en ont résulté pour le système national de consensus, des aléas immédiats de la récession, il demeure une question plus essentielle qui alimente les arrière-pensées angoissées des dirigeants : les dix-huit millions de « pieds-noirs » de l'Est, deviendront-ils, la transition accomplie, des citoyens modèles dans cette démocratie la plus achevée d'Europe, en termes de pouvoirs et contre-pouvoirs ? Entreront-ils dans cette organisation qui, du Bund aux Länder, du patronat aux syndicats, des Églises aux fondations, des partis aux associations, maille la société ? Ou, au contraire, incapables d'adhésions multiples, ne reconnaissant au fond d'eux-mêmes que l'État tutélaire ou l'anarchie individualiste, deviendront-ils un terrible déstabilisateur, le germe de décomposition du système, la proie des populistes ou le terreau, idéal pour les mafias en tous genres, qu'attire le mélange d'un pouvoir d'achat élevé et d'un État affaibli ? L'inquiétude sur la société allemande dépasse de beaucoup celle sur l'économie : à la seconde, le temps et l'argent apporteront une réponse...

À ce mouvement centrifuge n'échappe aucun acteur clef du continent, outre l'Italie et l'Allemagne. La Grande-Bretagne ? Elle ne se sent liée qu'à l'Europe de ses vœux : un continent libre-échangiste où les puissances continuent leurs jeux d'influence les plus traditionnels, fussent-ils, cette fois-ci pacifiques. Ce n'est pourtant plus son lien privilégié avec les États-

1. Cf. *infra*, chap. 6, « Le retour des révolutions ».

Unis qui devrait la conduire désormais à pratiquer ce que les psychanalystes appellent le « dedans dehors », dès lors que son partenaire d'outre-Atlantique se veut, nolens volens, de moins en moins européen. L'Espagne ? L'œil rivé sur la montée du tribalisme, et la politique si subtile des Catalans, d'autant plus européens qu'ils desserrent, de la sorte, la tutelle de l'État central, Madrid n'est plus l'élève exemplaire d'il y a quelques années. À croire qu'ayant tiré du mythe européen le meilleur, en l'occurrence l'accélération de leur modernisation, les Espagnols cèdent à leur tour à la tentation de l'introspection, comme si l'humeur idéologique qui prévaut au nord des Pyrénées finissait toujours par s'imposer au Sud... Quant à nous, nous oscillons entre les deux traditions, gaulliste et européenne fédéraliste, après avoir cru jusqu'au référendum de septembre 1992 que François Mitterrand les avait durablement rapprochées. Mais par comparaison nous ne manquons pas d'atouts [1].

Désordre, dans cet esprit, l'inévitable retrait américain. Il fallait être un marxiste bien primaire pour imaginer les États-Unis, telle une puissance impérialiste, assouvissant en Europe un dessein exclusif de domination. République impériale, et non impérialiste, ils subissaient leur propre dynamisme, davantage qu'ils ne le mettaient au service d'une stratégie voulue de longue main. Le communisme et leur prospérité naturelle avaient conduit les Américains en Europe : la mort de l'un, la diminution de l'autre les en feront partir, sans crier gare. Accord sur les armes nucléaires à moyenne portée, retrait unilatéral des armes à courte portée, réduction des effectifs de 350 000 hommes à 100 000 hommes : autant d'étapes d'un inévitable retrait militaire dont ont témoigné, à leur façon, les palinodies de Washington vis-à-vis de l'ancienne Yougoslavie : faut-il que le grand

1. Cf. *infra*, chap. 10, « La grâce française ».

frère américain soit affaibli pour s'aligner sur la politique des Européens! Ceux-ci ont voulu croire, pendant des décennies, que les États-Unis s'intéressaient à l'Europe pour elle-même, alors qu'elle n'était à leurs yeux qu'un avant-poste décisif face à l'« empire du mal ».

À force de confondre les État-Unis avec les élites « Wasp [1] » de la côte Est, nous faisions fi du basculement de cet État-continent sur lui-même, autour d'une faille continentale qui, partant de l'Oregon, se termine dans le Mississippi. Vus de Seattle, de Denver ou de Los Angeles, Londres compte moins que Tokyo, Berlin que Mexico, Paris que Brasilia. Les problèmes, mais aussi les opportunités, sont à l'Ouest et au Sud. Une fois partis d'Europe, les Américains n'y reviendront pas volontiers. Ce ne sont pas les spasmes locaux, dans les Balkans ou ailleurs, qui suffiront. Seul un drame, avec pour acteur principal la Russie, pourrait à nouveau les impliquer : hier nous représentions l'avant-poste décisif face à l'ennemi; aujourd'hui un camp de repli sur les bords d'un « trou noir ».

Beaucoup s'étonnent que Washington se soit attaché à rétablir la souveraineté du Koweït et joue les Ponce Pilate dans les Balkans. Tout, pourtant, diffère dans ces deux accidents. Le premier était réel et tangible : le pétrole était en jeu, surtout si, sur sa lancée, Saddam Hussein s'attaquait à l'Arabie Saoudite. Si décisive aux yeux des Américains qui peuvent de la sorte mêler, comme ils aiment tant le faire, l'exigence morale et l'intérêt immédiat, la prolifération nucléaire risquait, avec un Irak détenteur de la bombe, de prendre une ampleur insupportable. Le second est virtuel : il faut penser, avec plusieurs coups d'avance, l'enchaînement des événements pour voir dans l'affaire yougoslave un précédent dangereux et le droit donné aux chefs de tribus de

1. White anglo-saxon protestant.

rectifier, par la force, leurs frontières. Or, les Américains, rançon de leur démocratie d'opinion, réagissent a posteriori, mais n'ont pas la possibilité de prendre des risques militaires par anticipation.

Le premier supposait un conflit à faibles risques : un territoire ouvert qui permettait de privilégier la guerre aérienne, économe en vies humaines – du moins occidentales; un adversaire sans vraie tradition militaire; un consensus international qui évitait tout danger de contagion, hormis une hypothétique poussée terroriste. Le second peut provoquer un engrenage : une région tourmentée qui rend indispensable l'engagement de forces terrestres importantes; un adversaire dont la réputation de guerrier va sans doute au-delà de ses capacités réelles; l'éventualité, si l'affrontement se prolonge, de voir se fissurer l'unanimité des grandes puissances, avec la possibilité toujours présente que les Russes – solidarité slave oblige – apportent leur soutien aux Serbes.

Le premier, enfin, s'est produit par un incroyable hasard, avec à la tête des États-Unis, un président rompu au jeu international, capable d'insérer un événement dans une vision du monde et de tempérament interventionniste. Le second se déroule, lui, avec pour toile de fond un pouvoir à Washington plus traditionnel : pusillanime au point d'afficher qu'il n'exposera au feu aucun soldat américain, quitte à perdre, de ce simple fait, toute capacité de dissuasion; traditionnel en rejetant la politique étrangère, là où une vieille tradition isolationniste l'a toujours placée, loin derrière les exigences de politique intérieure; a-idéologique et donc incapable de réagir aux événements à partir d'une vision du monde.

La Providence, si elle existe en Histoire, ne pouvait faire mieux que de mettre Bush aux commandes, au moment de la chute du Mur, de la disparition du communisme, et du Koweït; elle n'a pas su, depuis lors, renouveler cet exploit...

Ce gendarme américain, que trente ans de gaullo-mitterrandisme nous ont appris à brocarder, quitte à profiter néanmoins de sa protection, nous ne tarderons pas à le regretter ! Avec lui, l'ordre n'était pas garanti en Europe ; sans lui, le désordre l'est.

Trois ans après l'effondrement du communisme, la paix n'est plus une évidence en Europe. En existe-t-il meilleur témoignage que l'incroyable bellicisme des Grecs à l'égard de la Macédoine ? Qui aurait imaginé que dans un pays membre d'une Communauté, synonyme presque par définition de paix, un dixième de la population défilerait, prêt à faire la guerre, non pour un territoire – vieille rengaine – mais pour un mot ? La manifestation de décembre 1992 à Athènes marque, pour l'Europe, un point de rebroussement : l'idée de guerre refaisait surface, non en Orient, non aux confins de l'ex-Union Soviétique, non dans les Balkans historiquement convulsifs, mais dans la capitale d'un des Douze ! Il ne s'agissait certes pas de l'État membre le plus européen, le plus stable, le plus mûr. Mais que la Communauté ait toléré de telles divagations belliqueuses de la part d'un gouvernement incapable, sans elle, de boucler ses fins de mois, en dit plus long sur ses inhibitions que l'affaire yougoslave ! On ne lui demandait pas cette fois-ci d'envoyer au front des dizaines de milliers de soldats, mais de tordre diplomatiquement le bras d'un débiteur agité...

L'échauffement grec semble, pour l'instant, une exception mais il témoigne d'un climat désormais délétère. Quand les intellectuels allemands s'inquiètent pour l'avenir de leur démocratie, quand les Italiens du Nord parlent de leurs compatriotes du Sud comme d'étrangers malfaisants, quand les Écossais retrouvent des accents vieux de plusieurs siècles pour critiquer Londres, quand les Hongrois voient le parti au pouvoir se diviser entre démocrates-chrétiens de droite et nationalistes antisémites, quand les Flamands rêvent d'être seuls, une nouvelle Europe surgit. Avec la disparition d'un tabou qui, pendant près d'un demi-siècle, a garanti la paix sur le continent : l'inviolabilité et l'intangibilité des frontières. Chacun savait que si ce principe cédait quelque part, le tricot entier risquait, après cette première maille, de filer. Mais au lieu, convaincus de ce danger, de définir un cadre et une procédure qui auraient permis de traiter les cas les plus difficiles, les Européens ont préféré se voiler la face : niant la réalité, ils l'ont acculée à se venger de façon anarchique et violente. Une fois les frontières contestables, donc contestées, la paix ne va plus de soi. Triste issue pour un siècle dont la fin semblait devoir être plus pacifique que le début !

L'Europe était un continent sous menace mais sans risques, parce qu'il existait un mécanisme régulateur. C'est désormais un continent sans menace mais sous risques, parce que justement les systèmes de rappel ont disparu. Entre le premier et le second Moyen Âge – le nôtre –, elle les avait tous expérimentés. Ceux qui visaient à maintenir l'ordre entre les pays et aussi, souci naturel des conservateurs, au sein de chacun d'eux : le concert des nations a fonctionné dans cet esprit, à maintes reprises, avant que le congrès de Vienne transforme, pour un tiers de siècle, une pratique en doctrine. Ceux qui cherchaient à assurer le même ordre au profit d'une seule puissance impérialiste : de l'empire napoléonien aux Reich allemands... Celui, le plus efficace, qui avec la guerre froide, avait assis le plus absolu des statu quo sur la pire des menaces, la vitrification mutuelle : il ne pouvait, en effet, déboucher que sur l'immobilité totale. Immobilité d'un camp en face de l'autre. Immobilité, évidemment, du monde soviétique dont ont témoigné, a contrario, Budapest en 1956 et Prague en 1968. Mais immobilité aussi de l'Occident qui, pétrifié par l'ogre soviétique, se gardait du moindre écart qui aurait pu l'affaiblir : l'Espagne franquiste a gagné, de la sorte, des décennies de sursis et l'Italie victime d'une « partitocratie » qui tournait à la « kleptocratie [1] » supportait ces dérapages par peur de faire le jeu de l'ennemi. La construction communautaire offrait la seule piste possible, compatible avec le « gentlemens'agreement » des deux camps : de là ses succès hier, ses incertitudes aujourd'hui. Où sont désormais les boucs émissaires qui nous obligent à un minimum de cohésion, les leaders susceptibles de tenir en laisse leurs « clients », les impérialismes, à la fois modérés et salutaires, les tensions stabilisatrices ?

Ce n'est pas l'Islam qui, n'en déplaise à beaucoup, jouera à notre égard le rôle du communisme, c'est-à-dire d'un ennemi monolithique et prévisible. Il lui manque l'homogénéité, la cohérence, la solidarité. Face à un islam intégriste inspiré par l'Iran qui essaie de le dominer, comme l'Union Soviétique de Staline le Komintern, que de variantes modérées ! Fantasmer sur l'islam, c'est oublier que la principale puissance musulmane du Proche-Orient, la Turquie, est un allié trop méconnu de l'Occident : autrefois contre l'Union Soviétique, sur les premières lignes de l'OTAN ; vis-à-vis de Saddam Hussein, au moment de la crise du Koweït ; et aujourd'hui au cœur des républiques musulmanes de l'ex-URSS où elle contrebat avec efficacité le grignotage iranien. Sans compter l'Arabie Saoudite et les autres États du Golfe dont la rigidité religieuse ne s'est jamais muée en prosélytisme conquérant. Certes si l'Algérie ou la Tunisie ne résistent pas un jour à la vague intégriste, nous n'échapperons pas à un choc en retour : avec l'arrivée des élites laïques qui fuiraient les nouveaux régimes ; par le risque d'agitation, chez nous, au sein des communautés immigrées. De même,

1. Suivant un mot de Jean-François Revel.

si tel ou tel État intégriste et particulièrement belliqueux profite de la braderie militaire russe pour se doter de fusées à moyenne portée et d'armes nucléaires tactiques, l'Europe méridionale sera en première ligne. Mais ce sont des dangers à conjurer, en aucun cas la manifestation d'un ennemi si puissant qu'il suffit à structurer l'ensemble de nos comportements. Nul regret évidemment dans ce diagnostic! Mieux vaut une Europe sans « empire du mal », mais encore faut-il en mesurer les conséquences : sans un adversaire susceptible de jouer à plein le rôle de bouc émissaire cher à René Girard, nous perdons notre principal instrument de cohérence occidentale.

Quant au leader, à la fois démocratique et tutélaire, libéral et autoritaire, susceptible de tenir les fils de la toile européenne, existe-t-il en pointillés ? Inutile de le chercher du côté de Moscou : même si la Russie échappe un jour, ce qui paraît probable, au statut bizarre de grande « non-puissance », elle ne devrait pas être en état d'exercer une influence en dehors de sa sphère naturelle slave, en l'occurrence l'Ukraine et la Biélorussie. La Pologne et ses semblables, anciennes démocraties populaires, se sont sans doute définitivement évadées : le risque est davantage en elles, dans leurs problèmes intérieurs que sur leurs frontières. Inutile évidemment de pister cette puissance inconnue, du côté de Paris ou de Londres : la France et la Grande-Bretagne peuvent encore tenir un rôle de composition, à la condition d'agir en rebond à travers des organisations internationales : Communauté, ONU, voire OTAN. Inutile, enfin, d'aller chercher le grand frère à Washington, nous le savons trop bien : il joue dans une autre cour, au Sud et à l'Ouest.

Reste l'énigme allemande. Lorsqu'ils s'inquiètent de la résurgence de l'empire allemand, les Français se trompent d'empire ; ils voient à tort se profiler le modèle bismarckien, alors que réapparaît l'autre version – Moyen Âge, quand tu nous tiens... : un nouveau Saint-Empire romain-germanique. C'est de cette manière-là que l'Allemagne se réinstalle dans sa Mitteleuropa, et non à travers la résurrection du classique « Drang nach Osten [1] ». Un espace s'unifie, qui s'inscrit dans les frontières du vieil empire allemand mais aussi dans les possessions de feu l'Autriche-Hongrie : comment expliquer autrement l'attitude de soutien du gouvernement de Bonn aux revendications croates ? Que le passager de la Lufthansa feuillette les cartes du magazine maison, il y découvrira toutes les villes à l'intérieur de cet immense territoire, sous leur nom originel allemand : Bratislava redevient Pressburg et Gdansk Dantzig !

Cet empire-là est dominé par l'économie allemande, unifié par la culture germanique et ses diverses expressions, en particulier un usage très large de la langue, mais il ne s'appuie sur aucun pouvoir politique central : l'influence de Bonn sur la myriade d'États qui participent de cette « nouvelle confédération » est plus modeste que celle, en son temps, du plus faible des empereurs électifs d'Allemagne. La République Fédérale est hors d'état de leur imposer une relation politique de suzerain à vassal et d'exercer un poids spécifique sur les relations que cette multitude de pays entretiennent entre eux, même pour faire taire leurs querelles.

L'arme économique n'y peut mais, dès lors que le gouvernement fédéral n'est pas en situation d'influencer le comportement de Siemens, de Daimler-Benz ou de la Deutsche Bank. Eux ont trouvé un « Hinterland », c'est-à-dire un arrière-pays, où ils peuvent délocaliser leurs productions dans des usines ultramodernes, parfois financées par l'aide

1. Littéralement la « Marche vers l'Est », slogan auquel s'est identifié souvent l'impérialisme germanique.

internationale, avec des travailleurs quasi allemands – qui le seraient souvent au titre du droit du sang s'ils immigraient vers l'Allemagne –, qu'ils paient aux tarifs horaires du Maghreb, c'est-à-dire à un dixième du coût moyen chez eux. Ce que les Länder de l'Est n'auront pu devenir, compte tenu de l'alignement des salaires sur ceux en vigueur dans les Länder de l'Ouest, les républiques satellites le seront.

De là une situation étrange et ambivalente : l'Allemagne est omniprésente dans ce territoire aux frontières floues et simultanément elle en est étrangement absente. En cas d'accident, d'incident frontalier, de débordements entre Hongrois et Roumains, ce n'est pas du côté de Bonn que les bonnes volontés iront chercher une solution ou une intervention, au plus une médiation. Le pacifisme de l'opinion allemande, son refus de voir l'Allemagne devenir un acteur actif, y compris sur le plan militaire, du jeu européen, l'autocensure de dirigeants encore conscients du poids du passé, la méfiance parallèle des pays mitoyens : autant d'explications d'une politique « profil bas » qui n'est pas près de disparaître.

Ce n'est pas demain, ni après-demain, que ce Saint-Empire romain-germanique, nouvelle manière, se muera, lui aussi, en empire bismarckien d'un nouveau type : la République Fédérale est le moins prussien des États européens. L'Allemagne ne saurait s'identifier à cet impérialisme modéré mais salutaire, qu'au nom de l'ordre européen nous quêtons. Un jour ses grandes entreprises tiendront peut-être ce rôle sur le plan économique; le Bund [1] jamais. À terme, une fois sortie des affres de la réunification, la République Fédérale servira au mieux de modérateur; aujourd'hui, inquiète de sa propre instabilité, elle représente autant un facteur anxiogène pour l'Europe centrale qu'un pôle d'ancrage.

Ce nouveau modèle impérial, diffus et mou, ne se limite

1. La Fédération.

pas à la « grande Allemagne ». Il retrouve aussi sur les confins de la Scandinavie la filiation moyenâgeuse. Quel meilleur moyen pour les Suédois d'échapper aux arthritismes de leur État-providence que de produire en Lettonie ou en Estonie ! Eux y trouvent des siamois de Suédois payés à des salaires encore inférieurs à ceux de la Hongrie ou de la Pologne. Ainsi s'imbriquent dans une même orbite, un pays centre prospère et des satellites pauvres, avides de travail. C'est le modèle type de l'espace économique du Moyen Âge, tel que Braudel l'avait saisi, qui se remet en place. Une nouvelle Ligue Hanséatique renaîtra, elle aussi, de ses cendres. Elle prendra en charge une Prusse-Orientale qui incarnera à elle seule la pluralité des adhésions que la vie internationale désormais permettra : Königsberg continuera peut-être de s'appeler Kaliningrad, la souveraineté politique pourra demeurer russe, la souveraineté économique sera, elle, allemande et accessoirement suédoise.

Sur ce continent émietté, où le chaos menace, l'unanimité des grands ne va pas, contrairement aux idées reçues, de soi : elle ne représente pas – loin de là – un facteur suffisant de paix. Au début du conflit yougoslave, réminiscences historiques obligent, les Français soutenaient les Serbes et les Allemands les Croates : assez pour que chacun des belligérants ne se sente pas isolé, insuffisamment pour qu'une fois leurs grands alliés redevenus raisonnables, ils soient obligés de s'aligner sur eux et donc de baisser pavillon. Nous aurons, de la sorte, connu le pire : la mémoire pour alimenter les irrédentismes ; l'impuissance pour les amener à résipiscence. Ni les Anglais, ni les Français, ni même les Russes et les Allemands n'ont aujourd'hui de clients auxquels il est aisé de faire entendre raison et des obligés dont il suffit d'interrompre la pension alimentaire... Les souvenirs des liens passés nourrissent les tensions ; la réalité des relations actuelles ne permet pas de les contrôler.

Entendons-nous bien : nul ne peut regretter le temps où la rivalité des grandes puissances continentales s'alimentait des escarmouches entre petits avec, à la clef, le risque permanent de l'embrasement. Mais à l'inverse l'intimité, par nature pacifique, entre Anglais, Français, Allemands, voire Russes ne suffit pas à garantir l'équilibre européen, dès lors que les États tiers des zones sensibles ne s'en remettent pas à eux du choix entre la paix et la guerre. L'idéal serait de voir les Grands, amicaux entre eux, mais suffisamment maîtres des Petits pour les obliger à la même retenue. Ce serait réinterpréter le « concert des nations » pour le maintien de l'ordre, mais sans les risques de dérapage... Le paradis n'existe, de ce point de vue, pas davantage en Europe qu'ailleurs...

L'intimité entre Français et Allemands ne doit pas faire non plus illusion : on se parle de tout, sauf peut-être de l'essentiel. Quand avons-nous posé à notre partenaire d'outre-Rhin la question vitale de la citoyenneté et de l'influence délétère qu'à son corps défendant, son « droit du sang » risque d'exercer ? Aussi longtemps que l'Histoire était au frigidaire et que l'ambition communautaire régnait à l'Ouest, les Occidentaux pouvaient s'accommoder du code allemand de la nationalité, comme d'une étrangeté pittoresque. N'était allemand que l'individu ayant au moins deux grands-parents allemands. Les étrangers résidant en République Fédérale ne représentaient, à l'instar de ce qui se passait dans la Grèce antique, que des métèques ; mais le confort et la quiétude de cette grande Suisse de soixante millions d'habitants atténuaient les frustrations. Il n'en va plus de même désormais.

À l'intérieur du nouveau Saint-Empire règne, sur le modèle allemand, le droit du sang. Dans des pays repus, comme l'Autriche, c'est un gage de xénophobie, encore calme. En Allemagne même, c'est un facteur de discrimination qui pèse lourd à l'occasion des agressions qui voient des immigrés présents depuis plus de trente ans, mais toujours étrangers aux termes de la loi, servir de victimes expiatoires pour les nouveaux réfugiés qui arrivent par centaines de milliers. Dans les Balkans, demain en Hongrie ou en Slovénie, c'est plus gravement encore le fondement légal d'un tribalisme capable de déraper jusqu'à la purification ethnique.

Or inconscients du leadership qu'ils devraient exercer à l'intérieur de leur empire mou, les Allemands sont à mille lieues de s'interroger sur une question aussi essentielle : imaginent-ils une seconde que leur attitude pourrait avoir une valeur exemplaire et que, s'ils se ralliaient en partie au droit du sol, ils donneraient un salutaire exemple ? Un droit d'asile plus restrictif en République Fédérale et un droit du sang moins exclusif constitueraient l'avers et le revers d'un même comportement : penser sa propre identité en fonction des autres.

Les Français sont évidemment mal placés pour se faire les chantres d'une telle pédagogie : leur droit du sol, même symboliquement corrigé par Charles Pasqua, demeure exemplaire, mais leur politique à l'égard des réfugiés est, elle, tellement parcimonieuse – quelques milliers de réfugiés yougoslaves chez nous, des centaines de milliers en Allemagne –, qu'elle témoigne d'un grand égoïsme face aux malheurs du continent. La « grande nation » se condamne, sur ce plan-là, au silence. Aux Allemands, et à eux seuls, de faire dès lors leur révolution, de penser qu'à force de se vivre comme peuple de préférence à un État-nation, ils accréditent une vision qui, chez des esprits moins sereins et moins pacifiques, peut porter aux extrêmes. Car vue à partir du droit du sang, la carte de l'Europe est inextricable : elle signifie des conflits en chaîne.

Dans les aventures qui s'annoncent, l'Histoire est omniprésente. Autant à l'ouest du Rhin, elle est légère, autant à l'Est elle est pesante : en Allemagne mais plus encore en Pologne, en Ukraine, à Breslau ou à Vilnius qui s'appelait encore, il y a cinquante ans, Wilno. La parenthèse communiste joue, de ce point de vue, un rôle ambigu. Elle a modelé les esprits, les comportements, voire l'âme collective et en même temps elle semble avoir été abolie de la mémoire des peuples. Pour les Hongrois, le traité de Trianon est un traumatisme à peine vieux de trente-cinq ans et non de soixante-quatorze ans comme le veut la chronologie réelle ; il est, de ce fait, d'autant plus présent. Et le raccourci ne se contente pas de faire l'impasse sur ce dernier demi-siècle. Tout, comme dans un film accéléré, se bouscule : la bataille de la Montagne Blanche jaillit, au détour d'une comparaison, mais aussi la Diète de Francfort, le traité de Westphalie, le siège de Budapest par les Turcs ou l'indépendance de la Serbie. De ce maelström émerge une concrétion d'Histoire, faite d'événements exacts mais destructurés, de références désarticulées, de traumatismes réinventés, de récits parfois apocryphes. L'Histoire est là, obsédante, envahissante, trompeuse et toute-puissante. À être de la sorte si insistante, elle peut égarer.

La tentation est grande d'imaginer que la partie se répète et que l'avenir se limiterait à un choix entre le meilleur, certes relatif – le retour au dix-neuvième siècle –, et le pire – la violence des années trente. À pister, de la sorte, les indices d'une régression, nous risquons de ne pas prendre la mesure des phénomènes, tels que désormais ils se manifestent. Ce ne sont ni l'impérialisme allemand qui pointe à l'horizon, ni la rivalité franco-allemande, ni la résurgence du populisme à la Pisuldski, ou plus grave évidemment, du nazisme. L'Histoire ne revient pas sur ses pas, elle a, suivant le mot le plus prophétique de Marx, davantage d'imagination que les hommes ; elle va prendre de nouveaux chemins de traverse.

Un chaudron idéologique bout, avec des ingrédients de populisme, de nationalisme, de tribalisme, mais aussi d'écologie et d'individualisme : de la même manière qu'à certains moments l'extrémisme de gauche et l'extrémisme de droite ont échangé certains de leurs ancêtres, l'ethnicité et l'écologie peuvent, par inadvertance ou délibérément, faire bon ménage. Le danger est là, dans cette alchimie intellectuelle nouvelle et non dans la réapparition des croix gammées que dessinent des « skinheads » incultes et ivres. À nouvelles circonstances, nouvelles tentations; à nouvelles tentations, nouvelles idéologies. Situation ambiguë dont le passé constitue, d'une certaine manière, la seule référence, mais qui, néanmoins, lui échappe : dominant, il devient trop vite abusif, car il ne prédétermine pas l'avenir, ou du moins ne le rejoue pas dans les mêmes formes.

Le flou, désormais, domine l'Europe, car ses cartes économique, politique et stratégique ne coïncident plus. Pendant la guerre froide, elles se superposaient au kilomètre près. La démocratie, le marché et le mythe européen s'emboîtaient parfaitement : à l'intérieur d'un espace borné par le rideau de fer, l'ouverture des frontières économiques suscitait un processus d'unification qui devait naturellement enfiler, sur des décennies, économie, politique, stratégie. Le communisme semblant éternel, l'Occident disposait de la même éternité pour mener à bien cette transition d'un ordre à l'autre. C'était une situation atypique que, par confort, nous avions crue définitive : elle était sans précédent.

Nous revenons désormais à un état normal avec ces trois cartes qui se dissocient, et avec dans leurs jointures, des aléas et des risques en nombre sans cesse croissant. Sur le plan économique, la carte correspond au grand marché qui, au-delà de l'ouest du continent, tire des pseudopodes à l'Est. Avec des pays entiers qui, peu à peu, vont s'y intégrer, comme la Hongrie et la République Tchèque. Avec des régions privilégiées qui bénéficient de leur mitoyenneté avec tel ou tel pays occidental dont les citoyens seraient presque interchangeables avec leurs propres habitants; ainsi en va-t-il des contrées les plus à l'ouest de la Pologne, adossées à la frontière Oder-Neisse ou de la partie des États baltes la plus sensible à l'influence scandinave. Avec des espaces au sein de la Russie devenus quasiment extraterritoriaux et reliés à l'Occident par le fil invisible des mouvements de capitaux et des exportations.

Cette carte économique là bouscule les frontières, les États et les bornages : elle ne dessine donc pas un espace politique. Comment le pourrait-elle d'ailleurs, au moment où celui-ci s'affranchit de son quadrillage traditionnel? À moyen terme, nombre de frontières semblent incertaines; à long terme, aucune ne paraît éternelle. Un puzzle politique bizarre se met en place : là un État-nation, ailleurs une nation en ses États. Là un pays traditionnel et stable; ailleurs plusieurs régions en train de s'ériger en foyers politiques et économiques; là un nouveau Saint-Empire; ailleurs un réseau de métropoles qui émergent, telles les villes du Moyen Âge, au moment où elles obtiennent la reconnaissance de leurs droits; là des minorités en quête de statuts, versions modernes des franchises; ailleurs des peuples homogènes à l'abri d'un territoire historique.

Cet étrange agencement n'a plus rien de commun avec l'idée d'une Europe pyramidale, chère aux pères fondateurs : des communautés de base regroupées dans des États-nations devenus eux-mêmes les membres fondateurs de la future Fédération. Ni, d'ailleurs, avec la carte politique du dix-neuvième siècle articulée autour des zones d'influence des principaux pays, parfaitement circonscrites à l'exception des territoires historiquement contestés. Ni même, avec celles des dix-septième et dix-huitième siècles qui s'ordonnaient autour de positions de puissance de plus en plus affichées. Il n'existe en effet d'autre référence, de ce point de vue, que le Moyen Âge avec son enchevêtrement de féodalités, de vassaux, de micro-États, de villes phares, de zones vierges, de pouvoirs symboliques.

Et pour compliquer le tout, la carte stratégique ne coïncide pas, elle non plus, avec la carte politique : en effet le pays le plus fort militairement, en l'occurrence la Russie, correspond à l'acteur politique, à certains égards, le plus faible, voire le plus évanescent : paradoxe sans précédent! Par comparaison, que la Grande-Bretagne soit une puissance plus imposante en termes militaires qu'économiques, et que l'Allemagne demeure un géant industriel aux contours politiques incertains et à l'identité stratégique balbutiante, apparaissent comme des phénomènes secondaires! Comment penser l'Europe de manière univoque et logique, alors que la seule armée imposante du continent appartient à un pays dont la réalité politique est insaisissable et dont la dynamique économique ne s'analyse avec aucun des concepts traditionnels ? Cette étrangeté-là est déterminante : à elle seule elle engendre incertitudes, aléas, soubresauts et dangers.

Et encore, dans ce jeu des rapports économiques, politiques et militaires, faisons-nous grâce à nous-mêmes, de contradictions plus classiques telles les perturbations imposées aux économies de l'Ouest par des importations en provenance de l'Est que la raison politique nous conduira à accepter, alors que la seule logique économique devrait nous pousser à les prohiber. De même, de notre tentation, si compréhensible industriellement, de vendre des masses d'armes à des États de l'Europe du Centre et de l'Est que le bon sens politique exigera de sevrer, compte tenu des pulsions agressives qui commencent à les animer. Ou à propos de la volonté de plus en plus évidente des grands États de l'Europe de l'Ouest de refouler vers l'Est des réfugiés dont la présence est pourtant beaucoup plus déstabilisatrice pour les démocraties pauvres et balbutiantes d'Europe centrale que pour nos vieux pays, avec pour conséquence de cette attitude le risque de voir l'onde de choc nous agresser plus tard avec davantage de brutalité.

Dans cet espace désaccordé, le temps des réponses simples a disparu. Ce qu'exige l'économie se heurte aux faits politiques, et les gestes politiques peuvent entrer en contradiction avec la réalité des rapports de forces militaires. Pour nos hommes d'État, accoutumés par un demi-siècle de communisme, à des attitudes binaires, c'est un défi sans précédent : il n'est pas certain qu'ils sauront comprendre cette mutation. Peut-être faudra-t-il attendre avec impatience qu'ils passent le relais à la génération de l'après-guerre froide. Alors que les premiers pesaient le bien et le mal, les adversaires et les alliés, les missiles d'un côté ou de l'autre, la seconde sera plus familière avec les concepts de la complexité, les actions et les rétroactions, les causes premières et les effets pervers, voire les mirages de la mémoire ou les ruses de l'Histoire. Au pire, l'Europe sera, en effet, le continent du chaos; au mieux celui de la complexité.

CHAPITRE 2

UN MONDE SANS CENTRE

L'Europe n'est pas la seule à souffrir du retrait des États-Unis. Quelle naïveté fallait-il pour penser que, parce qu'ils avaient gagné la guerre froide, ils allaient dominer le monde! C'était justement le propre de cette bataille virtuelle, de cet affrontement « à blanc », de ne donner au vainqueur que des avantages eux aussi virtuels! Ni territoires, ni rançon, ni dommages de guerre, ni capitulation : de ce corps à corps n'émergent qu'un symbole fugitif, la toute-puissance politique et une illusion, la conviction que la première puissance militaire du monde peut en être le gendarme! Les États-Unis ne seront pas les maîtres du monde mais ils en deviennent un étrange résumé : ce pays qui bascule d'Est en Ouest porte en lui, grâce à son « melting-pot », le syncrétisme mondial.

Même à son apogée, l'impérialisme américain était ambigu. Il mêlait des relents de messianisme démocratique : faire régner partout les principes du système occidental, à l'instar des jésuites du dix-septième siècle qui allaient porter la parole de Dieu. Un solide égoïsme économique : ouvrir les marchés aux multinationales et tirer profit, jusqu'à l'extrême limite, de la rente du dollar. Un sens bien compris de leurs intérêts stratégiques : interdire à tout rival de se hisser à leur niveau. Souvent, cette « République Impériale », suivant le mot de Raymond Aron, ne s'est-elle guère embarrassée de prétextes ou d'alibis : la bonne conscience en tenait lieu ; mais elle n'a pas pratiqué pour autant un impérialisme traditionnel, avec la volonté de dominer pour dominer.

Dès lors, cet impérialisme atypique se dissout de lui-même, en même temps qu'il a volatilisé son adversaire. Le messianisme ? Il n'a plus lieu d'être, puisque la victoire du marché semble désormais irréversible, qu'elle facilite la voie de la démocratie et que, là où celle-ci est encore bafouée, il suffit de se limiter à quelques gestes ou pressions bien intentionnés. La domination économique ? Les entreprises américaines n'ont plus besoin d'une ombrelle de protection politique : quand elles sont toutes-puissantes – ce qui est de plus en plus rare – elles se débrouillent seules ; lorsqu'elles sont bousculées par des concurrents japonais, Washington n'y peut rien. Désormais sur la défensive, la communauté des affaires n'attend de l'administration que l'élargissement de ses débouchés immédiats, avec le grand marché nord-américain et l'ouverture chez ses concurrents des secteurs jusqu'alors protégés : de là la ritournelle sur le GATT. L'ascendant monétaire ? C'est probablement la dernière manifestation de la puissance des États-Unis : si le dollar ne bénéficiait pas d'une rente, il aurait été impossible aux Américains de faire plonger les taux d'intérêt jusqu'à 3 % pour sortir de leur récession et régler la crise de leur système bancaire, sans une dévaluation accélérée qui aurait été insupportable pour leur économie. Avec un dollar, devise banale, et des taux aussi faibles, ce n'est pas jusqu'à 5,50 F qu'il aurait plongé mais jusqu'à 3,50 F ou 4 F. Ces « 30 % de prime », ce statut de dernière monnaie refuge, les États-Unis font tout pour le protéger. En témoignent leurs inlassables efforts pour semer, souvent avec succès, la zizanie entre les devises européennes et éviter qu'apparaisse un jour en Europe une monnaie unique qui, assise elle sur une économie créditrice, et non débitrice, effacerait d'un seul coup le privilège du dollar.

Washington véhicule une vision des relations économiques, depuis des lustres, intelligemment égoïste : le culte du libre-échange, quitte à s'autoriser, de temps à autre, d'utiles entorses ; et un dollar si possible roi soleil du système monétaire international, même si les États-Unis, hier premiers créanciers mondiaux, sont devenus le pays le plus endetté. Mais cette conception, ils ne peuvent plus l'imposer ; ils doivent désormais la négocier. Avec le Japon, bien sûr ; avec la Communauté, en partie ; avec l'Allemagne, un jour, pour le compte de l'Europe.

Une puissance économique vacillante ne joue pas durablement au gendarme du monde. On ne fait pas indéfiniment la guerre à compte d'autrui. Des circonstances exceptionnelles amèneront peut-être les États-Unis, comme dans l'affaire du Koweït, à servir à nouveau de mercenaires à la communauté internationale, tels les gardes suisses du Vatican, mais ce ne sera jamais la règle. Pour le reste, la police à Panama, en Somalie ou à Saint-Domingue est à la mesure de leur impécuniosité ; la Yougoslavie ou demain la Transylvanie supposeraient, s'il devait y avoir une intervention autre que symbolique, que les pays amis se cotisent pour soulager le budget américain... Certes, si la Russie était au cœur de l'enjeu, la situation serait différente car il s'agirait d'intérêts vitaux des États-Unis et, dans ce cas-là, l'expérience l'a montré, on ne compte pas, quitte à solder ultérieurement les additions.

Mais de toute façon les difficultés financières n'expliquent pas, seules, le retrait des États-Unis sur leur pré carré. Rien ne les pousse désormais à jouer le rôle du grand frère. Ni bien sûr l'existence d'un « empire du mal » qui était tellement adapté à leur manichéisme : et encore la dissuasion évitait-elle de poser à l'opinion américaine la question d'une intervention à hauts risques et avec des centaines de milliers de morts. Oublierait-on les subterfuges que Roosevelt a dû déployer, y compris sans doute celui de laisser Pearl Harbour se produire, afin de vaincre l'isolationnisme de ses compatriotes ? Ni un lien privilégié avec un autre continent : l'Europe dérive, de plus en plus loin des États-Unis; seuls les bourgeois de Boston, les intellectuels de Harvard et les banquiers de New York se battent contre cette fatalité. L'Asie ne se substitue pas à elle dans le rôle affectif qu'elle a si longtemps rempli : les Asiatiques de Californie ne fonctionnent pas sur le même mode que les Anglo-Saxons de la côte Est. Ni la conscience de faire corps avec telle ou telle partie du monde aux dépens d'une autre : plus les États-Unis deviennent une maquette de l'univers où se projettent, via l'immigration, à côté des Européens, les Hispaniques et les Asiatiques, moins ils sont enclins à agir de parti pris.

Dans cette démocratie, régie par la loi des lobbies, les rapports de forces internationaux finissent par s'inscrire dans un cadre ethnique interne : les Américains hispaniques plaident pour l'Amérique du Sud, les émigrés chinois pour leur patrie, les Japonais et surtout les mille et un relais qu'ils se sont offerts pour leur paroisse. Imagine-t-on, s'il avait existé un fort lobby pro-arabe plutôt dur, que la guerre du Golfe aurait pu avoir lieu ? La démocratie corporatiste explique, pour l'essentiel, l'incapacité des États-Unis à régler leurs problèmes budgétaires et à surmonter l'impuissance de leur État-providence; elle risque, au fil des ans, d'émasculer leur capacité d'action internationale.

À cette difficulté américaine pour hiérarchiser ses propres intérêts, s'ajoute l'incroyable paradoxe d'une scène mondiale sur laquelle tout le monde parle avec tout le monde, chacun semble coopérer avec les autres, où les instances de concertation se multiplient autant que les pains, mais avec pour résultat l'impuissance collective. À croire, là aussi, que la démocratie internationale ne s'accommode que de l'inaction. La palabre générale éblouit les naïfs; elle finit par s'identifier à un choix que font tous les acteurs de se contenter de faire illusion. Étonnante situation qui aboutit à l'impossibilité, face à un événement historique, de réaliser un arrêt sur image, comme s'y essayèrent le congrès de Vienne, la conférence de Berlin, ou plus encore celle de Versailles.

La disparition du communisme méritait-elle moins que la chute de Napoléon, la fin de l'empire soviétique moins que la capitulation du Reich de Guillaume II ? À force de se rencontrer de G7 en CSCE [1], d'ONU en OTAN, de visites protocolaires en rencontres informelles, les responsables internationaux n'ont jamais éprouvé le besoin, en 1989 ou en 1991, de remettre les choses à plat, de mesurer les enjeux, de réfléchir aux concessions mutuelles, d'envisager des trocs et des échanges d'influences, c'est-à-dire de réinventer calmement un semblant d'ordre. La vie internationale ressemble à un forum permanent, dont l'essentiel est proscrit, où la précipitation tient lieu de réflexion, et où la logorrhée se substitue aux positions de principes. C'était aux États-Unis, vainqueurs de la guerre froide, de convoquer un nouveau congrès de Vienne. L'idée ne leur en est jamais venue, alors qu'ils vivaient pourtant à l'époque, avec George Bush, sous la férule du président le plus extraverti qu'ils s'étaient, depuis des décennies, donné.

Dans le domaine international, encore moins qu'ailleurs,

1. G7 : Réunion des chefs d'État des sept pays les plus riches du monde. CSCE : Conférence sur la sécurité et la coopération en Europe.

la communication peut tenir lieu de coopération, et l'échange d'action. La réalité qui se met en place sous nos yeux est aux antipodes de l'impression d'ordre que la machinerie onusienne veut suggérer. Le travail, jour et nuit, du Conseil de Sécurité, l'agitation diplomatique, la fébrilité des chancelleries finissent par anesthésier la réflexion, par abolir le temps, par limer les angles de l'Histoire, de sorte que le monde entier se préoccupe autant de la Somalie que de l'effondrement de l'Union Soviétique. Sous prétexte de mettre en place les institutions susceptibles d'assurer un nouvel ordre mondial, nous avons peut-être bâti un forum sympathique mais inefficace qui exprime, à sa manière, les traits fondamentaux de notre nouveau Moyen Âge : avec une communication toute-puissante et un risque démesuré d'incommunicabilité ; avec une apparence d'organisation et une réalité en pleine destructuration ; avec les valeurs universelles à l'affiche et les comportements les plus traditionnellement brutaux dans les régions les moins visibles.

Sans leaders énergiques et sans mécanisme de régulation, les rapports de forces reprennent leurs droits : à l'intérieur des trois zones, Amérique, Asie, Europe qui deviennent de plus en plus autonomes et dans les relations qu'elles établissent entre elles. Ainsi des États-Unis qui, davantage évanescents qu'autrefois aux quatre coins de la planète, se montrent plus présents que jamais dans leur hémisphère. La mise en route du grand marché nord-américain constitue, de ce point de vue, le legs le plus important de l'administration Bush, bien davantage que la reconquête du Koweït. En choisissant d'intégrer aussi brutalement le Canada et le Mexique dans l'espace économique américain, Washington a implicitement fait sien un nouveau modèle de développement, où les riches décident de cohabiter avec leurs pauvres à l'intérieur du même marché, de manière à préférer la circulation des produits et des capitaux à celle de la main-d'œuvre. L'Amérique du Sud suivra évidemment le Mexique de sorte que, de l'Alaska au cap Horn, se mettra en place une aire économique dominée par les États-Unis, dont ils espèrent à la fois qu'elle leur évitera une accélération de l'immigration et qu'elle leur offrira le ressort d'une nouvelle demande avide de biens de consommation et en voie de solvabilisation. Tourné vers lui-même, cet univers sera ouvert aux mouvements de capitaux, mais moins poreux aux produits tiers : même sans barrière tarifaire explicite, sa taille et sa dynamique le protégeront naturellement de l'extérieur.

À l'intérieur de ce Nouveau Monde en voie de réunification, la hiérarchie du pouvoir sera limpide et ce ne sera pas un mince avantage pour lui vis-à-vis de l'Europe et de l'Asie : une monnaie unique, le dollar ; une politique économique et commerciale dessinée à Washington, le tout assorti d'un ordre incontesté. À cette échelle-là, et parce qu'il s'est toujours agi de leur « arrière-cour », les États-Unis seront capables de se comporter en policiers musclés.

Peut-être fallait-il cet étrange détour d'un repliement sur elle-même pour que l'Amérique reprenne l'avantage sur l'Europe. États-Unis contre Communauté : la partie devenait assez équilibrée, mais grande Amérique contre grande Europe : le résultat est évident. Côté organisation : un chef tutélaire en Amérique contre une structure en gestation, la Communauté, au cœur d'un continent européen, lui chaotique, dès qu'il se présente dans sa plus grande dimension. Côté monétaire : le mark, ou demain l'écu, ne règne pas à Moscou ou à Kiev, comme le dollar à Mexico ou à Brasilia. Côté efficacité surtout : si nos riches, les Européens de l'Ouest, se comparent aux riches Américains, les citoyens des États-Unis et du Canada, nos pauvres, ceux de l'Europe de l'Est et de Russie, semblent à des années-lumière des pauvres de l'Amérique, Mexicains, Brésiliens, Argentins et autres. Forts de nos préjugés culturels, nous ne mesurons pas, à sa juste importance, ce handicap.

L'Amérique centrale et l'Amérique du Sud constituent, de longue date, des sociétés « duales », en partie immergées dans la concurrence internationale. L'hyperinflation du Brésil ne doit pas faire oublier que son économie demeure un des premiers exportateurs mondiaux, ni les désordres politiques de la Bolivie ou de la Colombie leurs capacités à équilibrer leurs balances des paiements. Même si leurs élites ont exporté l'essentiel de leur patrimoine vers les États-Unis ou vers la Suisse, elles jouent, avec les biens conservés sur place, leur rôle d'acteurs économiques et de modernisateurs. Comparées aux capitalistes encore naissants à l'Est, elles ont toutes les vertus! Industrielles, actives, entreprenantes et, – étrangeté suprême – probablement moins prévaricatrices; avec, de surcroît, des liens peut-être moins directs avec la mafia.

Si la Russie parvient, un jour, à troquer son chaos contre un désordre de type brésilien, elle aura gagné la partie. Cette différence de nature, le Fonds monétaire international ne l'avait pas perçue, lorsqu'il avait imposé aux anciennes démocraties populaires la même prescription qu'à l'Argentine ou au Chili. Chez ces habitués, les politiques restrictives ont des effets bien connus : la libération de la monnaie et la rigueur budgétaire favorisent les exportations et le rétablissement de la balance des paiements, au prix d'une baisse de pouvoir d'achat et du transfert subreptice d'une partie de la population, de l'économie ouverte vers l'économie de subsistance propre aux sociétés « duales ». Appliquée à Moscou ou à Kiev, la même thérapeutique ne fonctionne pas : la dévaluation et l'effondrement du pouvoir d'achat ne peuvent relancer le secteur exportateur puisqu'il n'existe pas! La libéralisation brutale s'assimile, à la limite, à l'importation accélérée de biens de consommation, que les anciens dignitaires communistes acquièrent avec les dollars accumulés pendant des décennies de prévarication. Le handicap le plus grave, à long terme, de l'Europe vis-à-vis de l'Amérique, ce sera non de disposer de moins bons riches mais de plus médiocres pauvres!

Vis-à-vis du monde asiatique, la grande Amérique dispose, là aussi, d'un atout majeur. Ce n'est évidemment pas le dynamisme supérieur de ses pauvres, bien au contraire... Triomphante devant la Bulgarie, l'Argentine fait piètre figure face à Taiwan, et le Chili se mesure moins avantageusement à Singapour ou à la Malaisie qu'à la Roumanie ou la Lituanie. Sur le plan économique, stricto sensu, la hiérarchie ne fait pas de doute. Mais cet univers asiatique qui semblait voué, il y a dix ans, à la stabilité et à la domination japonaises, ne l'est plus. Tout poussait à la résurrection, sous une forme cette fois-ci pacifique, de la vieille « sphère de coprospérité ». Aussi longtemps que la Chine demeurait hors économie de marché, le Japon pouvait sembler chez lui, partout dans l'Asie marchande. Avec la révolution chinoise, c'est une rivalité sans compromis qui se profile à l'horizon. Le Japon n'a pas en effet affaire à la Chine, mais à un être complexe et plus insaisissable, l'ensemble chinois. Quel précédent peut-on trouver à l'alchimie entre les salariés et futurs consommateurs de la Chine continentale, les cadres et les techniciens de la diaspora, souvent de retour des États-Unis, les capitaux drainés par Hong Kong et Taiwan? Il existe, à coup sûr, un chromosome capitaliste : les Chinois le possèdent; les Russes non.

C'est du côté de Canton que se signe, chaque jour, l'acte de décès du libre-échange classique. Comment se justifie-t-il face à des concurrents plus efficaces que nous, évidemment plus travailleurs, payés trente fois moins, aptes à l'industrie comme aux services les plus élaborés, dotés d'un encadrement de niveau international, disposant des mêmes équipements que les Occidentaux et appuyés par des ressources financières considérables ? Où chercher, dans cet ensemble, le pouvoir avec lequel traiter ? À Pékin ? À Shanghai ? À T'ai-pei ? À Hong Kong ? Dans les universités américaines où se forment les élites chinoises de demain ? Dans l'ouest du Canada que la communauté chinoise semble sur le point de dominer ? Du côté de San Francisco ou de Los Angeles ?

Pour nous, Occidentaux, le Japon est le plus difficile des partenaires, puisque le pouvoir est partout et nulle part, mais pour les Japonais, le monde chinois risque d'être encore plus inabordable. Comment s'établiront les rapports de forces, entre ces rivaux de toujours ? Entre l'oligarchie impérialiste du Japon et les élites hermétiques de la Chine ? Entre ce petit pays hyperpuissant mais en plein vieillissement démographique et ce réservoir, sans fond, de consommateurs et d'ouvriers peu coûteux ? Entre un monde chinois dont le pouvoir d'attraction sur les tiers sera infini et un Japon dont la capacité de répulsion se perpétue ? Aucune réponse ne s'impose à cette question abyssale, sauf une certitude : le monde asiatique sera aussi lourdement structuré par cette rivalité bipolaire que le monde entier a pu l'être par l'affrontement américano-soviétique. Les États-Unis, et à travers eux la grande Amérique, seront aux premières loges : ils seront devenus au fil des ans assez asiatiques, eux-mêmes, pour y jouer, s'ils ne se montrent pas trop pataudes, un vrai rôle.

Ainsi, si l'incapacité des États-Unis à demeurer le centre du monde pousse à l'autonomie les trois grandes zones, elles ne se mettent pas en place sur un modèle unique. Étrange retournement qui voit une mutation, née de la difficulté croissante pour les États-Unis de s'imposer face à l'Allemagne et au Japon, aboutir à une position de force au profit de la grande Amérique face à la grande Europe et à l'univers asiatique. De là, entre ces ensembles, des relations politiques, stratégiques et économiques disparates.

C'est du côté du Pacifique que les aléas semblent les plus grands. Au-delà des apparences amicales, les relations entre les États-Unis et le Japon sont, de longue date, viciées. Que seraient-elles devenues si Mikhaïl Gorbatchev avait eu le temps de mettre fin à la guerre froide en Asie, comme il l'a fait en Europe ? Un mouvement semblait engagé qui aurait dû aboutir à la restitution par l'Union Soviétique, ou plus tard par la Russie, des îles Kouriles et Sakhaline en échange de quelques dizaines de milliards de dollars d'investissements japonais en Sibérie et d'un traité de paix.

Quels auraient été les effets d'un tel bouleversement sur un équilibre nippo-américain où la garantie nucléaire donnée par les États-Unis au Japon aboutit, en contrepartie, à une relative retenue des exportateurs nippons et au financement d'une partie du déficit budgétaire américain par les épargnants japonais ? Le lien militaire ne se serait-il pas distendu ? Le Japon n'anticipe-t-il pas cette évolution, en reconstituant une capacité spatiale et aéronautique, aisément mobilisable à des fins militaires, sans compter sa quête éperdue de matières fissiles, comme s'il voulait pouvoir se doter, dès qu'il le voudrait, d'une force atomique ? Un tel divorce stratégique demeurerait-il sans conséquence économique ? Et à quel stade de dépendance industrielle ou monétaire les États-Unis se sentiraient-ils agressés ? Une telle stratégie supposerait certes un Japon internationalement adulte, et non le « petit chose » auquel il ressemble encore. Mais comment imaginer que son effacement diplomatique et politique puisse se perpétuer, avec pour toile de fond une surpuissance économique ?

Ce scénario demeure, pour l'instant théorique, puisque Boris Eltsine a été empêché par ses maréchaux de faire la moindre concession à propos de ces « arpents de terre » malcommodes, sans intérêt économique et militaire que représentent les Kouriles, ce qui, par parenthèse, témoigne du poids mythologique du sol pour les élites hier soviétiques, aujourd'hui russes. Mais la question est ouverte, autant que pouvait l'être, il y a quelques années, celle de l'unité allemande : elle, non plus, n'échappera pas à la dynamique des faits.

L'irruption d'une Chine capitaliste sur la scène asiatique peut, en revanche, permettre aux États-Unis de moins subir les événements. Plus ils tisseront de liens avec le monde chinois, plus ils inquiéteront les Japonais et les dissuaderont d'une rupture trop brutale. Ils ont désormais en main les instruments d'une habile politique de revers : avec quelle intelligence, si elle était dans la position américaine, la diplomatie britannique ne la mènerait-elle pas ? Mais, hormis la période où, sous la férule d'Henry Kissinger, le département d'État s'exerçait à ces jeux-là, il n'a jamais semblé maître de ces techniques de balancier que, pendant des siècles, les puissances européennes ont, avec brio, maîtrisées. Il est vrai que, de plus en plus sinisés – avec, l'oublie-t-on, 50 % des PhD [1] qui vont, chaque année, à des étudiants asiatiques –, les États-Unis se trouveront de plain-pied et presque sans l'avoir voulu, dans le monde chinois : ils seront, à leur manière, une puissance asiatique.

Au terme de ce scénario de stratégie-fiction, le pire est-il envisageable, avec une étrange partie à quatre où les États-Unis et la Chine s'allieraient contre un Japon qui se sera

1. PhD : doctorats dans le système universitaire américain.

tourné par obligation vers la Russie ? Cette figure-là, deux contre deux, est plausible et elle ne l'est que dans cette disposition. Qui imaginerait les États-Unis et le Japon liés contre la Chine et la Russie ? À terme de quelques années, les enjeux demeureront économiques et diplomatiques ; à très longue échéance, nul ne peut exclure des conflits plus rudes. L'océan Pacifique verra, en effet, s'affronter les quatre principales puissances du monde, toutes, à cette époque, spatiales et nucléaires, et ce après des décennies qui risquent malheureusement de banaliser les escarmouches, y compris atomiques.

À l'égard de la grande Europe, l'Amérique sera beaucoup plus indifférente. Hormis des liens affectifs, de plus en plus ténus, la communauté d'intérêts se limitera essentiellement à l'économie et à une relative solidarité entre entreprises occidentales, face à leurs concurrents asiatiques. Si un minimum d'ordre règne sur notre continent, nous intéresserons de moins en moins les Américains. De même que la guerre en Yougoslavie leur est apparue un épiphénomène local, bien davantage qu'un conflit au Moyen-Orient, une tension en Transylvanie ou ailleurs leur serait presque indifférente, dès lors que ni la Russie ni le monde musulman ne seraient partie prenante.

Ne nous leurrons pas : pour cette nouvelle Amérique, l'Europe n'est plus un sujet, mais un objet de l'Histoire... Elle ne l'intéresse que si sur son territoire se produisent des incidents de portée mondiale. Si la Russie s'évadait de son statut actuel de non-puissance et redevenait un acteur agressif, voire impérialiste, nous retrouverions instantanément pour les Américains notre vocation d'avant-poste. Si la Turquie, voire l'Iran, se portait au secours dans les Balkans des minorités musulmanes, ce serait par ricochet la stabilité au Proche-Orient qui serait menacée et les intérêts américains se retrouveraient en première ligne. Si la prolifération nucléaire, née de la débâcle de l'armée soviétique, provoque des accidents, les États-Unis se sentiront concernés, dès lors que les mouvements écologiques américains ont fait partager à l'opinion publique leurs obsessions. Si, si, si... Que d'aléas faudra-t-il pour que le monde américain ait encore le sentiment de voir son avenir se jouer en Europe!

Dans ce jeu à trois, entre grands espaces, l'Europe a-t-elle la moindre chance de tenir son rang face à l'Asie ? Leurs liens ne seront jamais ni stratégiques ni militaires : seule une situation théorique pourrait y conduire, qui verrait la Russie tellement déstabilisante que Européens, Japonais et Chinois auraient, même sans le vouloir, partie liée. Mais, hormis cette hypothèse limite, les relations demeureront, comme elles le sont aujourd'hui, essentiellement économiques. Et, sur ce terrain-là, privés de capacité de rétorsion dans l'ordre stratégique, les Européens sont dans une plus mauvaise situation que les Américains. Il leur faut supplier, quand les autres peuvent encore menacer, et quémander, lorsque l'Amérique a les moyens, elle, de prendre des mesures de rétorsion.

Aussi longtemps que l'Europe n'aura pas tranché le conflit, en son sein, entre les tenants de l'ouverture maximale et ceux qui croient à la préférence communautaire, elle demeurera désarmée devant le monde asiatique. Demain pourrait être pire qu'aujourd'hui et l'échange inégal s'aggraver. Échange inégal dans les hautes technologies dont le Japon nous a progressivement expulsés, avec la perspective de le voir demain s'attaquer au spatial, à l'aéronautique, voire au nucléaire, avec la même énergie qu'à l'informatique ou aux télécommunications. Échange inégal dans les industries de masse, l'automobile au premier chef, où nous sommes pris en tenailles entre les exportations directes et les transplants [1] avec, pour seule perspective, de négocier inlassablement des accords d'autolimitation sur le thème « encore un instant, monsieur le Bourreau », et cela sans préjuger de l'émergence des constructeurs, coréens et japonais en Chine, voire chinois. Échange inégal dans les industries traditionnelles et demain dans les services avec des concurrents asiatiques dotés des mêmes outils que nous et forts d'une main-d'œuvre aussi habile et trente fois moins payée : hier les « tee-shirts », aujourd'hui les traitements informatiques de masse, demain le « back-office » des banques.

Pour ces acteurs-là, le dollar demeure la seule monnaie de référence, de sorte que, outre leurs autres avantages, ils bénéficient de surcroît de sa sous-évaluation et ne sont même pas handicapés par la surévaluation relative du yen. Au moins la croissance exponentielle de la Chine nous offrira-t-elle un lot de consolation que le Japon nous a toujours refusé, en l'occurrence de nouveaux marchés d'exportation. Mais, n'en déplaise aux idéologues du libre-échange, cette compensation ne sera jamais à la hauteur des ravages auxquels nous condamne l'irruption de l'Asie pauvre. Face à cet irrémédiable grignotage, le continent européen ne dispose d'aucune arme extra-économique. Ni stratégique : les enjeux dans le monde du Pacifique nous dépassent. Ni politique : les puissances asiatiques ne nous estiment pas au point de chercher en Europe des contrepoids aux États-Unis. Mais en revanche nos arguments commerciaux sont, eux, plus pondéreux que nous ne l'imaginons.

La grande Amérique, si imbriquée soit-elle avec l'Asie, gardera la capacité de se fermer partiellement : la rétorsion est à sa portée, et même si le Japon échappe à la tutelle mili-

1. Usines de montage automobile installées par les entreprises japonaises en Europe, en particulier en Grande-Bretagne et en Espagne.

taire des États-Unis, ceux-ci sont encore capables non de bloquer mais de freiner leurs importations. Dans maints secteurs, les parts de marché, d'ores et déjà atteintes par les Asiatiques, soit par leurs exportations, soit à travers leurs filiales locales, ont touché la limite. Pour les Chinois un jour, comme depuis plusieurs années pour les Japonais, seul l'immense marché européen, ouvert à tous les vents, pourra leur servir de vase d'expansion. Notre faiblesse devient, de la sorte, notre force : à nous de pratiquer, vis-à-vis d'eux, le judo... Ils ont, à l'extrême, davantage besoin de nous que nous n'avons besoin d'eux.

Ainsi allons-nous vers un monde sur lequel dérivent trois énormes économies-continents, ces substituts modernes aux économies-monde de Braudel. Le reste n'est qu'aires de transit, zones d'influence ou régions en déshérence. Ce sera malheureusement le destin de l'Afrique. Victime d'elle-même, mais aussi de la disparition du communisme qui lui a inventé des rivaux en Europe de l'Est autrement plus attractifs pour les capitaux occidentaux : combien d'industriels, jusqu'alors attirés par la main-d'œuvre bon marché du Maghreb, préfèrent désormais la Pologne ou la Bohême où, pour des salaires comparables, ils disposent à une journée de transport de Francfort ou de Paris, de travailleurs presque allemands ? Si l'Afrique du Sud émerge dans un état décent de sa transition vers la démocratie, elle exercera sur sa périphérie immédiate, et toutes proportions gardées, les mêmes effets que l'Amérique du Nord sur le Sud, ou l'Europe de l'Ouest sur l'Est. L'Afrique du Nord tirera, elle, un minimum d'avantages de l'ombre portée du continent européen, ne serait-ce que les aides désireuses de faciliter son développement afin de limiter l'immigration.

Entre les deux, en Afrique centrale, le désastre est inévitable : la Somalie aura été le témoignage le plus visible du retour à l'état de nature. Les structures administratives importées de la colonisation n'auront tenu qu'une génération. Les élites auront renoncé à mimer les anciens colonisateurs. Le tribalisme se sera nourri de la prévarication, du trafic, en particulier de la drogue, et de l'argent noir. Les guerres côtières seront réapparues comme autrefois sur la route des Indes. La civilisation, après une brève incursion souvent sanglante, se sera retirée. À quel destin est promis cette partie du continent, hormis le retour au Moyen Âge, non à un Moyen Âge figuré, mais le vrai, l'authentique, celui d'autrefois avec ses épidémies – le sida à la place de la peste –, ses famines, ses affrontements tribaux ? Des espaces en déshérence, il en existera bien d'autres qu'en Afrique mais nulle part la régression ne sera aussi forte et aussi violente. Là où, pour des raisons historiques, un « néocolonialisme » désormais bien fatigué se sera perpétué, comme dans l'ancien empire français, un minimum d'ordre ou d'illusion organisée régnera. Ailleurs, la communauté internationale se voilera la face : elle continuera peut-être à s'offrir de temps à autre une intervention de type somalien pour apaiser sa conscience, mais jamais elle n'aura l'autorité, la volonté et les moyens d'agir à grande échelle. Plus les trois grands espaces verront s'imbriquer riches et pauvres, plus l'Afrique centrale deviendra un continent englouti.

Sous couvert de mondialisation et de communication permanente, ces trois économies-continents ne trouveront pas aisément leur équilibre, comme pouvaient en revanche le faire, pendant de longues périodes, les grandes puissances d'autrefois. Sans maître du monde, puisque les États-Unis ont laissé tomber le sceptre. Sans ennemi clair, car l'intégrisme musulman est trop frêle, incertain, mobile pour tenir ce rôle. Sans mécanismes d'organisation, car l'ONU, le GATT, le FMI font semblant d'en tenir lieu. Oublie-t-on que, dans un monde dominé comme il ne l'a jamais été par l'économie, le désordre économique aura atteint une intensité sans précédent ? Quand le système monétaire aura-t-il été si faiblement organisé ? De l'étalon-or à l'étalon de change-or, puis à la libre fluctuation, l'entropie n'aura cessé de triompher. L'amnésie est chez nous si naturelle que, vingt ans après août 1971, les changes flottants paraissent avoir toujours existé. Ils ne constituent pourtant qu'une exception dans l'histoire économique. Jamais les grands maîtres de l'économie libérale n'auraient imaginé une telle aberration : pour Adam Smith, Ricardo et consorts le marché supposait un étalon monétaire stable. C'est bien plus tard que, nourrie de naïvetés idéologiques américaines et de positions par ailleurs si conformes aux intérêts des États-Unis, la vulgate libérale a fait de la fluctuation des monnaies l'alpha et l'oméga d'une économie moderne. Ce qui, en l'occurrence, veut passer pour l'ordre naturel du monde, ne traduit au contraire que sa désorganisation la plus primitive. Mais si absurde soit-elle, la réalité est désormais celle-là.

Il faut, en général, un bouleversement mondial pour mettre en place un nouveau système monétaire : nous avons donc toutes chances de vivre avec le désordre actuel, c'est-à-dire avec, pour perspective, une perpétuelle « guerre monétaire froide » entre les trois économies-continents. À quoi, hormis une agression quotidienne, ressemblent les dévaluations compétitives du dollar ? Dans quel esprit, autre qu'une attitude paisiblement belliqueuse, se situent les manipulations du yen ? Quel objectif, à part la reconquête de l'indépendance européenne, se glissait derrière le projet de monnaie unique ? Les marchés sont un champ de bataille : pour la maîtrise d'une épargne mondiale trop rare ; pour un avantage de compétitivité, donc pour la capacité de se réapproprier des emplois ; pour la puissance et la domination.

L'actuelle sous-évaluation du dollar constitue-t-elle autre chose qu'une dîme imposée par les États-Unis au reste du monde ? Trêve de balivernes : ce ne sont pas des milliers de traders qui, au nom de leur vision, fixent seuls le niveau du dollar ; c'est d'abord la politique de taux d'intérêt de la Federal Reserve et elle répond à un projet jamais explicite, toujours réfléchi.

Inutile, dans un monde surplombé par les rapports de forces économiques, de quêter un hypothétique ordre, dès lors que les monnaies continueront leur ronde infernale et leur bataille souterraine. D'une certaine façon, l'instabilité monétaire suffira à empêcher que les trois économies-continents s'unissent dans une « méga économie-monde », comme le voudrait la théorie braudélienne. Il faudrait, pour que ce processus ait lieu, l'existence d'un étalon monétaire. Le dollar n'est plus assez puissant pour tenir ce rôle ; il est encore assez solide pour demeurer le prébendier du système.

Par rapport aux folies monétaires, le commerce international peut encore se donner une image civilisée. Mais là aussi s'installe un système sans centre. Le GATT aura survécu une génération à l'étalon de change or. Nés l'un et l'autre après 1945 de la toute-puissance américaine, ils garantissaient la domination absolue des États-Unis sur l'économie mondiale : des marchés de plus en plus largement ouverts à leurs produits, une monnaie à laquelle toutes les autres devaient s'accrocher. Le second pilier, monétaire, aura commencé à s'effondrer le jour où, de monnaie créditrice, le dollar est devenu débiteur : cela signifiait, à un terme très lointain, sa banalisation. Le GATT connaît, lui, avec l'Uruguay Round son chant du cygne : c'est sans doute la dernière fois que les États-Unis pourront, de la sorte, pousser à une libération des échanges aussi conforme à la topographie de leurs intérêts : agriculture, audiovisuel –

deuxième exportateur américain! –, télécommunications... Quitte, de l'autre main, à négocier grâce à ce qui leur reste d'influence stratégique, des accords d'autolimitation avec le Japon et les autres pays asiatiques.

Il se passera pour le GATT ce qui s'est produit pour la monnaie : il s'affaissera au fur et à mesure de l'usure progressive et irréversible que connaîtra l'imperium américain, et qui fera là aussi reculer Washington du rang de patron de droit divin à celui de « primus inter pares ». Mais avec étrangement des habillages idéologiques différents de la part des États-Unis : le passage au mythe libéral absolu aura accompagné le déclin monétaire; la mise en cause du libre-échange pur et parfait ira de pair avec le recul de leur influence commerciale. L'idéologie a bon dos : dans l'ordre des valeurs américaines, elle se situe loin derrière l'empirisme... Là non plus ce ne sera pas une grande conférence internationale, terme ultime d'une coopération exemplaire, qui fondera un nouveau système en remplacement de celui créé à La Havane en 1947. Tout se jouera dans les relations bilatérales entre les trois zones, les accords d'autolimitation, l'utilisation virtuelle ou effective des mesures de rétorsion, le recours à un arsenal où étrangement le symbolique tient une place disproportionnée : dans l'univers commercial, les acteurs miment les gestes de la guerre, davantage qu'ils ne la font.

Sous couvert d'une rhétorique banalement libre-échangiste, les économies-continents se protégeront des dommages trop lourds que leur infligerait une excessive liberté de circulation. Les Asiatiques, comme aujourd'hui, par les réflexes naturellement nationalistes de leurs populations. Les Américains par le maniement le plus classique des rapports de forces. Les Européens avec beaucoup de difficultés, dès lors qu'à la face du monde entier, leurs positions résulteront de compromis laborieux entre les tenants, tous latins, de la préférence communautaire et les défenseurs, tous anglo-saxons, du libre-échange. Technologies et capitaux échapperont évidemment à ces écluses, circulant avec une totale liberté, au risque de susciter, davantage encore qu'aujourd'hui, des concurrences insupportables entre les vieux pays adossés à leur État-providence et de nouveaux producteurs, aussi habiles, aussi riches et aux prix de revient tellement plus bas.

Destructuré monétairement et commercialement, le monde aurait-il, au moins, un ersatz de centre collectif, politique et militaire ? Avec des États-Unis privés de leadership, l'ordre ne peut plus en effet venir que d'instances efficaces de régulation. Il n'en existe aucune. Les multiples organisations ne fonctionnent bien en effet qu'à deux conditions : l'impossibilité, pour un seul joueur, de bloquer la machine – avec la disparition de l'Union Soviétique, ce préalable-là est rempli ; l'existence d'un tuteur incontestable et désireux de tenir son rang – les États-Unis, nous le savons bien, en sont désormais incapables. Hors de cette double réalité, point de salut ! Longtemps paralysés par le veto soviétique, les Nations unies sont en train de devenir impuissantes par un mélange bizarre de désordre bureaucratique, d'inaptitude collective aux choix stratégiques, et de bons sentiments en guise d'idéologie. Plus elles s'agitent, plus elles se transforment en une Société des Nations vibrionnante et médiatique. Quelle est leur pensée sur l'ordre du monde ? Leur doctrine d'action ? La hiérarchie de leurs objectifs ? Pourquoi la Somalie et non le Soudan ? Chypre et non la Bosnie ? L'ONU n'essaie de régler que les problèmes à sa mesure : s'ils sont trop importants, non-intervention ; s'ils sont modestes, vive l'action, paraît-il, humanitaire !

La société internationale ne fonctionne pas, à l'instar des

sociétés civiles les plus développées, de façon cybernétique, avec des effets et contre-effets, chocs et contre-chocs, dont l'ONU serait devenu le notaire intelligent. L'agora crée un minimum de civilisation; elle ne fabrique aucun ordre. S'il en va ainsi des Nations unies, que dire dès lors de la CSCE (la Conférence sur la sécurité et la coopération en Europe) et des mille et une instances régionales, toutes vivaces le temps d'annoncer leur naissance au journal télévisé et ensuite toutes évanescentes. Quand le groupe des pays riverains de la mer Noire – puisqu'il s'est, paraît-il, constitué – s'occupe-t-il de la guerre entre Azéris et Arméniens ? Quand l'Organisation de l'unité africaine, l'OUA, s'est-elle sérieusement intéressée aux affrontements en Afrique ? Quand le dispositif d'alerte sur les crises, mis en place par la CSCE s'est-il mis en mouvement à propos de la Yougoslavie ? Ses radars politiques seraient-ils aveugles dans les Balkans ? Et quand l'instance la plus « snob » du monde, le G7, a-t-elle pris des positions de principes face aux guerres en cours et aux conflits à venir ? « Vanité, tout n'est que vanité » pour l'Ecclésiaste; bavardage, tout n'est que bavardage pour l'ONU et ses émules.

C'est finalement sur le plan militaire que le monde semble le moins mal organisé. Au moins l'OTAN fait-elle encore figure d'organisation crédible, dès lors que les États-Unis continuent à en assurer le commandement de fait. En ira-t-il de même, lorsqu'ils auront rapatrié leurs troupes d'Europe et qu'ils auront, de plus en plus clairement, établi une différence de nature entre les enjeux qui touchent à leurs intérêts vitaux, et pour lesquels ils envisagent de risquer la vie de leurs soldats, et les conflits régionaux auxquels ils sont disposés à consacrer les heures de travail de leurs diplomates et, au plus, militairement quelques bombardiers prêts, avec d'infimes prudences à tirer de très loin ? Avec l'Union de l'Europe occidentale, les Occidentaux avaient appris comment fonctionne une organisation militaire impuissante, jusqu'au jour où Français et Allemands ont décidé de réveiller la Belle au Bois Dormant pour y loger leur propre coopération militaire. L'OTAN ne risque-t-elle pas de connaître, le moment venu, le même sort ? Doutes stratégiques sur sa finalité : que faire une fois disparu l'ennemi originel ? Incertitudes sur son territoire d'action : jusqu'où, sur la planète, l'Occident est-il menacé ? Impréparation aux tâches de maintien de l'ordre en Europe pour s'être exclusivement concentrée, pendant quarante ans, sur une hypothétique invasion frontale. Et surtout donc, effacement progressif du chef de file américain : au nom de quelle légitimité commandera-t-il en Europe, après s'en être retiré ? L'OTAN semble la plus en état de marche des grandes organisations internationales : elle est peut-être la plus menacée dans son essence. Une alliance militaire a en effet besoin, pour fonctionner, d'ennemis ; elle est mal à l'aise dans un environnement flou. Pour elle aussi, mieux vaut une menace sans risques que des risques sans menace.

La coopération internationale n'est pas, en définitive, un substitut à l'absence d'un centre. À cent cinquante, c'est une agora ; à vingt ou trente, il lui faut un adversaire ou au moins un bouc émissaire ; à sept, fût-ce au niveau des chefs d'État, cela devient vite un instrument d'autocélébration et de promotion mutuelle. Le monde n'est habitué ni à l'absence de leaders reconnus, ni à la disparition d'ennemis qu'il peut assimiler au Mal. Étrange situation qui, une fois de plus, nous ramène au Moyen Âge et rapproche l'an 2000 de l'an 1000. Depuis cette époque, le monde avait connu une succession de puissances dominantes, de l'Espagne de Charles Quint à la France de Louis XIV, de l'Angleterre victorienne à l'Allemagne impériale, avant de voir cette tradition culminer peut-être avec l'omniprésence américaine de l'après-guerre. Une immense parenthèse se referme, qui allait de pair – ce qui n'est pas un hasard – avec un sentiment de stabilité et une impression d'ordre. Entre les puissances d'aujourd'hui et de demain, les relations ressemblent davantage au jeu des princes et des potentats de 1400 qu'au concert des nations du dix-neuvième siècle. Les États-Unis ou le Japon se conduisent plutôt comme des suzerains en mal de compromis avec leurs vassaux qu'en États impériaux, voire impérialistes, des Temps Modernes. À monde flou, relations floues; à rapports de forces fluides, organisation fluide; à conflits imprécis, règles imprécises.

Le nouveau Moyen Âge, comme l'ancien, correspond à un monde décentré, mobile où rien n'est définitivement acquis. Et l'analogie ne s'arrête pas là : elle se nourrit d'un phénomène peut-être encore plus bouleversant depuis l'affaiblissement des États-Unis, en l'occurrence la résurrection des « zones grises », c'est-à-dire la réapparition à l'échelle de la planète mais aussi au cœur de nos sociétés, de pays, de régions ou d'espaces parfaitement délimités qui voient disparaître les structures traditionnelles d'ordre. Depuis Hegel, nous avions tous cru que l'État est le point naturel d'aboutissement des sociétés. Erreur! Il arrive aux États de se retirer contre leur gré, telle la marée, et de laisser à découvert de bien étranges réalités.

CHAPITRE 3

LE TRIOMPHE DES SOCIÉTÉS « GRISES »

Existe-t-il un raccourci plus direct vers le Moyen Âge que de voir les zones hors de toute autorité légale se multiplier ? Depuis la Renaissance, l'ordre ne cessait de gagner. Géographiquement avec l'amenuisement, telle une peau de chagrin, des espaces incontrôlés, même si ces manifestations du pouvoir se sont faites au prix de l'impérialisme et du colonialisme. Juridiquement, grâce à l'accentuation du rôle de l'État et à l'instauration de règles de droit qui ont multiplié les interdits : combien de pratiques, hier vécues comme naturelles, ont été peu à peu combattues et abandonnées! Socialement, avec la prise en charge progressive de l'ensemble de la population par l'État-providence, de l'école à la santé, de l'action familiale aux assurances chômage. Politiquement, avec le quadrillage du monde par des régimes, souvent peu démocratiques, mais qui respectaient, à l'instar des démocraties, un certain code formel dans les relations internationales. L'ordre, fût-il guerrier à intervalles réguliers, ne cessait de progresser, au point de faire naître le mythe absurde de sociétés transparentes à elles-mêmes, où tout serait connu et contrôlé. *1984* traduisait ce cauchemar-là. Aujourd'hui la menace s'est déplacée : ce serait plutôt le retour de la loi de la jungle.

Soudainement, tout s'inverse : des espaces immenses reviennent à l'état de nature; l'illégalité se réinstalle au cœur des démocraties les plus avancées; les mafias n'apparaissent plus comme un archaïsme en voie de disparition, mais comme une forme sociale en pleine expansion; une partie des villes échappe à l'autorité de l'État et plonge dans une inquiétante extraterritorialité; des millions de citoyens, au cœur des sociétés les plus riches et les plus sophistiquées, basculent dans l'ombre et l'exclusion... Nouvelles bandes armées, nouveaux pillards, nouvelles « terrae incognitae » : les ingrédients sont tous là, du nouveau Moyen Âge. Des bandes armées ? De Somalie au Turkménistan, mais aussi de Los Angeles à Vaulx-en-Velin. Des pillards ? Des maîtres de la drogue, désormais installés au cœur de la finance internationale, aux nomenklaturistes russes qui s'établissent à leur compte, avec une partie du patrimoine public pour dot. Des « terrae incognitae » ? Des régions qui sombrent dans l'anarchie, avec une imbrication, de plus en plus difficile à démêler, entre la société officielle et la société clandestine, entre les affaires propres et les affaires sales, entre l'argent blanc et l'argent noir.

Pendant cinq siècles, les terres inconnues n'avaient cessé de se réduire, voire de disparaître; elles se recréent, ailleurs et différemment, avec pour corollaires, des rapports de forces à l'état brut, la violence et le désordre. Territoires, sociétés, réalités virtuelles, tel le monde financier : le « gris » partout progresse, avec des distinctions de plus en plus ténues entre le permis et l'interdit, le moral et l'immoral, l'autorité légitime et les pouvoirs illégaux, l'officiel et l'officieux. Lors du premier Moyen Âge, le flou et l'incertain régnaient à l'échelle d'un « espace à deux dimensions », c'est-à-dire pour l'appropriation de la terre et d'un pouvoir encore fruste. Avec le deuxième Moyen Âge, ils reviennent en force dans un espace cette fois-ci à « *n* dimensions », symboliques, réelles, mythologiques, virtuelles...

Mais les institutions sont encore inconscientes devant ce bouleversement : elles ne se rendent pas compte qu'à l'échelle mondiale, elles deviennent minoritaires et que même en Occident, une part de plus en plus grande de la société leur échappe. L'État a beau se montrer tatillon et omniprésent; il est en recul. Dans toutes ses fonctions, sociales ou répressives, il perd du terrain, incapable d'encadrer une réalité qui, elle, revient aux règles de fonctionnement les plus primaires. Les normes juridiques paraissent en plein essor; elles étayent le fonctionnement de la seule société officielle. Les procédures sociales semblent de plus en plus complètes; elles voient, chaque jour, de nouvelles populations leur échapper. La répression prétend traquer les formes de délinquance les plus sophistiquées; elle doit cohabiter avec une illégalité en fort développement.

Quelle fraction du globe obéit encore au principe d'ordre ? L'interrogation est factuelle, voire cynique; elle met artificiellement sur le même plan la démocratie et la dictature, l'Occident et le totalitarisme; elle mesure, au fond, le recul des États. Avec la fin du communisme et l'affaissement des impérialismes, y compris occidentaux, la réponse est brutale : une part de plus en plus restreinte de notre monde. Les zones grises recouvrent une surface, chaque jour croissante, de l'Afrique. Elles se sont élargies à une grande partie du territoire russe. Elles règnent en maîtres sur les républiques musulmanes de l'ex-empire soviétique. Elles se développent au cœur même de l'empire américain, dans une Amérique du Sud dont des régions entières sont sous la domination des rois du pavot, des empereurs de la cocaïne et autres trafiquants. Elles s'immiscent en pleine Chine, au fur et à mesure du retrait d'une autorité centrale qui parcourt le chemin de l'Histoire à l'envers et revient de la toute-puissance communiste aux pouvoirs en quenouille des anciens Empereurs. Elles sont évidemment chez elles au Moyen-Orient et au Proche-Orient où elles cohabitent avec les régimes les plus théocratiques et les plus intégristes. Elles s'installent sur le pourtour de l'Europe, dans les dédales de l'Arménie, de l'Azerbaïdjan et de la Géorgie et vont jusqu'à se faufiler au cœur de notre continent à l'occasion de la guerre dans les Balkans. En témoignent les trafics qui l'accompagnent, les réapparitions de chefs de bandes qui en remontreraient à leurs collègues du quatorzième siècle, la multiplication d'enclaves aux mains de nouveaux seigneurs de la guerre, qui ont simplement remplacé le glaive par le bazooka. Le vocabulaire est toujours le premier à prendre acte des nouvelles réalités, avec « le siège de Sarajevo » ou la « prise de Gorazde », mots qui semblaient bannis de notre univers...

Dans ces espaces en déshérence, l'État de droit cède la place à des potentats locaux qui retrouvent, avec leurs voisins ou vis-à-vis de la capitale, des relations de vassaux et de suzerains. Le maire de Saint-Pétersbourg, le gouverneur de Nijni-Novgorod, le patron de tel combinat, l'ancien premier secrétaire de telle région autonome se sont imposés au hasard d'un complot de palais, à la force du poignet, par un concours de circonstances. Ils traitent avec Moscou de façon exclusivement contractuelle, lui reconnaissent un pouvoir symbolique mais n'exécutent que les instructions qu'ils ont bien voulu accepter. Ce ne sont plus des procédures, des diktats affichés de Leningrad à Vladivostok, les us et coutumes d'une bureaucratie folle qui déterminent les relations entre le centre et la périphérie, mais un jeu d'influences complexes, aléatoires et fugitives. Le duc d'Aquitaine ou le comte de Provence se conduisaient-ils différemment vis-à-vis du roi de France ? À quand la guerre des Deux-Roses entre des légitimités qui, pour l'instant, se limitent du côté du Kremlin à un affrontement verbal ? Et encore, existe-t-il, dans la steppe russe, un semblant d'ordre avec des responsables qui se sont emparés des oripeaux de l'ancien système.

Par comparaison, l'Afrique subsaharienne semble, elle, être revenue à l'état premier des sociétés primitives ou la Colombie, dans les territoires de cultures hallucinogènes, à la pure loi de la jungle. Seul le rapport de forces prime. La parenthèse communiste aura légué les apparences formelles de l'organisation, même si sa substance s'est, dans l'entre-temps, dissoute. Les structures héritées de la colonisation et du modèle occidental auront, elles, davantage volé en éclats : que reste-t-il de l'administration à l'européenne au fond de l'Afrique saharienne ? À peine un souvenir ; peut-être une nostalgie.

La victoire du marché va de pair avec l'ascension des zones grises. Aussi longtemps que l'économie capitaliste se limitait à des pays, pour la plupart démocratiques, accoutumés à l'État moderne, le libéralisme fonctionnait autour de deux pôles, le marché et la règle de droit, la seconde encadrant le premier. Dans le monde anglo-saxon, régi par un capitalisme démocratique, l'équilibre entre ces deux principes régnait ; dans des systèmes plus oligarchiques, comme l'Allemagne et surtout le Japon, le droit ne parvenait qu'imparfaitement à en atténuer l'opacité ; dans le Tiers Monde, évidemment, le jeu faisait une part de plus en plus réduite aux contre-pouvoirs juridiques. Mais le modèle dominant tendait néanmoins vers une conception dans laquelle marché et droit constituaient l'avers et le revers indissociables d'une même réalité. Une nouvelle manière d'être semble, depuis la chute du communisme, s'imposer. À quoi ressemble un marché sans État et sans norme de droit ?

À la jungle. Quelle organisation naît de la jungle ? La mafia. Encore la notion même est-elle ambiguë. Quelle est en effet la ligne de partage entre l'économie officielle et l'autre, lorsque n'existent ni lois, ni règles, ni habitudes de comportement, ni morale des affaires ? Comment définir en Russie cette mafia que les observateurs voient partout ? Être mafieux, est-ce simplement être riche avec ostentation ? Est-ce se spécialiser dans des activités lucratives, mais peu créatrices de valeur ajoutée ? Est-ce appartenir à une organisation en voie de constitution qui, à l'instar de ses homologues américaine ou italienne, veut maintenir l'État en dehors de ses « affaires » ? Est-ce participer d'une internationale qui n'hésite pas à utiliser la violence et l'assassinat à ses propres fins ? Est-ce jouer à la filiale d'une « multinationale » dont le contrôle de la drogue constitue la matière première ?

Sans doute la mafia à Moscou est-elle, elle aussi, un être social en devenir. Il n'existe de solution de continuité ni entre les mafieux et la « bourgeoisie comprador » – suivant la veille terminologie de Marx – née de l'importation de biens de luxe qu'elle vend aux anciens nomenklaturistes, lesquels les achètent avec les dollars de la corruption, ni entre la « bourgeoisie comprador » et la plupart des nouveaux riches, ni même entre ces derniers et ceux que l'on baptise abusivement entrepreneurs, et qui ne sont malheureusement que de simples commerçants et importateurs. Dans ce monde brutalement immergé dans le marché, comment l'illégalité se manifeste-t-elle, dès lors qu'aucun code de l'urbanisme n'est opposable à un candidat promoteur, aucun code commercial à un importateur, aucune règle à un financier, aucune obligation fiscale et administrative à tous ces nouveaux acteurs ? Quand l'armée rouge devient le plus grand « marché aux puces » de l'armement, vendant à l'encan kalachnikovs, chars, missiles et peut-être têtes nucléaires tactiques, le fait-elle pour fournir des devises à l'État, pour alimenter des comptes en Suisse ou pour nourrir des officiers miséreux ? Lorsque l'Iran peut s'offrir, pour deux cents dollars par mois, des physiciens russes affamés, prêts à lui transférer le « know-how » nucléaire, vit-on dans un monde rationnel ? Demeure-t-il encore une place pour des distinctions subtiles entre ce qui est fiscalisé et ce qui ne l'est pas, ce qui respecte le contrôle des changes et ce qui le transgresse ? Comment distinguer le blanc et le noir ? Le système devient « gris » de lui-même, au point que les intervenants dans cet étrange univers s'accoutument à l'idée que tout est permis et qu'il n'existe d'autre frein à l'action que la force.

Certes, en poids réel, les « économies de jungle » ne sont pas encore très importantes, mais elles gangrènent le reste du monde : elles exercent un attrait naturel sur tous ceux qui, dans le capitalisme classique, aiment « jouer les bordures » ou, suivant un autre mot du monde des affaires, « franchir la ligne jaune ». Sous cet angle, la Chine ne vaut pas mieux que la Russie, même si les excès, les débordements, la prévarication permettent, au moins, au capitalisme d'entamer la longue marche – la seule vraie – qui, née de l'accumulation primitive, comme nous l'avons connue au dix-neuvième siècle, le conduit à un processus de développement accéléré. Même si, au débouché de la folie financière, se trouvent en Chine de vraies usines et bientôt une industrie de bon aloi – immense différence avec la Russie –, la morale et l'éthique des affaires ne seront pas, non plus, au rendez-vous. Quels incroyables effets en chaîne, la chute du communisme n'aura-t-elle pas eus ? Mettant à bas maints États, elle aura favorisé la résurrection des zones grises ; donnant au marché un champ d'expansion sans le moindre frein, elle aura atténué la portée des contrepoids que des décennies de capitalisme civilisé avaient fini par édifier. L'ordre recule, et avec lui le droit, la morale et les principes sur lesquels nos sociétés se sont édifiées depuis la Révolution.

L'Est n'est pas responsable de nos propres transgressions. L'irrésistible ascension de la corruption ne date pas dans nos sociétés de la chute du Mur de Berlin. Chez nous aussi, le gris ne cesse de gagner. Par son ampleur surréaliste, la corruption italienne semble faire figure d'exception. N'est-elle pas plutôt la caricature d'un système qui gagne partout ? Il aura fallu l'éternel charisme de Felipe Gonzales pour que les Espagnols acceptent de jeter un voile pudique sur les pratiques du parti au pouvoir, en totale complicité avec la nouvelle bourgeoisie des « beautiful people [1] ». Les « affaires » ne sont pas pour rien, chacun le sait, dans le désastre électoral des socialistes français. Mais ce serait une naïveté de croire que le mal est exclusivement latin, rançon inattendue du catholicisme ou du climat. Derrière son allure petite-bourgeoise, l'Allemagne a cédé depuis longtemps au démon, avec des scandales qui n'ont cessé de scander sa vie politique. C'est la contrepartie, chez elle, d'un fonctionnement oligarchique des pouvoirs qui limite, en ces matières, le jeu des contre-pouvoirs. Et le point d'orgue est sans doute atteint par le moins latin des pays, en l'occurrence le Japon, dont les élites baignent dans d'étranges relations où se croisent la politique, les affaires et la mafia.

La tentation est grande, dans tous ces États, de faire de la classe politique le bouc émissaire de la corruption, comme si elle en était le principal coupable ou l'unique responsable. Hypocrisie collective ! Le pot-de-vin, le trafic d'influence

1. Mot employé à Madrid pour désigner les bénéficiaires ostentatoires de l'expansion des années 80.

sont en train d'innerver l'ensemble de la vie sociale. Quel chef d'entreprise est sûr que les membres de son service achats sont tous honnêtes ? Quel observateur de la vie économique peut garantir que la signature des grands contrats se passe toujours en tout bien tout honneur ? Quel concessionnaire de service public s'engagerait à certifier, le jour du Jugement Dernier, que son entreprise n'a pas manipulé des dizaines de millions de francs d'argent noir ? Quel spécialiste de la publicité oserait prétendre que l'achat d'espaces est une activité « blanc-bleu » et que le maquis des commissions et des ristournes, loi Sapin ou non, ne se prête à aucun écart ? Quel opérateur financier peut certifier que jamais des transactions ne lui sont apparues bizarres et qu'il ne s'est jamais étonné de montages biscornus qui ne peuvent trouver leur fondement que dans une bêtise abyssale ou dans la malhonnêteté ? Quel responsable immobilier peut prétendre n'avoir jamais croisé de mallettes de billets ou de comptes en Suisse ? Quel spécialiste fiscal affirmera ne pas consacrer une part importante de son temps à gérer de subtiles compensations entre tel et tel pays ? Quel haut fonctionnaire, au contact du monde opaque de l'armement, affirmera n'avoir rien vu, rien entendu, rien compris ?

On peut espérer qu'à la différence du délire italien la corruption n'a pas faussé, en France, trop de décisions économiques, faisant prévaloir, pour des motifs qui lui seraient propres, les mauvais choix sur les bons. Mais qu'elle soit désormais omniprésente, qui peut le nier ? Dans un pays, le nôtre, qui a fait de la vertu de ses élites, et en particulier de ses fonctionnaires, une force, c'est un événement majeur. La quête des explications est infinie. La libération des marchés et l'explosion de la finance qui ont conduit l'argent à imprégner, bien davantage qu'auparavant, l'ensemble des activités économiques ? La dérégulation qui a fait basculer dans les circuits monétaires des activités jusqu'alors moins mercantiles ? L'individualisme qui a poussé les individus à faire prévaloir, perinde ac cadaver, leurs intérêts personnels ? L'affaissement des grandes institutions – l'État, les Églises, les partis, les syndicats – qui, toutes, distillaient une morale traditionnelle pour laquelle l'argent oscillait entre le pis-aller et le péché ? L'influence du modèle culturel américain auquel nous avons emprunté la toute-puissance de l'argent, en laissant de côté les contrepoids moraux et religieux propres au protestantisme anglo-saxon ? La disparition de la lutte des classes et des conflits sociaux qui a cédé la place au mimétisme entre catégories professionnelles, au désir d'imitation et donc aux besoins financiers pour les satisfaire ? L'apparition de personnages emblématiques hâbleurs et « friqués » ? Le passage presque naturel du culte de l'entreprise au goût du profit et de ce dernier à la tentation de l'enrichissement personnel ? Le sentiment d'immunité ? L'air du temps ?

La France emprunte désormais cette voie, et avec elle l'Occident entier. Après les collectivités locales, l'État ; après les activités économiques moralement les plus fragiles, toutes les autres... S'agit-il d'un moment d'égarement ou d'un dérapage irréversible ? Il existe, en ces matières, des phénomènes de cliquets : à force de combats et de contre-feux, la situation peut être stabilisée ; elle est difficilement réversible. De là, au cœur même de nos systèmes de pouvoirs politiques et économiques, une zone grise : elle s'est étendue, depuis quelques années, de façon exponentielle, au point de corroder ce que la France possédait de plus exceptionnel, l'absolue vertu et le désintéressement de ses élites.

Encore cette corruption insidieuse, destructrice de notre système de valeurs, ressemble-t-elle à un péché véniel, par rapport aux centaines de milliards de dollars noirs nés du trafic de la drogue. Ses recettes dépasseraient en effet cent milliards de dollars par an, c'est-à-dire davantage que l'aide au développement de l'ensemble du monde occidental ! Le coca et le pavot sont les deux seules productions agricoles en progrès dans le Tiers Monde. Des régions entières, consacrées à ces cultures intensives, échappent à toute autorité, hormis celle des multiples clans Escobar et autres qui prospèrent en Amérique du Sud ou au Proche-Orient : ce sont les plus grises des zones grises...

Ensuite, l'argent quitte ces régions autonomes pour se retrouver au cœur du système capitaliste, y compris dans les plus respectables de nos banques ! Existe-t-il encore un banquier lucide qui puisse affirmer qu'aucun dépôt douteux ne s'est glissé dans ses comptes ? Croit-on que les agences prospères de Zurich, de Lugano, de Luxembourg et désormais de Budapest ou de Varsovie recèlent uniquement les liquidités de conformistes rentiers ? Imagine-t-on que l'argent de la drogue ne se retrouve pas dans les circuits économiques traditionnels ? Combien d'opérations immobilières à Monaco ou ailleurs constituent l'ultime chaînon d'une immense entreprise de blanchiment ? Combien d'étranges actionnaires servent de prête-noms à la multinationale de la drogue ? Nous sommes entrés dans un monde où toute transaction à un prix anormal est suspecte : elle risque d'être la contrepartie d'une opération qui, comme par magie, transforme un dépôt clandestin en actif légal ! Un immeuble trop cher payé, un tableau qui change trop souvent de mains, un objet de collection dont le prix s'envole ou à l'inverse des prêts proposés à des conditions inférieures aux taux du marché, des fonds propres enregistrés au nom de sociétés exotiques, des prête-noms dont la surface financière affichée relève du miracle : autant d'anomalies qui représentaient hier les scories techniques du jeu capitaliste et qui, désormais, constituent les indices du blanchiment !

Le patrimoine, illégal, né de la drogue doit peser autant que celui de certains pays parmi les plus riches ; il ne s'est pas réfugié sur une planète lointaine ; il est là, tapi au cœur du système financier, peu menaçant pour lui puisque avide, au premier chef, de respectabilité. Nous manipulons, recyclons, déplaçons cette épargne, au même titre que celle, plus traditionnelle, des classes moyennes. Autant dans l'espace, les zones grises se différencient des régions environnantes ; autant dans le monde virtuel de la finance, elles semblent indissociables des flux sains. Face à cette lame de fond, les contre-mesures semblent dérisoires. Échanges de données ; croisement de fichiers ; procédures internes en cas de légitime suspicion : le combat est encore inégal.

Ne l'est-il pas d'autant plus qu'au fond d'eux-mêmes les acteurs financiers les plus honnêtes hésitent à se priver d'un fonds de commerce tellement confortable... ? Les conditions de prêts sont plus rémunératrices ; les commissions bancaires jamais contestées ; les gages donnés sans réticence. Pour les trafiquants, le surcoût bancaire est infinitésimal par rapport à leurs marges et la discussion âpre trop dangereuse. Individuellement, aucun banquier respectable n'avouera sa prédilection pour cette clientèle particulière et son sentiment d'horreur sera sincère ; collectivement, la profession pratique, sans le dire ni même le savoir, un marketing actif à son égard, dès lors qu'elle se précipite sur les dépôts « offshore » du canton de Zug ou des îles Caïmans : dans le domaine financier, exotisme rime souvent avec argent de la drogue. Une affaire explose de temps à autre, qui témoigne de l'imbrication des flux et de la consanguinité entre l'argent légal et l'argent illégal : Paretti, Fiorini, Sasea et alii par exemple. Jusqu'à présent la secousse passée, l'omerta reprend ses droits, camouflée derrière le principe, si commode, du secret des affaires... Pour les multinationales de l'illégalité, la chute du communisme est de surcroît une aubaine : elle leur fournit des débouchés illimités – la société de consommation commence par importer de la drogue... ; elle ouvre des circuits et des boucles de financement qui, via Tachkent, Moscou ou Varsovie, permettent de brouiller encore mieux les cartes ; elle leur offre des bases arrière gigantesques que le désordre ambiant suffit à protéger. Le principal acteur économique à l'Est serait, sans doute, aujourd'hui « Mafia Incorporated ».

À force d'accumuler les actifs, les immeubles, les sociétés, « Mafia Incorporated » réussit à se doter d'un statut d'extraterritorialité au cœur même des pays occidentaux, France comprise. Le Sud-Est, de Marseille à Vintimille, semble sur le point d'être « pris » ; il dérive lentement vers un modèle napolitain ou sicilien, avec des pouvoirs locaux, au pire sous influence, au mieux ambigus, une prédominance économique de l'immobilier par nature plus suspecte que l'industrie classique, des résidents étrangers aux ressources ostentatoires et peut-être une prédisposition latine à l'arrangement et à la combine.

Il s'agissait avant-hier de folklore, hier de mauvaises habitudes, aujourd'hui de graves dérapages, et demain de l'instauration d'une zone quasi extraterritoriale. Les investissements respectables finiront par s'en détourner comme ils l'ont fait du Mezzogiorno italien. Industriel américain de la télématique, choisissez-vous Sofia-Antipolis comme vous l'auriez fait il y a dix ans, pour satisfaire le goût de vos cadres pour le soleil et la mer ? Dans la batterie de critères que, comme tout Anglo-Saxon vous utiliserez, les cases sécurité, morale, atmosphère, deviendront autant de points noirs. Un cordon sanitaire est en train, subrepticement, de se mettre en place. Moins d'investissements productifs, moins de touristes, moins d'implantations pour personnes âgées et parallèlement une émigration des classes dominantes vers d'autres cieux, la difficulté d'attirer, dans les universités, les meilleurs talents, une moins bonne qualité des cadres détachés de Paris par les grandes institutions publiques et privées : voilà, en germe, les éléments d'un processus de déclin !

De même que des pays entiers basculent sur quelques erreurs et s'enfonçent – souvenons-nous toujours de l'Argentine, cinquième puissance économique du monde en 1938 –, des régions peuvent, elles aussi, s'affaisser. La démocratie fonctionnera-t-elle en l'an 2000 à Marseille ou à Nice sur le même modèle qu'à Rennes ou à Strasbourg ? Les élites répondront-elles aux mêmes critères ? Les forces économiques agiront-elles avec les mêmes principes ? Gare à l'alchimie sociale en train de se mettre en mouvement dans ces contrées !

Formulé sur ce ton-là, le diagnostic peut paraître injurieux pour des habitants qui, de toute leur énergie, repoussent ce modèle de société. Mais une mécanique infernale est en route, qui risque de les broyer. Moscou, Palerme, Montevideo, Nice : succursales inattendues d'une chaîne dont le profit est certes le moteur mais dont la valeur ajoutée est bien particulière... Le préfet des Alpes-Maritimes, le directeur départemental des impôts à Nice, le patron local de la police pensent-ils, au fond d'eux-mêmes, autre chose ? N'ont-ils pas le sentiment d'avoir prise sur la seule société officielle, et ne mesurent-ils pas qu'elle est en peau de chagrin, cernée par un univers opaque, flou et de plus en plus envahissant. Eux savent que le pays légal et le pays réel se séparent, à nouveau, sous leurs juridictions et que le premier sera de plus en plus sur la défensive. Dans la foulée de la décomposition de la Péninsule, la frontière de l'Orient remontera peut-être l'Italie, au point de se fixer un jour au sud de Florence : le Sud-Est français risquerait-il d'être rattaché, par des liens illégaux, à cette nouvelle Italie centrale, comme autrefois le Comtat Venaissin à la papauté ?

L'insidieuse invasion de « Mafia Incorporated » ne se limite pas à la Côte d'Azur, mais, comme toutes les organisations avec une vision à long terme, celle-ci cherche à bien contrôler ses prises, avant de repartir de l'avant. En maints endroits, les colonnes avancées commencent à agir, prenant pied souvent dans les banlieues des métropoles qui constituent, elles aussi, autant de zones grises. Mais elles se manifestent en ordre dispersé, avec prudence, aussi lontemps qu'elles n'ont pas atteint la taille critique. Il existe des seuils à partir desquels la structure dominante de la société ne relève plus de l'ordre traditionnel mais d'un autre système : clanique, dominé par l'argent, soumis aux rapports de forces, en un mot primitif. La Sicile et la Sardaigne ont franchi ce point de non-retour; la Corse, d'une certaine façon, prend ce chemin; l'Andalousie et notre Sud-Est s'en approchent.

La société illégale se sent, à partir de certaines positions de forces, capable de traiter d'égal à égal avec la société légale. Dans les systèmes oligarchiques, les liens deviennent même incestueux. Dès lors que l'obscurité protège les puissants, que la démocratie se limite au suffrage universel et qu'il n'existe aucun contre-pouvoir, il se crée une solidarité de fait entre les détenteurs du pouvoir. Dans l'inlassable quête des liens entre Giulio Andreotti et la mafia, l'Italie recherche un exutoire collectif et un bouc émissaire individuel : c'est pour elle le moyen le plus confortable d'éluder sur ce point ses responsabilités et surtout celles de ses élites. Le pays légal fonctionnait de manière mafieuse, ce qui n'est pas synonyme de la mafia installée au cœur de l'appareil d'État : des liens d'intérêt croisés, des échanges de pouvoir, de positions et d'argent sans la moindre transparence, le quadrillage des instruments d'influence afin d'empêcher quiconque de « faire feu sur le quartier général », un mélange indissociable de « partitocratie » – le règne sans partage des partis politiques – et de « kleptocratie » – l'organisation des prébendes au profit de l'élite politique – tels étaient les symptômes du mal italien. Derrière le mur d'opacité, les luttes de pouvoir pouvaient aller jusqu'à fantasmer des coups d'État virtuels – d'où le fonctionnement ambigu des services secrets –, susciter des francs-maçonneries presque putschistes – la loge P II –, et de la même manière conduire à un modus vivendi inavoué avec la mafia – une agressivité retenue de la part de l'État à la poursuivre en échange de sa bonne volonté vis-à-vis du clientélisme de la démocratie chrétienne dans le Sud. Ajoutons-y, pour faire bonne mesure, une cinquième colonne au service de la mafia, installée dans l'État, et il ne restait guère d'espace pour les paramètres classiques de la démocratie...

Encore l'Italie de l'après-guerre ressemblait-elle à une quasi-démocratie, comparée au Japon. Plus oligarchique, il offre un rôle encore plus grand à la mafia, témoignant, s'il en était besoin, de notre théorème : plus une société est opaque, plus elle fait prévaloir l'oligarchie sur la démocratie, plus la société grise et illégale s'incruste dans le système de pouvoirs. En Italie, la mafia s'est installée à la périphérie de la politique ; au Japon en son centre. En Italie, elle prélevait une dîme sur le système économique ; au Japon, elle en constitue un des acteurs les plus importants. En Italie, elle ne prend pas sa part du projet national – pour autant qu'il existât ; au Japon elle joue sa partition au service d'une stratégie impérialiste, apportant sa contribution dans la conquête des marchés et des positions, au même titre que Mitsui ou Mitsubishi. En Italie, concession aux rites d'une démocratie dominée, en théorie, par les classes moyennes, le discours l'a toujours vilipendée; au Japon, elle bénéficie d'un respect inquiet et silencieux. C'est à ce modèle-là que commence à se conformer la Russie, avec la mafia devenue peut-être l'épine dorsale du pouvoir. Ainsi existe-t-il trois niveaux de puissance pour la mafia : acteur périphérique en Italie; acteur intégré au Japon; acteur central en Russie...

À cette dérive, seules les démocraties authentiques sont capables de répondre, c'est-à-dire celles qui poussent à l'extrême le jeu des pouvoirs et des contre-pouvoirs et qui pratiquent, de la sorte, la transparence. Ainsi des États-Unis où la mafia ne cesse de se heurter à l'État, sous le regard de la presse : elle a beau rechercher des complicités dans l'administration; elle ne trouve que des espions à sa solde, comme il en existe dans toute guerre; elle n'a jamais pu, en revanche, s'insérer institutionnellement dans le système. Alors que tous les indices traduisent l'expansion, sans frein, des zones grises et donc de l'illégalité, la révolution italienne et l'apparente alternance politique japonaise témoignent-elles de leur recul ? Impossible aujourd'hui de trancher. Le 1793 non sanglant de l'Italie peut le laisser penser mais si elle découvre à son tour les charmes discrets de Thermidor, les réseaux de complicité se remettront rapidement en place. Une révolution liquide une élite politique; elle ne transforme, d'un coup de baguette, ni la culture ni les mœurs. Parallèle pour parallèle, si les préceptes de « l'Ancien Régime et la Révolution » valent aussi pour la Péninsule en 1993, le fonctionnement mafieux et clanique ne mourra pas avec le simple passage du scrutin proportionnel au scrutin majoritaire à un tour. Quant à la mafia japonaise, elle fait assez corps avec l'oligarchie pour n'être pas davantage menacée que celle-ci ne se menacera elle-même... Reste que dans les mouvements relatifs de la société officielle et de la société grise, la ligne de front ne se déplace pas toujours de la même façon; peut-être connaît-elle enfin un recul. Mais il ne sera pas en proportion des avancées qu'elle aura faites dans la foulée de l'effondrement soviétique.

Le « gris » ne gagne pas seulement à travers la vague mafieuse, l'explosion de la drogue et la profondeur de champ que lui offrent les anciens États communistes. Il mord au sein même de nos sociétés, avec l'apparition de populations en marge, comme l'étaient, au Moyen Âge, certaines peuplades en mal d'identité et de protection. D'un côté, l'État régalien est défié par l'ascension de l'illégalité; de l'autre, l'État-providence est contesté par l'apparition des exclus. Ce sont des processus, d'essence certes différente, mais qui tous deux témoignent de l'affaissement de nos structures d'ordre. Ordre, au sens classique du terme, c'est-à-dire soumission à la règle et à la loi. Mais aussi ordre social qui a culminé dans le rêve social-démocrate d'une population protégée et prise en charge, du plus pauvre au plus riche, par le Welfare State. Ce n'est pas cette fois-ci la fin du communisme qui paraît la matrice de toutes choses, mais l'épuisement d'un modèle qui avait besoin de 3 à 4 % de croissance par an pour fonctionner sans à-coups.

Les exclus constituent, à leur manière, une immense « zone grise » : ils dessinent, en effet, un monde sur lequel l'État a de moins en moins prise. Le nouveau Moyen Âge, c'est aussi la réapparition de l'anomie, de la marginalité et de l'invisible : ainsi de ces cent mille jeunes qui quittent le système scolaire sans diplôme et disparaissent dans la société, comme on se perdait autrefois dans des territoires inconnus. Jamais les penseurs des sociétés modernes n'auraient imaginé ni l'apparition de ces « zones de non-droit » – suivant le mot d'Édouard Balladur dans son discours de politique générale –, ni le développement exponentiel de microsociétés autonomes. Qui arpente les rues de la

Goutte-d'Or, de Sarcelles ou d'Épinay n'y ressent guère la présence de l'État, fût-il policier ou pédagogue... À l'origine de ces zones grises là, se trouve évidemment le chômage de longue durée avec l'enchaînement de malheurs qui conduit à l'exclusion. Pour avoir choisi, inconsciemment ou non, de faire porter depuis le premier choc pétrolier le poids de la crise aux exclus, l'Europe et la France, plus coupable encore que les autres en la matière, ne peuvent s'en prendre qu'à elles-mêmes.

Nous connaissons les termes du choix économique que nous avons tous, membres de l'immense classe moyenne, égoïstement fait : préserver notre niveau de vie aux dépens de quelques millions d'exclus. Sans doute poussant le pharisaïsme jusqu'à ses limites, espérions-nous que cette sous-société resterait « sage » et qu'elle n'échapperait pas aux regards vigilants de la société institutionnelle. Inutile, devant le désastre, de chercher un bouc émissaire : nous sommes responsables et donc coupables ! Erre aujourd'hui, sur les confins de la société, un nouveau lumpenprolétariat qu'avec leurs procédures aveugles et maladroites, ni l'État ni l'État-providence n'arrivent à prendre en charge. Cette population se dérobe au regard, est mal connue et s'échappe des moules sociaux que depuis un siècle la société n'a cessé de mettre en place. Qu'il semble désormais loin le rêve de Lord Beveridge et en France de Pierre Laroque d'un système social dont bénéficierait l'ensemble de la population !

Mais à cette première « zone grise » autour des déshérités s'en ajoute une seconde, faite de microcommunautés marginales qui vivent désormais lovées au cœur de la société et qui, les amarres rompues, n'ont plus aucune envie de se réinserrer. Combien de centaines de milliers de jeunes, voire de millions, se sentent autonomes, sans la moindre relation avec le « système » ! Ils ne le vouent pas aux gémonies, comme leurs prédécesseurs de 1968 politisés et donc révolutionnaires : la haine constitue, elle au moins, une sorte de lien social. Ils l'ignorent, le méprisent, le contournent, n'ont envie ni de le conquérir ni de le subvertir. Ces communautés primitives là n'ont rien de commun avec les groupes autogestionnaires qui s'installaient dans le Larzac pour préfigurer l'utopie et se croyaient, dans leurs phalanstères, les pionniers de la société future. Elles n'ont ni cette ambition ni ce désir. Autosuffisantes grâce à la petite délinquance, protégées de la pauvreté, elles réinventent un modèle primitif, cher aux ethnologues, où le pouvoir appartient à celui qui assure la subsistance et dans lequel la violence constitue le mode le plus naturel de relations, sauf entre ceux qui ont passé un « pacte ».

Ainsi sommes-nous subrepticement entrés dans une société à trois vitesses : à côté de l'immense classe moyenne et des exclus « classiques » est apparu un troisième groupe, lui, complètement marginal. Le paysage urbain en est l'expression avec, au cœur des banlieues misérables et pauvres, des espaces de « non-droit » où la marginalité règne en maître. Les exclus attendent – souvent en vain – de l'État régalien qu'il garantisse un minimum d'ordre social et à travers lui moins un espoir de promotion désormais révolu qu'un filet de protection. Les marginaux ne lui demandent rien, ne le combattent pas mais l'esquivent.

Combien parmi les jeunes de moins de vingt-cinq ans ont renoncé à l'idée d'un emploi classique et se sont inventé un mode de vie dans lequel la délinquance se glisse de façon naturelle ? N'entend-on pas les animateurs sociaux les mieux disposés expliquer qu'un petit boulot n'est plus compétitif par rapport au vol à la tire, et a fortiori aux avantages pécuniaires qu'un petit « dealer » tire du trafic de la marijuana ? Ne les voit-on pas décrire maintes situations où le choix se pose dans ces termes-là, avec à la clef une réponse évidente ? Ne découvre-t-on pas des travailleurs sociaux, aujourd'hui plus répressifs que les policiers ? Qui peut exercer la moindre autorité sur ces jeunes ? Les parents ? Ils sont hors jeu et ce n'est pas un hasard si les familles monoparentales règnent en maître dans ces populations. Les enseignants ? Ils sont, depuis longtemps, désarmés. Les travailleurs sociaux ? Formés pour soulager la misère du monde, ils sont démunis face aux phénomènes qui résistent à la générosité et à l'altruisme. Les policiers ? Ce ne sont souvent que des travailleurs sociaux sous un statut différent...

Ainsi s'installent, en complète extraterritorialité, des structures mafieuses que la mafia, la vraie, n'aura plus qu'à conquérir, comme un grand ensemble financier fédère des moyennes et petites entreprises. Structures mafieuses : la multiplication des bandes et des groupes organisés sur le mode traditionnel du clan. Structures mafieuses par le recours exclusif au vol et au trafic pour assurer la survie collective. Structures mafieuses par les liens qui se tissent de zone à zone, de bande à bande. Structures mafieuses par la capacité de ces bandes à encadrer leurs membres, c'est-à-dire des enfants qui finissent par faire vivre des milieux entiers et bénéficient de la sorte de la complicité passive des parents : elles offrent des ressources, une protection, un sentiment d'appartenance et parfois une revanche sociale. Faut-il avoir la morale chevillée au corps à dix-sept ou dix-huit ans pour préférer un stage de formation mal payé, sans débouché, à un statut de petit caïd qui s'accompagne de revenus autrement plus substantiels, de temps libre et de l'admiration des autres jeunes ! Dans ces quartiers extraterritoriaux, les gauchistes ont disparu au profit des trafiquants et des intégristes. Les uns assurent la subsistance, les seconds l'encadrement. Qu'offrent par comparaison la République, l'État ou la mairie ?

La délinquance devient, de la sorte, un mode d'être : à côté des professionnels – souvent âgés de dix-huit ans ! – fourmillent des débutants ayant entre douze et dix-sept ans, période pendant laquelle, comme par hasard, le système scolaire n'est plus présent. Pour l'instant, cette myriade de micromafias ne s'est pas encore concentrée, mais le phénomène est, comme aux États-Unis, inévitable. Davantage encore que l'économie officielle, l'économie illégale respecte les lois et principes de l'échange. Les bandes ont intérêt à se regrouper pour améliorer leurs conditions d'achat de la drogue – concentration oblige – et les fournisseurs, en l'occurrence les vrais « dealers », sont poussés à en prendre le contrôle pour verrouiller leur distribution – intégration oblige. Un processus est dès lors en route qui verra les zones grises se rapprocher, avec les grandes organisations de la drogue prenant peu à peu le contrôle, par une chaîne d'intermédiaires, des bandes des banlieues. Se construit, de la sorte, un immense monde illégal, depuis la Colombie jusqu'aux Minguettes, qui cohabite d'autant plus naturellement avec la société visible que celle-ci est sur la défensive.

Ce n'est pas, au fond des banlieues, un processus social classique qui s'est mis en route. La question urbaine sera peut-être l'équivalent au vingt et unième siècle de la question ouvrière au dix-neuvième siècle, mais avec une différence essentielle : quel est l'acteur social, successeur de la classe ouvrière ? C'est-à-dire une classe structurée qui cherche soit à remplacer les catégories dominantes, soit à passer un compromis avec elles ? Les villes ne sécrètent pas aujourd'hui cet acteur social ; elles témoignent au contraire de l'émiettement croissant de la population.

L'opinion n'a pas encore pris la mesure de ce phénomène

de désaisissement de la société par elle-même. Elle le pressent inconsciemment à travers le fantasme qu'elle s'est bâti de l'immigré clandestin. Derrière lui, c'est en fait le clandestin qu'elle est en train de pister, davantage que l'immigré. Hormis en Allemagne, la xénophobie ne se manifeste nulle part – Dieu merci ! – avec violence, et les partis qui en ont fait leur seul fonds de commerce ont vite atteint leur niveau maximal. Les tentatives faites en France pour substituer le droit du sang au droit du sol ont soulevé un tollé général : Valéry Giscard d'Estaing se souvient, sans doute, s'être brûlé les doigts à ce jeu-là et les élections de mars 1993, les plus conservatrices – l'oublie-t-on trop facilement – depuis un siècle et demi, n'ont pas débouché sur des mesures drastiques vis-à-vis de l'immigration. Reconnaître, de façon quasi unanime, le droit de l'immigré en situation régulière à l'intégration, voire à la naturalisation, témoigne de ce climat en réalité peu xénophobe.

Le clandestin cristallise, en revanche, toutes les angoisses de la société. À réagir comme si les immigrés clandestins étaient des millions – ce qu'aucun citoyen n'imagine –, l'opinion libère son anxiété devant un phénomène qui dépasse de beaucoup les quelques dizaines de milliers de maghrébins qui, d'ailleurs, se terrent ; elle devine qu'une société invisible est en train de se former à l'intérieur même de la société visible, que la première ne cesse de s'élargir aux dépens de la seconde, et que face à ce phénomène les institutions sont désarmées. De même, avec la peur sans cesse grandissante de l'insécurité : certes, celle-ci s'accroît surtout avec la petite délinquance, mais la psychose dépasse de beaucoup la réalité du phénomène.

Il existe mille explications traditionnelles de ce décalage : la surinformation télévisée qui fait du moindre forfait la toile de fond de notre vie quotidienne, la culture ambiante qui survalorise les déviances, le transfert d'autres angoisses... Elles ne pèsent guère à côté du sentiment diffus que l'insécurité marque la frontière entre deux mondes, l'un connu, l'autre inconnu, l'un sous contrôle, l'autre hors contrôle, l'un traditionnel et donc rassurant, l'autre insaisissable, donc inquiétant. Au titre des grandes peurs que le nouveau Moyen Âge suscite, à l'instar de l'ancien, celle-là sera de plus en plus envahissante. Autant, dès lors, ne pas se tromper de remède ou de contre-discours. Il est vain de brandir les droits de l'homme comme seule réponse à une angoisse qui ne les vise qu'accidentellement. Il est illusoire de durcir une législation sur des thèmes en réalité périphériques. Il est nocif de valider l'analogie délinquance = immigration. Mais pour tenir un discours véridique, l'État doit reconnaître une réalité qui lui est insupportable : son incapacité à encadrer des pans entiers de la société; sa volonté de traiter encore comme des déviances marginales, des phénomènes qui se sont au contraire installés au cœur du système et avec lesquels nous devons désormais cohabiter.

C'est une révolution invisible qui est à l'œuvre. Les moyens d'information, du journal télévisé de TF1 aux travaux des intellectuels les plus sophistiqués, la sous-estiment car ils appréhendent tous par priorité ce qui est saisissable, descriptible, simple. De là l'étrange paradoxe qui les voit consacrer une énergie de plus en plus grande à une sphère en contraction, la société classique. Avec pour résultat, des contre-pouvoirs incapables d'interpeller le pouvoir sur un phénomène, lui, bouleversant : la montée de ces zones grises.

Au-delà du sentiment, naturellement angoissant, de voir se clore une période de l'Histoire où les principes d'ordre et de rationalité essayaient de s'imposer, ce sont mille et une questions majeures qui se manifestent. Que devient le concept même d'unité nationale, lorsque les États-nations appréhendent une réalité de plus en plus lacunaire ? Quelles formes d'ordre devrions-nous imposer à ces pays ou ces contrées en pleine dérive ? Quelle légalité préserver, lorsque l'illégalité devient toute-puissante ? Comment lutter contre la prolifération nucléaire, quand les bazookas atomiques se vendent à l'encan ? Comment gérer un système financier international infesté d'argent noir ? Comment combattre le pire des ennemis invisibles, la multinationale de la drogue ? Comment réinsérer les exclus, encadrer les marginaux, reconquérir les villes... ? Terres inconnues, populations inconnues, phénomènes sociologiques inconnus : quel étrange dénouement pour un siècle qui prétendait tout connaître, tout dominer, tout soumettre à la raison !

CHAPITRE 4

LA RAISON AU PLUS BAS

Pour avoir voulu incarner la raison jusqu'à la folie, le communisme l'entraîne dans sa chute. Les ingrédients d'un retour de l'irrationalité étaient présents de longue date; sa disparition les a cristallisés. De là le sentiment, peut-être excessif, qu'une longue période se ferme, qui avait commencé bien avant 1917. Depuis la Renaissance et surtout depuis les Lumières, la raison dominait notre vision du monde : malgré faux pas, dérapages et à-coups, elle s'était imposée en surplomb de la pensée. Avec elle progressait la conviction que la société irait naturellement vers davantage d'ordre et d'organisation, et l'héritage de la Révolution française en a porté, deux siècles durant, la trace. Une machine à produire des certitudes fonctionnait, qui avait trouvé dans le communisme son produit le plus achevé. En cela, la fin de l'empire soviétique a une importance sans commune mesure avec l'effondrement de ses prédécesseurs ottoman ou austro-hongrois. Ce n'est pas seulement un système de pouvoir plus rigide qu'un autre qui disparaît; ce n'est pas exclusivement une idéologie qui servait de pur alibi à des mécanismes de domination; c'est aussi une filiation intellectuelle qui avait enfanté la certitude, à la fois naïve et démesurée d'orgueil, qu'une doctrine pouvait dompter le réel.

La raison avait voulu aller trop loin ; elle risque, par contrecoup, de régresser violemment. Un mouvement de balancier semble désormais initié, qui pourrait la vouer pour une longue période aux gémonies. Le nouveau Moyen Âge ne s'incarne pas seulement dans l'explosion des structures d'ordre et l'expansion des zones grises ; il s'identifie aussi au recul de la raison. Celle-ci semble désormais au plus bas. Et à la différence de l'ancien, qui bénéficiait néanmoins grâce au christianisme d'une clef de voûte, notre nouveau Moyen Âge n'en a trouvé aucune. En apparence plus paisible, plus sophistiqué, plus autorégulé, il est peut-être en réalité plus instable. La montée du sentiment d'incertitude traduit, à sa manière, la conscience collective que l'opinion a de ce bouleversement.

Derrière la disparition du culte de la raison, réapparaissent les traits les plus traditionnels des époques troublées : les peurs, la montée classique aux extrêmes, les dérapages de comportement, tandis que bout un chaudron idéologique d'où sortiront les idéologies malsaines de demain : elles ne seront pas, en effet, la reproduction, à l'identique, de celles d'hier. Face à ce mouvement, le monde intellectuel est silencieux : soit il veut se rassurer, en minimisant la portée de ces secousses ; soit il n'a pas encore trouvé la manière raisonnable de penser la déraison.

La peur de l'an 2000 se profile à l'horizon, point d'orgue du nouveau Moyen Âge, comme celle de l'an 1000 préfigurait l'ancien. Avec son cortège de mages et de voyants armés, cette fois-ci, d'ordinateurs et de télécopies. Avec ses manifestations d'angoisses collectives. Avec sa quête éperdue de certitudes et de faux-fuyants. D'ici là, avant que se manifeste cette « macro peur », nos sociétés retrouvent leurs vieilles peurs ancestrales, fussent-elles ravalées au goût du jour [1].

L'étranger, d'abord. Même si, nous l'avons vu, le fantasme

1. Cf. Alain Duhamel, *Les peurs françaises*, Flammarion, 1993.

de l'immigré clandestin doit peut-être davantage en France à la clandestinité qu'à l'immigration, les sociétés européennes cèdent toutes à de vieilles angoisses xénophobes. Face aux immigrés maghrébins : les remugles de la colonisation et de la guerre d'Algérie – du moins en France; l'inquiétude devant l'intégrisme; le désarroi par rapport à des mœurs familiales peu conformes aux canons occidentaux. Vis-à-vis des immigrés asiatiques : la jalousie devant leur hyperactivité et leur réussite; le malaise au regard de leur vie communautaire fermée sur elle-même; le retour du vieux mythe du « péril jaune ». À l'égard des Africains : la condescendance tranquille du colonisateur; le mépris traditionnel cher aux petits Blancs; la crainte du sida et des maladies sexuellement transmissibles. Devant les réfugiés de l'Est : un sentiment diffus de honte pour ne pas avoir accompli un devoir minimal de solidarité entre Européens; la crainte du larcin et de la rapine; la haine de ce qui est le plus proche avec, soudaine irruption d'Histoire, un sentiment paroxystique à l'égard des tziganes. Les pires stéréotypes ont refait surface et les réflexes démocratiques ressemblent à une fine pellicule de civilisation à la merci du moindre craquement. À l'est du continent, le voisin redevient l'étranger, l'étranger souvent l'adversaire et l'adversaire de plus en plus l'ennemi. Il ne fait pas bon être slovaque en Serbie, hongrois en Slovaquie ou en Roumanie et pire, arménien en Azerbaïdjan, russe en Géorgie ou en Estonie...

Pour l'instant, la peur de l'autre ne joue pas encore entre Européens de l'Ouest, quoique le mythe de la grande Allemagne la ravive avec facilité. Les difficultés immédiates de l'économie allemande font aujourd'hui litière de l'affolement des autres Européens, comme en 1990, à l'idée d'une Allemagne surpuissante et prospère de quatre-vingts millions d'habitants. Mais le ressac conjoncturel franchi, l'inquiétude reviendra : elle avait poussé, il y a trois ans, les hommes d'État français et allemands à la conjurer par un surcroît de construction européenne; puisse-t-elle être à nouveau à l'action dans trois ou quatre ans, quand la France mesurera le poids réel d'une Allemagne ayant achevé d'exécuter le plan Marshall qu'elle s'est offert à elle-même à l'Est.

Qu'il est loin le rêve d'une Europe humanisée par le grand marché, où la libre circulation des produits et des hommes allait faire régner la concorde universelle [1] ! La paix par l'échange, vieille ritournelle que nous avons fait nôtre pendant un demi-siècle et qui n'était en réalité que la paix par inquiétude du grand méchant loup de l'Est... Ces rêves iréniques nous semblent d'un autre âge; ils ont moins de cinq ans! Si, d'ici l'an 2000, la peur de l'autre devait croître, autant qu'elle l'a fait depuis 1989, le risque serait grand de passer aux « travaux pratiques »... La vague de violences xénophobes en Allemagne est-elle, de ce point de vue, une exception ou une anticipation ? Plaident pour l'exception, la déstabilisation psychologique née de l'unification, les tensions d'une société polarisée entre la plus extrême richesse et le plus terrible désarroi, les difficultés du pays à retrouver son équilibre. Pour l'anticipation : le danger de voir la quête du bouc émissaire s'imposer davantage encore dans les économies les plus pauvres; des problèmes de cohabitation, d'autant plus aigus que sont aux prises des populations proches, voire semblables. S'y ajoute un vieux fond de xénophobie que n'auront pas combattu cinquante ans de démocratie exemplaire...

C'est en apparence un miracle de penser que la Pologne, la Roumanie et surtout la Russie ont, jusqu'à présent,

1. Pour avoir traité le mythe de 1993 de *Grande illusion* (Grasset, 1989), je me souviens combien le scepticisme allait à l'encontre de l'unanimité optimiste de l'époque.

échappé à des flambées de violence à l'allemande. Mais le communisme aura peut-être étrangement enseigné la non-violence. Comment ne pas, en effet, s'étonner d'une révolution sans procès, sans jugement expéditif, sans vendetta collective ou individuelle ? Les Italiens jettent en prison leurs dirigeants parce qu'ils les ont volés ; les habitants des anciennes démocraties populaires laissent vivre en toute quiétude les bureaucrates qui les ont persécutés, aliénés, ruinés et au passage volés. Les anciens apparatchiks communistes prospèrent, reconvertis en importateurs, prévaricateurs ou faux entrepreneurs ; les séides des services secrets vivent tranquillement dans les banlieues glauques de Varsovie ou de Sofia, parmi ceux qu'ils ont espionnés, voire poursuivis ; les intellectuels du parti, hier en service commandé, participent aux cycles internationaux de conférences, monnayant leur « vécu » de l'enfer communiste ; les putschistes de Moscou font de la politique de terrrain... Étrange pour nous, Français, qui savons, épuration oblige, combien le désir d'expiation collective peut conduire à la violence. Effet ou non d'une apathie qu'un demi-siècle de communisme a développée, les sociétés de l'Est échapperont peut-être à une dérive à l'allemande, avec une xénophobie omniprésente dans le discours et les arrière-pensées mais non dans les actes.

Peur de l'autre, aussi, la psychose d'insécurité. Le taux de criminalité a été multiplié en France par quatre en vingt-cinq ans et les vols à main armée par dix. La grande délinquance ne cesse de gagner du terrain et la petite explose, le tout dans un climat d'hyperémotivité. Mais l'emballement des esprits va au-delà de la réalité : les Européens sont entraînés dans un syndrome à la new-yorkaise ; ils se sentent agressés, menacés, inquiétés. Le jeune cristallise l'angoisse, l'étranger plus encore et le jeune étranger la porte à son paroxysme. De ce point de vue, le délit de faciès existe et les modifications législatives qui ont suivi mars 1993 ne font que le canaliser. Ce n'est pas un hasard si les lois Pasqua ont provoqué une aussi faible contestation. Même le camp « des droits de l'homme » en arrive à penser qu'il faut lâcher du lest, face à une pression de l'opinion qui confine à l'obsession.

Cette hantise témoigne, elle aussi, du sentiment diffus de la majorité de la population qu'il existe une société invisible, insaisissable, qui fait irruption en plein milieu de l'ordre établi, par la violence. Avec la délinquance de proximité, elle semble s'être lovée au cœur même de la vie quotidienne et elle la menace. Avec les émeutes des banlieues, elle affirme l'existence d'espaces extraterritoriaux d'où une attaque peut venir contre la société traditionnelle. Avec les crimes, elle témoigne, entre autres, de la puissance sans cesse grandissante de toutes les mafias. À travers chacune de ces manifestations, la violence démontre combien notre univers est sur la défensive, face à l'expansion insidieuse de toutes les zones grises et, avec elles, de toutes les formes de désordre.

Peur de l'autre, avec la résurrection des grandes épidémies. Comme s'il fallait un point d'orgue imprévisible à ce retour de l'Histoire sur elle-même, le sida est apparu pour tenir le rôle de la peste. Le monde prospère se croyait à l'abri de la contagion, cette haine – la plus primaire de toutes – de l'autre. La voici qui revient en scène, avec une maladie qui nous fait plonger dans les tréfonds de l'âme humaine : le sexe, la mort, la fatalité. Un mauvais génie aurait façonné notre destin, il n'aurait pas eu cette intuition! Une maladie typiquement moyenâgeuse fait irruption, comme un présage hermétique du nouveau Moyen Âge. Faut-il demeurer rationaliste et cartésien pour ne pas se laisser prendre au jeu!

Mais pour une opinion plus émotive, le sida semble illustrer la régression. Régression scientifique, avec le sentiment que, même dans cet univers-là, le progrès n'est pas continu, alors que l'Occident était convaincu depuis un siècle et demi que, dans ce domaine, les avancées pouvaient être irrégulières, mais toujours irréversibles. Régression morale, avec le retour, pour cause de prophylaxie des plus anciens tabous sexuels. Régression philosophique, avec l'apparition d'un mal qui réduit à néant l'idée même de liberté : que pèse-t-elle face à cette condamnation à mort, fruit des jeux de l'amour et du hasard ? Régression sociologique, avec la réapparition des débats d'autrefois sur l'enfermement : combien de propos reprennent, vis-à-vis des séropositifs, les antiennes les plus obscurantistes! Allons-nous, après l'an 2000, vers une société qui enfermera, sur un mode nouveau, ses exclus et ses séropositifs, comme autrefois ses pauvres et ses pestiférés ? Jamais peut-être depuis la nuit des temps, une épidémie n'aura été aussi anxiogène, car notre impuissance, déjà si incompréhensible à nos yeux, ne cesse d'être chaque jour soulignée : au moins au quatorzième siècle, ne savait-on rien de la peste, sauf son nom...

Peur d'une tout autre nature, l'irruption de l'Europe. Celle-ci ne mérite, en réalité, ni cet excès d'honneur ni cette indignité. Après avoir incarné, au-delà du raisonnable, un optimisme historique débridé, elle devient l'exutoire de toutes les difficultés. Le revenu agricole stagne, après des décennies de relatif progrès ? C'est la faute de l'Europe. La récession survient avec une intensité inaccoutumée ? C'est la faute de l'Europe. Des règles économiques s'imposent à nous, aussi naturelles que la loi de la pesanteur ? C'est la faute de l'Europe. Les frontières sont de plus en plus difficiles à contrôler, face à la poussée démographique ? L'Europe. Le chômage s'accroît ? L'Europe. Des professions, hier conquérantes, sont menacées par le progrès technologique ? L'Europe. Le sentiment d'incompréhension ? L'isolement ? L'Europe. L'onde de choc venue de l'Est ? Les débordements ? L'Europe. L'affaiblissement des institutions traditionnelles ? L'Europe. Le recul de la morale ? L'Europe. La perte des références ? La disparition des valeurs classiques ? L'Europe.

Il faut peu de temps à l'atmosphère collective pour virer du tout au tout. Qui se souvient encore, il y a cinq ans, de la passion proeuropéenne ? De la conviction, contre laquelle il n'était guère possible de s'élever, que la construction européenne apportait, non la solution, mais une meilleure réponse à chaque difficulté. Du sentiment que le progrès était en marche et que s'installait une nouvelle superpuissance avec une organisation certes un peu complexe mais avec une volonté collective incontestable. Du rêve, qui semblait sur le point de se réaliser, des États-Unis d'Europe. Il est trop commode d'imputer ce basculement des esprits au seul contexte économique, l'expansion alimentant l' « europtimisme », la récession l' « euro-pessimisme ». Peut-être en allait-il ainsi, lorsque la Communauté vivait enfermée sur elle-même, entre l'océan Atlantique et le rideau de fer. Aujourd'hui, l'Europe bouc émissaire traduit le désarroi de l'opinion face au désordre et à la disparition de ses repères : elle rime désormais avec l'inconnu et elle en est l'expression favorite. C'est sur le champ européen que sont apparus les risques, l'instabilité et la peur du lendemain. À ces angoisses-là, le mythe de la construction communautaire n'apporte plus de réponse et l'Europe est devenue le continent de tous les dangers. S'attaquant à elle, les Européens se libèrent en réalité de leur inquiétude face aux incertitudes qui s'annoncent sur leur propre territoire. De même que la xénophobie et l'obsession sécuritaire manifestent, par un transfert du modèle psychanalytique le plus classique, le refus de la société invisible, le bouc émissaire européen traduit notre incapacité collective à penser, pour l'instant, un monde qui ne respecte plus les canons traditionnels de la rationalité.

Le pessimisme gagne, en réalité, sur tous les plans. L'économie en porte chaque jour les stigmates, avec le lent transfert de la consommation vers l'épargne, comme si les Européens étaient convaincus que demain sera pire qu'aujourd'hui et surtout que les conditions de vie de leurs enfants risquent d'être plus difficiles que les leurs : autant, dès lors, thésauriser pour se protéger ! Le désir effréné de consommation allait de pair avec l'idée d'une expansion infinie et d'une Europe en construction ; le choix de l'épargne accompagne la conviction que les lendemains seront aléatoires. Pessimisme historique, plus profondément encore, avec le sentiment quasi unanime que le continent européen est sur le déclin et que le triomphe asiatique obligera naturellement les États-Unis à basculer de ce côté-là. Encore le déclin est-il une maladie douce...

Le vertige de la décadence n'est pas loin, qui s'alimente des remugles du passé le plus douteux. Vichy est revenu sur l'avant-scène, mais non parce que enfin libérés des tabous, nous pourrions affronter la vérité. Bien au contraire, ce sont les aspects les plus glauques de l'époque qui alimentent la fascination, comme si les Français voulaient se libérer de leurs angoisses en se remémorant le pire, ou ce qui serait plus grave, en se rassurant sur leur capacité infinie d'adaptation... À défaut de savoir penser l'avenir en noir, ils veulent l'esquisser avec les couleurs d'autrefois. Entendons-nous bien : cela ne signifie pas que la France soit saisie de passion pétainiste ou vichyste, mais là aussi un mécanisme de transfert joue. À revenir sur les moments les plus sombres de son parcours, elle croit conjurer ceux qui s'annoncent.

Le malaise occidental nous ramène-t-il, à sa manière, au Moyen Âge ? Ce serait, par goût de l'analogie, supposer que depuis cinq siècles, il aurait disparu... Illusion ! Mais il est vrai – le parallèle va là de soi – que de tels doutes collectifs accompagnent les moments d'incertitude, quand l'avenir semble se dérober à la prévision et surtout à une impression de rationalité. Lorsque le flou s'impose comme seule perspective, le malaise se développe, l'angoisse gagne, aves ses dérivatifs, ses substituts, ses transferts. Sans même attendre la grande peur de l'an 2000, nous sommes déjà dans cet état-là. Toutes proportions gardées, la dépression nerveuse qui affecte l'économie française en constitue une illustration. Face à une récession, certes la plus forte depuis la guerre, mais que la France affronte avec un pouvoir d'achat accru de 25 % depuis le premier choc pétrolier, les élites se sont décomposées. Au lieu de remplir leur devoir d'État, rassurer la population, manifester un sentiment de sang-froid, elles se sont défaites devant l'obstacle. Réclamant qui la dévaluation, qui la relance à tout va, qui une baisse artificielle des taux d'intérêt, incriminant tantôt les États-Unis, tantôt l'Allemagne, tantôt le Japon, s'affolant devant les chiffres du chômage bien davantage que les gens menacés, elles se sont conduites sur un microévénement, à l'instar de leurs devancières, telles que Marc Bloch les a campées dans son admirable *Étrange défaite* [1]. Le pessimisme est dangereux : il peut conduire à des attitudes qui, poussées à l'extrême, produisent l'affolement de juin 40, lorsque les enjeux deviennent gravissimes.

Dès lors que les peurs s'installent, les extrémismes prennent le dessus : religieux, ethnique, politique. La raison

1. Marc Bloch, *L'étrange défaite*, Folio, Gallimard. Pour ceux qui ne l'ont pas découvert, ce texte devrait constituer une lecture obligée. En septembre 1940, dans un manuscrit qui sera publié après son exécution, Marc Bloch se livre à une analyse au scalpel de la défaite de juin et de la responsabilité des élites.

est naturellement malmenée. Étrange parallèle historique qui voit l'esprit religieux se durcir en ces temps de nouveau Moyen Âge. De même qu'autrefois la piété des monastères ne suffisait pas à témoigner de l'intensité de la foi collective – l'Inquisition n'exprimait-elle pas cette contradiction ? –, le sectarisme des minorités religieuses ne garantit pas une influence grandissante des Églises. Aujourd'hui, ce sont les groupes les plus dogmatiques qui ont le vent en poupe. Avec ses *Fous de Dieu* [1], Gilles Kepel les a tous pistés. Dans le monde catholique, le réveil des mouvements intégristes; dans l'univers protestant, la poussée des sous-églises charismatiques; chez les juifs religieux, l'ascension des « Loubavitch » et autres rabbins théocratiques; dans l'orbite islamique, le déclin des modérés au profit des partisans d'un islam pur et dur, prosélyte et agressif. Sans compter, en dehors même des religions révélées, l'irrésistible essor des sectes, des groupes de croyants plus illuminés les uns que les autres, de gourous souvent aussi cupides que missionnaires, d'une parole biblique qui ne doit rien à la Bible, de rituels mi-religieux, mi-païens qui jouent sur le seul ressort de la peur, de communautés dont les membres semblent tous sous hypnose. Et plus loin dans l'ordre de l'irrationnel, l'explosion de l'astrologie, de la cartomancie et de tous ces pseudo-savoirs qui ont trouvé le meilleur fonds de commerce possible, la hantise de l'avenir.

De Mgr Lefebvre à certains rabbins de Jérusalem, des défenseurs intransigeants de la Charia aux gourous du Texas prêts à s'immoler avec leurs ouailles, un même fil court : il joue sur la peur et l'irrationnel. Les religions avaient évolué au fur et à mesure de la grande parenthèse rationaliste ouverte il y a cinq siècles; elles avaient limé leurs angles doctrinaux, s'étaient mises d'accord sur un

1. Gilles Kepel, *Les fous de Dieu*, le Seuil, 1991.

modus vivendi avec la science, s'étaient repliées sur le spirituel, reconnaissant de droit ou de fait que le temporel leur échappait. Trêve de compromis! Les voilà débordées par des minorités agissantes, aussi réactionnaires que prosélytes! Incapables de les amener à résipiscence, elles sont obligées, nolens volens, de faire des concessions. De la même manière que les thèses sur l'immigration de l'extrême droite finissent par contaminer, à travers tous les filtres possibles, l'ensemble des forces politiques démocratiques, les communautés religieuses les plus agissantes établissent le « la » à partir duquel les Églises traditionnelles sont obligées de se déterminer. D'où cette tendance nouvelle à remettre en cause maints compromis passés avec les sociétés laïques.

L'Église de France est de celles qui expriment le moins ce basculement, de même que le grand rabbinat français : l'une et l'autre sont trop intimement liés à la culture rationnelle, encore si forte dans ce pays. Mais l'avenir de l'Église se joue davantage dans les paroisses de Pologne qu'à Notre-Dame, dans les assemblées mi-païennes mi-religieuses d'Afrique et d'Asie que chez les jésuites intellectuels parisiens. De même, l'intégrisme se manifeste-t-il moins violemment chez les juifs, les protestants, les musulmans français que chez la plupart de leurs coreligionnaires étrangers : le culte de la raison a laissé ses traces...

La France est en effet, de ce point de vue aussi, un havre de modération. L'Est enflamme le catholicisme, l'Iran l'islamisme, les juifs les plus réactionnaires Israël, et la société de consommation les prophètes en demi-solde et les cartomanciennes... Ajoutons-y la résurrection de l'extrémisme orthodoxe et le comble sera atteint : plus les popes se mêlent à Moscou de politique, moins la démocratie est asssurée, tant les tendances et – pire – le type de relations qu'entretient avec le pouvoir l'orthodoxie russe poussent à la théocratie.

Ainsi, derrière les rivalités territoriales dans les Balkans, se glisse le plus ancien des conflits – depuis si longtemps oublié – entre le monde orthodoxe et la catholicité.

C'est à cette aune-là qu'il faut à nouveau juger la politique du Vatican, non comme du temps du communisme, au rythme des plaidoyers pour les droits de l'homme. Pour lui aussi, la vie était plus simple quand la menace soviétique traçait une ligne de démarcation entre le bien et le mal. Pour l'instant, nos habitudes de pensée occultent les conflits religieux : elles s'en tiennent à la seule interprétation territoriale ou ethnique. Mais il nous faudra retrouver rapidement ces références-là. Les guerres de religion sont, elles aussi, de retour et moins brutalement les luttes d'influence entre l'Église d'Occident et l'Église d'Orient : elles vont, à nouveau, gérer leur ligne de front avec, à l'esprit, une vision du temps incompatible avec celle, tellement plus limitée, des laïcs. Derrière les entrelacs de la frontière serbo-croate apparaît le plus ancien des bornages entre les deux branches du catholicisme... Ce ne sont pas les religions classiques, dans leur version la plus tolérante, qui reprendront au vol les aspirations croissantes à la spiritualité : elles risquent au contraire d'être entraînées, pour ne pas perdre leurs ouailles, dans une course sans fin avec l'intégrisme et l'obscurantisme. Le micro-ordinateur et l'astrologie, le téléphone mobile et les sectes, la maîtrise de l'ADN et l'intégrisme : étranges couples où la science ne paraît guère, à terme, gagnante.

Le retour du primitif s'incarne autant dans la résurrection du tribalisme que dans l'ascension des sectes. La mort du communisme portait en elle la vengeance des nations; elle ne signifiait pas le triomphe inévitable des ethnies. Celles-ci avaient disparu de notre champ de vision : nous les avions cru réservées aux ethnologues. Ce n'est pas sur les Bororos que Lévi-Strauss aurait dû se pencher, mais sur les Serbes, les Moldaves, les Azéris et autres. Dans sa version « douce », l'ethnicité débouche sur le débat droit du sol/droit du sang; dans sa version dure, sur des guerres tribales. Le triomphe du nationalisme aurait pu être celui du nationalisme à la française et de la « communauté d'adhésion »; c'est au contraire celui du nationalisme à l'allemande, désormais dominant dans toute l'Europe à l'est du Rhin.

Conscient du caractère symbolique, pour la nouvelle Europe, de la citoyenneté allemande, le Président von Weizsäcker a beau plaider pour de nouvelles règles qui permettraient au droit du sol de jouer, au moins partiellement, il est encore loin du compte. Ainsi, même un esprit aussi libre que lui n'ose affirmer qu'un Turc, né en Allemagne, est plus allemand qu'un Polonais avec deux grands-parents allemands et que donc le premier mérite la nationalité germanique et le second, non. Même si la naturalisation devient plus aisée en République Fédérale, afin de réduire les pressions xénophobes, la loi du retour [1] n'est, elle, pas près de disparaître, avec pour conséquence le fait de reconnaître ad vitam aeternam que les Allemands constituent un peuple et non un État-nation. Pourquoi, dès lors, exiger des Polonais, des Slovaques ou des Slovènes ce que les Allemands, eux, n'acceptent pas? D'où une carte de l'Europe que nous devrons désormais apprendre, avec des peuples emmêlés qui enjambent les territoires et qui rendent les espaces flous. Le vocabulaire parle encore de minorités, manière de faire prévaloir les frontières sur les ethnies. Demain il se référera aux peuples : ce jour-là, les ethnies auront pris l'ascendant sur les frontières.

Le tribalisme n'est pas une « idée neuve » dans la seule

1. C'est-à-dire le fait que tout immigré capable de prouver qu'il a deux grands-parents allemands est considéré comme allemand.

Europe. Les États-Unis y ont cédé au même moment, par un de ces synchronismes qui font le mystère de l'Histoire. Par quelle étrange coïncidence, le mouvement « PC » – politically correct – ravageait-il l'Amérique du Nord, alors que les tribus se réappropriaient l'Europe ? Le premier poussait, jusqu'à son paroxysme la logique juridique des minorités, si conforme au tempérament américain ; le second jaillissait à partir d'un événement imprévisible, la déliquescence de l'Union Soviétique. Le premier affirmait le principe d'identité jusqu'à inventer, pour les minorités, une histoire artificielle que les universités se devaient de respecter ; le second débouchait, de façon quasi naturelle, sur de traditionnels affrontements. Le premier était issu d'une pure dynamique juridictionnelle ; le second se mesurait en rapports de forces. Et pourtant, ils se sont développés en parallèle, comme si à un moment donné, le monde contemporain, qu'il corresponde à un modèle de prospérité ou à la disparition d'un système totalitaire, devait provoquer, en réaction, un inévitable retour vers la communauté de base.

Dans une société régie par l'économie, le réflexe tribal trouve son assonance dans le retour des vieux fantasmes protectionnistes. La pression du réel, naturellement plus vive sur le marché que dans un univers idéologique, sert aujourd'hui encore de contrepoids : le protectionnisme demeure heureusement un thème de discours. Si l'économie mondiale ne s'enfonce pas dans une vraie récession, il sera relégué au rang de politique virtuelle. En cas de drame, en revanche, les arguments de la raison économique pourraient ne pas peser face à cette incarnation économique du tribalisme. Ce serait, là aussi, à nos risques et périls.

En réalité, le vertige de l'inconnu assure le retour des pensées simples – intégrisme, tribalisme, protectionnisme. Le monde d'avant – c'est-à-dire celui d'il y a cinq ans ! –, parce qu'il était stable, poussait aux pensées complexes, toutes bâties sur le modèle de la cybernétique, avec ses effets et contre-effets. À univers stable, analyse sophistiquée; à univers instable, réactions primaires. Les peurs trahissent, dans ce nouveau Moyen Âge, l'inconscient; les pensées primitives, le conscient. Elles sont, les unes et les autres, indissociables. Et elles conditionnent naturellement les comportements collectifs. Le populisme est en germe dans ce retour du primitif. Avec des idées simples, à quoi servent les élites? Pourquoi la société continuerait-elle à avoir besoin de médiateurs? Quel espace reste-t-il à l'intelligence et à la sophistication? Un mythe, un chef auquel s'identifier, une dynamique populaire : l'enchaînement va de soi. Les peurs ne conduisent pas aux jeux complexes de la démocratie, ni l'intégrisme ni l'ethnicité. Aussi le populisme n'est-il pas le produit du seul nationalisme, comme le poids des souvenirs nous le fait croire. Il correspond, plus profondément, à une société en désarroi, lancée dans une quête désespérée de cohérence. Lorsque celle-ci aura pris la mesure du complexe et du flou qui, désormais, la régiront, elle pourra se dispenser de formes politiques aussi élémentaires. D'ici là, elle risque de faire la politique des idées simples. « Le fascisme ne sait pas au nom de quoi il agit, mais il passe déjà des formes juridiques à la vie elle-même », écrivait Berdiaev. À chaque époque, sa concrétion idéologique. Ce n'est pas le fascisme qui nous menace, mais un nouveau vitalisme!

Les idées simples, intégrisme, tribalisme... ne constituent que les ingrédients d'une nouvelle idéologie. Celle-ci ne sera pas une simple résurrection des années trente. À rechercher le nazisme derrière la violence des « skinheads » allemands qui mettent le feu aux centres d'accueil pour immigrés, nous nous égarons. Ils ont beau arborer la croix celtique, ils ne sont pas les SA d'un nouveau parti. De même fait-on fausse route en recherchant derrière la Ligue Lombarde une nouvelle incarnation des chemises noires mussoliniennes. Ce sont de nouveaux produits qui sont en préparation dans les chaudrons idéologiques. On peut aujourd'hui en deviner le fumet, même s'ils constituent encore des systèmes en devenir. Soit une synthèse « nationale-communiste ». Soit un mouvement « écolo-populo-nationaliste ».

La première représente un enfant naturel du siècle qui s'achève. Nationalisme, fascisme et communisme n'ont cessé de se croiser. Avec des racines enchevêtrées, même si les uns et les autres se sont acharnés à le nier. Avec des ennemis communs : la démocratie, le marché, le cosmopolitisme. Avec de vieilles complicités historiques : les communistes allemands de 1932 ne détestaient-ils pas davantage les sociaux-démocrates que les nazis ? Avec une conception voisine de l'organisation sociale : pyramidale, hiérarchique, autoritaire. Avec un même culte du parti-État. Avec le même désir, au nom d'une vision figée de l'avenir, d'abolir l'incertitude. Cette synthèse nationale-communiste est en voie de fabrication dans l'ancien bloc de l'Est. Pour nombre de bolcheviks, c'est un simple substitut du bon vieux communisme. Pour d'autres, c'est un régime communiste libéré de la tutelle de Moscou. Pour beaucoup de membres de la classe dirigeante, c'est une convergence naturelle de toutes les forces antidémocratiques. Milosevic en Serbie, Iliescu, à un moindre degré en Roumanie, sont les précurseurs de cette nouvelle idéologie. L'Ukraine semble s'y être naturellement installée, et feu les ex-républiques soviétiques ne tarderont pas à la suivre, qui, lasses du désordre, s'en remettent aux anciens premiers secrétaires des partis communistes locaux. Du communisme, ils ont gardé l'organisation, les relais, les instruments d'encadrement de la population ; ils ont en revanche rejeté la doctrine, tentés comme ils pouvaient l'être par les charmes discrets du capitalisme. Du nationalisme, ils ont capté le ressort idéologique, la capacité de mobilisation et, si besoin est, la faculté de s'inventer des boucs émissaires. Un coup de goupillon à l'occasion, car les églises orthodoxes ont l'habitude de se soumettre au pouvoir temporel, et le mélange devient détonant. C'est un produit idéologique type pour démocraties vacillantes et jeunes. Il sera difficilement exportable vers les sociétés riches de l'Ouest.

Certes des passerelles semblent se multiplier en France entre extrême gauche et extrême droite, des journalistes échanger leurs plumes, des atrabilaires chercher d'un côté, puis de l'autre, le meilleur angle d'attaque et Jean-Edern Hallier jouer les figures emblématiques dans ce ballet : ce serait une raison suffisante pour ne pas prendre le phénomène trop au sérieux... Seule d'ailleurs la scène politique française offre ce spectacle, puisqu'elle dispose d'un parti communiste stalinien et d'une extrême droite traditionnelle. Pendant des mois, nous verrons la presse fouailler ces relations délétères, idéales pour améliorer les ventes sur « Paris-Surface », selon le jargon du métier, mais sans véritable avenir. Ce n'est pas demain que Milosevic deviendra un modèle, même pour les extrémistes français. Ugo Bossi, en revanche, oui !

C'est en effet du côté de l'« écolo-nationalo-populisme » que nous trouverons l'extrémisme occidental de demain. Nos paisibles Verts s'étonneront de voir leur sympathique écologie participer à ce précipité idéologique. Elle en constitue pourtant un ingrédient décisif. L'écologie et non l'environnementalisme. La première se veut en effet une vision du monde ; le second n'ambitionne que de constituer un contre-pouvoir face à la puissance de la société industrielle, comme en son temps le consumérisme. L'une fait prévaloir l'idée de nature sur celle de culture; l'autre ne met pas en cause les fondements du modèle social. D'un côté, un culte de la pureté qui, poussé à l'extrême, flirte avec l'eugénisme et qui, même dans sa version modérée, croise les fantasmes ethniques; de l'autre, une version douce de la social-démocratie, avec des aspirations traditionnelles au partage des ressources, du temps et des revenus.

L'écologie est idéologiquement réactionnaire; l'environnementalisme plutôt progressiste. Préférer, ce qui est le cas de la première, la social-démocratie pour les petits oiseaux à celle pour les individus n'est pas neutre. Quand les Verts se préoccupent-ils des exclus avec le même investissement psychologique qu'ils mettent à sauvegarder les tourterelles? Avec à un extrême du spectre, côté Vert, le fondamentalisme analysé par Luc Ferry [1], avec à l'autre extrême du spectre, côté environnementaliste, une social-démocratie mâtinée d'une meilleure conservation des ressources naturelles, le champ est large. Les anciens gauchistes devenus Verts n'accepteront pas d'être taxés de fondamentalisme, et les anciens socialistes d'être accusés de céder au goût de la pureté. Il en va de l'écologie comme de tous les mouvements sociaux en marche : ce sont ses extrémistes qui donnent le tempo idéologique, même si les multiples filtres, nés de la bonne volonté des uns et des autres, l'atténuent.

De la nature à la tribu, via la région, le terroir, la nation, le cheminement va de soi. Ce n'est pas avec un nationalisme conquérant et militaire que l'écologie entretient des relations de bon voisinage, mais avec l'attachement à la terre, au passé, à l'identité qui expriment, même modernisé, le vieil atavisme conservateur. Le retour à la terre n'est idéologiquement jamais synonyme de progrès. De temps à autre, quelques déclarations malencontreuses, quelques lapsus, font

1. Luc Ferry, *Le nouvel ordre écologique*, Grasset, 1992.

affleurer toutes ces proximités. À l'Est, elles s'expriment déjà en pleine transparence : le tribalisme a même récupéré les premières bribes d'écologie. En Allemagne, patrie du mouvement écologique, le poids du passé oblige encore à maintes contorsions vis-à-vis du nationalisme, mais de temps à autre, les convergences se manifestent. En France, les Verts ont été obligés d'excommunier ceux qui se livraient à un concubinage trop ostensible avec l'extrême droite. En Italie, le mouvement Vert s'est dissous, préfiguration de l'avenir, au sein des Ligues et des autres mouvements protestataires.

Quant au populisme, il constitue le mode d'expression naturel de ces mouvements politiques en gestation. Bâtis en réaction contre la domination des élites, le pouvoir technocratique, le modèle industriel et donc toutes les institutions qui leur sont rattachées, la poussée écologique et la résurrection ethnique ne peuvent envisager d'autres formes d'action que populistes. Certes, après quelques années d'association au pouvoir, comme en Allemagne, les Verts ont fini par s'embourgeoiser et par trouver bien des mérites au système représentatif. Sans doute en ira-t-il de même pour les Ligues, une fois achevée la révolution italienne. Mais dans l'entre-temps, ces nouvelles forces sont prisonnières du discours anti-élites et anti-institutions qu'elles ont tenu. Elles se sont nourries d'un air du temps populiste, l'ont repris au vol, lui ont donné des perspectives et doivent désormais l'assumer. Ce précipité « écolo-nationalo-populiste » pouvait sembler une construction théorique, jusqu'au triomphe de la Ligue Lombarde.

Par quelle étrange fatalité, l'Italie est-elle destinée à fabriquer l'extrémisme de chaque époque ? C'est elle qui a inventé le fascisme ; c'est elle qui désormais expérimente la nouvelle idéologie conquérante de cette fin de siècle. Avec les mêmes classes sociales en action : en l'occurrence la petite bourgeoisie industrieuse du Nord, commerçants et artisans au début du siècle, petits entrepreneurs aujourd'hui. Avec la même manière de jouer à la périphérie du système, sans jamais l'assaillir de plein front. Avec la même capacité, au-delà de la rhétorique belliqueuse, de tendre des fils dans la société qui permettent des ralliements et des soutiens inattendus. Ugo Bossi n'est pas Mussolini, ni la Ligue le fascio, mais les mécanismes de subversion se ressemblent.

L'Italie politique est sans doute incapable de se régénérer sans de tels coups de boutoir. La Ligue incarne l'idéologie de notre nouveau Moyen Âge. Elle mêle la nature, l'enracinement, la recherche de l'identité dans un culte régionaliste, voire local, au point d'entendre le nouveau maire de Milan ressusciter officiellement le vieux rêve des « villes-États ». Elle postule l'affaiblissement, voire la disparition de l'État central. Elle se veut d'un européanisme d'autant plus vague qu'il recouvre toutes les aspirations locales. Elle se prétend porteuse d'un ordre nouveau face à l'incertitude ambiante, fait de rigueur, voire de répression. Elle cède au mythe de la pureté : écologique – par la défense de la nature –, morale – par la lutte contre la corruption –, politique – par le refus des compromis. Elle pratique l'ostracisme avec modération, prête, comme elle l'est, à pratiquer par ambition des alliances de revers.

Que deviendra-t-elle, une fois au pouvoir ? Ce sera la minute de vérité. Tout est envisageable. Soit elle se glisse dans le système, l'infléchit dans les apparences, oublie la plupart de ses engagements et elle aura offert à l'Italie institutionnelle une occasion de se renouveler à peu de frais. Soit elle sombre dans la démagogie, se déconsidère aux yeux d'un peuple sceptique et intelligemment critique et elle n'aura constitué qu'une brève parenthèse dans la vie politique de la Péninsule. Soit elle pousse avec empirisme à un éclatement de l'Italie, camouflé en structure fédérale ou confédérale, rassure les petits-bourgeois et les forces économiques dominantes, préside sans trop d'à-coups à un renouvellement des élites, réussit à maintenir une légitimité politique directe par-delà les structures et les appareils et elle préfigurera, pour l'Europe entière, un nouveau type de mouvement politique et idéologique avec lequel il faudra compter.

Inutile de chercher, pays par pays, à deviner les circonstances qui feront éclore leurs propres Ligues : elles emprunteront au tempérament et au passé de chacun, jouant là du mythe de l'État-nation, comme Ugo Bossi se réclame du régionalisme, ici du culte du peuple, ailleurs de la résurrection d'irrédentismes enfouis depuis des siècles. L'alliance, en apparence de bric et de broc, qui se constitue derrière Philippe Séguin, pourrait par exemple représenter les prémices d'une Ligue à la française : s'enracinant autant à droite qu'à gauche, entonnant un hymne à l'État-nation, faisant résonner la fibre sociale, recherchant un face à face avec l'opinion. Ce n'est pas, non plus, un hasard si un homme politique aussi perspicace que Charles Pasqua ne cherche plus à récupérer directement les électeurs du Front national, mais mène une politique plus enveloppante qui pourrait en faire tomber bien d'autres dans son escarcelle. Derrière l'obligation, pour les socialistes espagnols, de passer un compromis avec les autonomistes et demain, pour les conservateurs ou les travaillistes anglais de faire de même avec les indépendantistes écossais, apparaissent aussi de nouvelles équations politiques. Lorsque les Allemands rêvent, de leur côté, d'une grande coalition réunissant toutes les forces classiques de gouvernement, qu'esquissent-ils d'autre que l'union sacrée de la société institutionnelle, face à des phénomènes qu'elle ne sait pas maîtriser et qui dérivent, tous, de l'ascension de la société invisible ?

Le séisme postcommuniste ne laissera pas inchangé le champ politique. L'affrontement gauche-droite ou plutôt centre gauche-centre droit ne se poursuivra pas éternellement sans que naissent des figures idéologiques inattendues mais qui, toutes, reprendront, dans des proportions différentes, les unes des autres, les ingrédients écologie, nationalisme, populisme. Face à cette perspective, les acteurs démocratiques traditionnels semblent bien pusillanimes. Qu'ont-ils aujourd'hui à offrir ? La raison pure ? Elle est incapable de flotter un minimum sur les affects et de reprendre au vol des aspirations qui, livrées à elles-mêmes, conduisent vers l'absurde, mais qui traduisent le bouleversement des valeurs, la montée de l'individualisme, l'égoïsme et l'affaiblissement des corps intermédiaires. L'empirisme ? C'est la plus mauvaise des politiques, à l'exception de toutes les autres. Mais dans un contexte historique aussi mouvant, il est invalide par insuffisance de sa vision du monde, car plus celui-ci est imprévisible et instable, plus il exige de la part des élites une armature conceptuelle. La générosité comme principe cardinal d'action ? Elle croit avoir trouvé avec « les droits de l'homme » son sésame politique, mais c'est là un ersatz idéologique, une pensée inachevée, incapable de fournir une boîte à outils conceptuels par temps de crise. La réhabilitation de la social-démocratie ? Ce n'est pas la disparition de son ennemi intime, le communisme, qui la compromet ; bien au contraire, mais, par un fâcheux concours de circonstances, l'impossibilité pour elle de résoudre la crise lancinante de l'État-providence. Le libéralisme classique ? Il semble bien fragile, quand les événements s'emballent et nous rappellent que la démocratie n'est pas liée au marché et qu'elle ne s'identifie pas, partout comme en Occident, à un fait culturel.

Si la société institutionnelle ne comble pas d'elle-même le vide idéologique, ce sera de l'extérieur que viendra la novation. Il lui faut, en effet, se doter d'un système de pensée, autrement plus adapté que de disserter, à perte de vue, sur la ligne de partage entre la redistribution et le marché, le taux de prélèvement et la liberté d'entreprendre ou le niveau de socialisation acceptable pour l'économie. Avec quels instruments penser l'incertitude ? Quelles boussoles dans l'ère du flou ? Quelles régulations promouvoir dans un univers où le désordre est devenu le seul principe d'ordre ? Comment échapper à la tendance si naturelle à croire, par défaut, que l'Histoire se répète ? Comment refuser ces convictions si rassurantes qui cherchent dans les précédents historiques la solution aux problèmes d'aujourd'hui ? Comment se mettre, en état, suivant le mot de Bismarck, « lorsque Dieu arpente les sentiers de l'Histoire, d'essayer de l'attraper par les bords de sa chemise » ? Si le parti de la raison ne trouve pas de réponse à ces questions-là, alors la raison sera longtemps au plus bas et les symptômes que constituent les peurs, les phénomènes de transfert, les pulsions primaires, ne cesseront de se développer avec, à la clef, une vraie régression intellectuelle qui, apparences de la modernité mises à part, verra le nouveau Moyen Âge ressembler, cette fois-ci, réellement à l'ancien.

DEUXIÈME PARTIE

Le temps des spasmes

CHAPITRE 5

LA BIBLE DES RISQUES

« Apocalypse now » ? Ou demain ? Le nouveau Moyen Âge ne nous la promet pas davantage que l'ancien. Elle ne se produirait que si tous les risques aujourd'hui latents se déclenchaient les uns les autres, sans que fonctionne le moindre coupe-feu. De ce point de vue, notre actuel Moyen Âge se compare malaisément à l'ancien : l'internationalisation et la caisse de résonance médiatique poussent, à la différence du passé, à une onde de choc dont le souffle peut être dévastateur ; à l'inverse, un maillage serré d'institutions internationales, fussent-elles bureaucratiques et pataudes, servirait d'amortisseur. Quel serait le point d'équilibre ? Chacun l'ignore ; espérons que la preuve expérimentale ne viendra pas trop tôt...

L'opinion internationale n'est pas consciente de ces nouvelles réalités. De la guerre froide, elle a gardé le sentiment viscéral que l'ordre était garanti. De la chute du communisme, elle a tiré l'impression que le principal danger s'était éclipsé. Et les élites se sont laissé emporter par les mêmes certitudes rassurantes. La guerre dans l'ex-Yougoslavie ? Une exception, et non une anticipation. La prolifération nucléaire ? On en parle depuis si longtemps. L'intégrisme musulman ? Lui aussi finit par s'assagir... La politique de l'autruche demeure malheureusement un grand classique des classes dirigeantes. La réalité est pourtant limpide : nous sommes passés – c'est le fait constitutif à ne jamais oublier – d'un monde où il existait une menace et aucun risque à un monde sans menace mais avec d'innombrables risques. En connaître la bible, c'est déjà – au moins intellectuellement – contribuer à les conjurer, et non céder au syndrome si confortable de Cassandre.

À tout seigneur, tout honneur. Le premier risque, ce sont d'abord les éventuels conflits en Europe. Il existe désormais sur notre continent une ligne de fracture qui part de la frontière lituano-polonaise et qui s'achève dans les confins des républiques musulmanes de l'ex-Union Soviétique, le long de laquelle se situent tous les foyers, grands ou petits, d'explosion. La frontière lituano-polonaise ? Elle semble d'un calme absolu. Oublierait-on que Vilnious, la capitale de la Lituanie, s'appelait en polonais Wilno, il y a encore cinquante ans, que l'imbrication des populations est totale, que les premières tensions apparues au moment de l'émancipation lituanienne ont été surmontées dans une commune ferveur démocratique, mais qu'elles pourraient réapparaître, si la Lituanie devenait un des phares du national-communisme et si, vaccinée contre cette tentation-là, la Pologne cédait en revanche à un populisme plus droitier ? Côté Lettonie et Estonie, ce ne sont pas les frontières qui pourraient poser problème, mais le respect des droits de la minorité russe : Moscou a dû se faire rudement menaçant, exprimant s'il en était besoin, le vieux tropisme qui pousse la Russie à considérer ces micro-États comme des protectorats virtuels. Illustration, parmi d'autres, que la Russie a beau être un trou noir, en proie aux pires désordres, demeure, aujourd'hui comme autrefois, la tentation impériale. Dans cette région-là, la Prusse-Orientale sera paradoxalement la contrée la plus paisible : « sous souveraineté politique russe, sous souveraineté économique allemande » avait remarqué le plus grand banquier de Francfort, ajoutant publiquement « à l'instar de l'Alsace »...

La fracture continentale atteint ensuite sa zone la plus risquée le long de la frontière russo-ukrainienne. L'Ukraine a fait irruption, comme un météorite, dans le ciel européen. L'apparition d'un État de cinquante-cinq millions d'habitants, sans antécédent historique, nucléarisé, aux frontières floues, à deux cents kilomètres de l'Allemagne, est un danger pour l'Europe entière. Avec la résurrection d'une grande Russie, englobant la Biélorussie et l'Ukraine mais délestée du reste de ses possessions, les règles du jeu auraient été aisées : trois siècles de pratique diplomatique européenne laissent des traces. Avec l'irruption de l'Ukraine, tout devient plus complexe : vis-à-vis de l'Ouest, vis-à-vis de l'Est. Les nationalistes ukrainiens ne pourront éternellement faire oublier que Kiev fut le berceau de la Russie, que l'Ukraine ne fut jamais indépendante, – même si pour obtenir cette indépendance miracle, elle était allée jusqu'à mener un jeu ambigu avec l'Allemagne nazie – et qu'un cinquième de la population est russe. Cette Ukraine-là, faut-il le rappeler, juxtapose une majorité orthodoxe et une minorité catholique uniate, suivant une ligne qui correspond à l'ancienne frontière entre les Empires russe et austro-hongrois. Cela ne fait pas un État-nation ethniquement et religieusement homogène, à s'en tenir aux critères qui servent malheureusement de références dans la nouvelle Europe ou du moins à l'Est.

S'ajoute l'écharde de la Crimée, ancienne terre russe s'il en est – les Français et les Anglais ont mille raisons de s'en souvenir –, rattachée administrativement à l'Ukraine à une époque où le communisme triomphant ne prêtait guère d'importance à ces questions de bornage bureaucratique. Au flou territorial s'adjoint, par ailleurs, la kyrielle de problèmes liés au divorce entre les deux États, artificiellement résolus les meilleurs jours, insolubles le reste du temps. La flotte de la mer Noire, que les deux pays essaient de se répartir, comme des cousins dans un héritage les petites cuillères de la grand-mère, ce qui n'a évidemment aucun sens en termes militaires, logistiques, humains. Le nucléaire, dont on a parfois l'impression désagréable que la clef s'est égarée : qui contrôle les armes à longue portée et où sont passées les fusées à courte portée ? Qui maîtrise les procédures d'utilisation des premières et surveille les stocks des secondes ? L'Ukraine est-elle réellement une puissance nucléaire ? À qui obéissent ses officiers ? Au pouvoir évanescent de Kiev ou à leurs camarades de chambrée russes avec lesquels ils ont vécu toute leur carrière ? Quant à la monnaie, vieux symbole de souveraineté, elle aura fait moins longtemps problème, puisque compte tenu de l'effondrement de leur propre devise, la Russie et l'Ukraine sont devenues des marches lointaines de l'immense zone dollar.

Comment imaginer que cet équilibre précaire et artificiel entre Moscou et Kiev puisse se perpétuer durablement ? Il en va de l'Ukraine pour les Russes, comme de l'Alsace-Lorraine pour les Français après 1870 : « N'en parler jamais, y penser toujours. » À mesurer les difficultés que le pouvoir politique et les militaires éprouvent à se séparer délibérément des îlots désertiques que représentent les îles Kouriles et l'île Sakhaline, et ce en échange des dizaines de milliards de dollars que pourraient leur offrir les Japonais, on ne peut imaginer un instant qu'ils fassent pour l'Ukraine contre mauvaise fortune bon cœur et qu'ils aient accepté, pour la nuit des temps, la partition...

Cette évidence stratégique ne signifie pas une guerre inéluctable à court terme entre les deux pays. Elle est possible mais elle ne paraît pas, à jouer les augures, probable. Mille et un scénarios sont imaginables : d'une montée des tensions qui débouche un jour lointain sur un vrai conflit, jusqu'à des bouleversements du pouvoir à Kiev, inspirés ou spontanés, qui mettent en route un processus juridique de rapprochement, avec toutes les transitions confédérales ou fédérales requises, sans omettre des incidents entre Russes et Ukrainiens qui offriraient à Moscou le prétexte, soit pour prendre quelques gages, soit plus brutalement pour entamer une grande croisade nationale. Parions qu'en l'an 2000, Russes et Ukrainiens seront dans une configuration qui n'aura rien de commun avec la situation actuelle, faite d'efforts de bonne volonté – pour satisfaire les bailleurs de fonds occidentaux –, de vraies arrière-pensées et d'irritations quotidiennes.

Après l'abcès ukrainien, la fracture continentale plonge au cœur de l'Europe centrale, avec l'insoluble question hongroise. Les Hongrois ne cessent de se référer au traité de Trianon, avec la même insistance que nous à un événement politique récent du genre Mai 1968 ou Union de la Gauche, comme si le demi-siècle de communisme s'était complètement volatilisé de leur mémoire. Le traumatisme demeure, immédiat et obsédant, avec un quart de leur population et un tiers de leur territoire en Transylvanie sous souveraineté roumaine. Sans compter les minorités hongroises en Slovaquie et en Serbie, la première en quête de son autonomie, la seconde l'ayant perdue sous la férule du régime national-communiste de Belgrade. Dans ce contexte explosif, le gouvernement de Budapest n'a cessé de faire preuve d'une admirable tempérance. Il n'a ni enfourché les thèmes anti-tziganes et antisémites qui ont refait surface depuis 1989, ni cédé aux sirènes nationalistes qui rêvent de reconquête de la Transylvanie, de guerre et de pureté ethnique. Même si le parti gouvernemental est aux prises avec une sécession extrémiste, il a pu conserver jusqu'à présent une position modérée, à l'instar d'une opinion qui, dans l'ensemble, ne s'enflamme pas. Reste que Budapest s'est déclarée comptable de la sécurité des minorités hongroises à l'étranger et que l'expérience nous a enseigné combien ce type de garantie pouvait déboucher sur des enchaînements fatals. L'équilibre est donc précaire : il suppose aussi de la retenue de la part des Roumains, des Slovaques et des Serbes, autant de conditions dont la perpétuation n'est pas acquise. De même existe-t-il un foyer de tension au nord de la Roumanie, avec le risque de voir les Moldaves ne pas se contenter, comme aujourd'hui, d'une sécession douce et rejoindre brutalement leurs cousins roumains : la Russie accepterait-elle une telle émancipation, au cœur de l'Europe, sous les regards du monde entier, comme elle le fait en catimini aux confins de la Géorgie et de l'Arménie ?

À peine sortie d'Europe centrale, la ligne des risques réapparaît évidemment dans les Balkans, illustration s'il en était besoin, des rares fatalités de l'Histoire [1]. L'enchaînement était inévitable : indépendance paisible de la Slovénie, guerre territoriale entre les Serbes et les Croates, libanisation de la Bosnie. Il se produit chaque jour dans cette poudrière deux miracles : l'onde de la guerre n'a pas atteint, à travers la Macédoine, l'inextricable nœud entre Bulgares, Grecs et Turcs ; malgré les malheurs des musulmans de Bosnie, et aussi longtemps que le Kosovo n'explosera pas, les pays islamiques se contentent d'une solidarité verbale à l'égard de leurs coreligionnaires. C'est dire combien, à chaque instant, la guerre civile yougoslave peut déboucher sur un conflit international aux contours mouvants. Avec

1. Cf. *La vengeance des nations* (Grasset), où, sans être grand clerc, et dès l'automne 1990, je tenais pour acquise la guerre serbo-croate.

l'implication directe d'un État membre de la Communauté Européenne, la Grèce, ce qui mettrait de surcroît à bas le mythe selon lequel la construction communautaire est un synonyme de paix. Avec le retour de la Turquie sur le continent européen, soit comme fournisseur militaire actif, soit comme belligérant. Avec l'hypothèse d'une Russie qui, fidèle à sa mission séculaire de protection des slaves, se sentirait partie prenante, comme elle a déjà pu le montrer en pointillés, en offrant aux Serbes une ombrelle diplomatique. Avec la possibilité, pour certains pays islamiques intégristes, de jouer les boutefeux, en fournissant argent et armes, et en se donnant en termes de propagande le beau rôle. Ce jour-là, ce serait un processus incontrôlable qui se serait déclenché.

Au-delà du Bosphore, la fracture continentale se développe, soit le long de foyers de tensions – Géorgie, Arménie, Azerbaïdjan... – devenus depuis des mois des zones de guerre civile ou tribale, soit, plus gravement encore, au cœur même des républiques musulmanes de l'ex-Union Soviétique. Un combat d'influence sans merci s'y livre entre la Turquie et l'Iran. Religieux, compte tenu de la laïcité de l'une et du prosélytisme de l'autre. Stratégique, avec, d'un côté des liens majeurs avec l'Occident, de l'autre une hostilité au monde occidental que le temps a à peine atténuée. Culturel, entre deux civilisations traditionnellement rivales. Politique enfin, avec de la part de l'une et de l'autre des stratégies d'influence qui rappellent les jeux entre grandes puissances, au dix-neuvième siècle, sur le continent européen.

Cet affrontement feutré peut-il déboucher sur des tensions majeures, voire sur un conflit militaire ? Tels que se présentent aujourd'hui la Turquie modérée et en quête d'enracinement occidental, et l'Iran cauteleux, voire prudent, derrière une rhétorique martiale, non. Mais demain ? Il suffirait d'un changement de régime à Ankara, d'une révolution de palais à Téhéran. Une guerre turco-iranienne n'est pas plus improbable aujourd'hui que ne le semblait, il y a quinze ans, la bataille entre l'Irak et l'Iran. Pour l'Europe et l'ensemble des occidentaux, ce serait un drame bien plus grave. La Turquie demeure un rouage essentiel de l'OTAN; elle ne tardera pas à devenir un membre associé de la Communauté, puisque, usant de son droit de veto, la Grèce empêche les Douze d'aller plus loin dans le sens d'une vraie adhésion; elle a représenté, de longue date, une avant-garde de l'Occident dans une région chahutée... L'imaginer en guerre avec le « grand satan » iranien, c'est admettre une situation dans laquelle les pays occidentaux seront impliqués, sauf pour eux à choisir une insupportable non-intervention.

Encore cette topographie des régions à risques, comme en matière sismique, fait-elle abstraction des éventuelles secousses qui pourraient affecter le Maghreb. Non sans doute le Maroc où le roi, par chance Commandeur des Croyants, peut jouer sur maints tableaux : religieux comme chef descendant du Prophète, politique avec une pratique qu'il fait évoluer à sa guise entre l'autocratie, le despotisme éclairé, la semi-démocratie; social avec l'émergence d'une authentique classe moyenne; économique grâce aux manifestations d'un vrai décolage. Mais l'Algérie est en première ligne et, derrière elle, la Tunisie. L'armée algérienne pourra-t-elle s'opposer durablement à la lame de fond intégriste, sans avoir pu offrir à la population les indices d'un redressement économique et social ? Il existe, pour nous, deux versions très différentes d'une prise de pouvoir islamique à Alger. Soit s'installe un régime rigoriste, influencé par l'Arabie Saoudite, mais refermé sur lui-même. Soit arrive aux commandes une camarilla pro-iranienne, encore plus intégriste et surtout violemment prosélyte. Dans le premier cas, les Européens se lamenteront au nom des vertus démocratiques, devront accueillir les élites exilées mais ne se sentiront pas menacés. Dans le second, le pire est possible, depuis une agitation des communautés immigrées en Europe, une résurgence du terrorisme jusqu'à l'installation, dans les années à venir, d'une capacité de feu nucléaire qui, du fond de la Kabylie, pourrait atteindre les villes européennes, ce qui nous placerait, toutes choses égales par ailleurs, dans la situation des Américains au moment de la crise de Cuba!

À voir défiler, de la sorte, les foyers de tensions, s'insinue une impression d'irréalité. Trop, c'est trop! Aucun enchaînement fatal ne menace qui, d'un conflit russo-ukrainien, déboucherait sur une crise roumano-hongroise, de là sur une explosion des Balkans, et à travers l'implication de la Turquie pousserait à un affrontement avec l'Iran qui, par une onde de choc intégriste, déstabiliserait l'Algérie! La théorie des dominos, chère aux stratèges américains des années soixante, a montré à l'époque et, pour le plus grand malheur des États-Unis, ses limites. Ce ne sont pas des mines qui, le long d'une ligne de flottaison, exploseraient les unes après les autres. Mais si un accident advenait dans tel ou tel foyer de crise, il existerait des effets en chaîne, même moins apocalyptiques.

Sur l'échelle de Richter des risques, – comparaison sismique oblige – l'affrontement russo-ukrainien est le pire : il déstabiliserait l'ordre international et mettrait en première ligne les États-Unis, au moins dans un rôle de « pompier » face aux aléas nucléaires. Vient ensuite un embrasement des Balkans qui verrait la Russie redevenir le tuteur des slaves et la Turquie le protecteur des musulmans. Ce serait une crise internationale, du type dix-neuvième siècle, dont la solution très délicate supposerait des déplacements de frontières, des échanges de populations et des garanties internationales d'une infinie complexité : même réglée, elle laisserait des cicatrices dramatiques dans les relations de l'Occident et du monde musulman. Par rapport à de telles secousses, une tension grave entre la Roumanie et la Hongrie, ou un coup d'État islamiste à Alger, paraissent presque bénins... Le monde n'est pas aujourd'hui outillé pour affronter des crises aussi graves : ne sont adaptés ni ses organisations internationales – l'affaire cambodgienne est déjà au-delà des moyens de l'ONU –, ni ses procédures de concertation et d'intervention, ni – pire – notre esprit collectif.

Derrière la plupart de ces foyers potentiels de crise se glisse, à l'horizon, le drame nucléaire. Celui-ci ne se limite pas à la prolifération, telle que désormais le monde entier la redoute, avec les armes nucléaires tactiques de l'armée rouge vendues à l'encan, les missiles aux enchères et les savants atomistes au plus offrant. Ce risque-là existe : comment imaginer que, dans ce monde de désordre absolu, les stocks sont comptabilisés à l'unité près, les contrôles en vigueur, les chaînes de commandement en fonction ? Comment croire que, parmi tous ces scientifiques qui crient misère, quelques-uns ne seront pas tentés de jouer les mercenaires ? Faudrait-il que certains réflexes moraux se perpétuent au cœur d'un monde qui a collectivement basculé dans l'amoralité... Cette prolifération-là est en marche. Au profit de qui ? Des pays engagés, de longue date, dans la course au nucléaire : Iran, Libye, Syrie sans doute et évidemment l'Irak dès que l'Occident finira par avoir le dos tourné. De puissances déjà nucléaires ou sur le point de l'être, désireuses d'enrichir leur panoplie de lanceurs et certaines compétences scientifiques : Pakistan et Inde peut-être. De mouvements extrémistes désireux de s'offrir, à toutes fins utiles, quelques bazookas atomiques : probablement. De groupes illégaux, voire de certaines fractions de « Mafia Incorporated » : ce n'est pas exclu. L'Occident ne peut faire l'impasse sur l'hypothèse de puissances moyen-orientales ou d'organisations intégristes dotées, d'ici l'an 2000, de missiles nucléaires braqués sur la rive nord de la Méditerranée ou sur le cœur de l'Allemagne : la terre est ronde – l'oublie-t-on trop souvent – et Berlin est plus près, à vol d'oiseau, du Proche-Orient que Paris.

À cette première prolifération, elle sauvage, s'en ajoute une seconde plus institutionnelle, avec l'Ukraine et les républiques musulmanes de l'ex-Union Soviétique. Comment penser que ces États en gestation renoncent aux armes nucléaires entreposées sur leur territoire, sans contrepartie et pour les beaux yeux de l'Occident ? Ils ont en main le plus bel attribut possible de souveraineté et, qui plus est, l'instrument le plus monnayable de chantage, vis-à-vis en particulier d'Américains hypersensibles aux dangers nucléaires et infiniment plus émotifs sur ce sujet que des Européens blasés. C'est, pour eux, le seul vrai gage de sollicitude occidentale : les États-Unis sont aux petits soins pour une Ukraine nucléarisée ; ils la considéreraient plus naturellement, cette caractéristique disparue, comme partie intégrante de la zone d'influence russe... De même pour celles des républiques musulmanes qui, dans le grand charivari de l'armée rouge, auraient récupéré quelques armes à courte portée. Il faudra payer une substantielle rançon pour voir ces gouvernements rengainer leurs jouets nucléaires.

S'ajoutent enfin pour faire bonne mesure, les dangers liés aux centrales civiles des pays de l'Est. Chacun sait que toute installation à l'est de l'Oder et de la Neisse représente un Tchernobyl en puissance. Les rapports ne manquent pas qui, depuis cinq ans, ont mobilisé l'opinion publique ; toutes les idées ont été émises, d'aides directes, de fonds de reconversion, de prises en charge par les fournisseurs occidentaux d'électricité afin de conjurer ces risques. Et pourtant, rien ne s'est passé ou presque, comme si le mythe Tchernobyl avait paradoxalement apaisé les pires craintes : les dommages encourus n'ont pas été à la mesure du fantasme atomique ; la vie n'en a pas été bouleversée... De là, en réalité, l'incertitude la plus épouvantable : un obus atomique éclate par inadvertance ou délibérément et rien de dramatique ne se produit. Ni dommages au-delà de ce qu'aurait provoqué un bombardement traditionnel, ni irradiation à grande échelle... Depuis Hiroshima, le monde n'a heureusement qu'une connaissance virtuelle du nucléaire : c'est ainsi que s'est imposé le pouvoir politique de l'atome, grâce à ses images d'apocalypse. Sans doute serait-ce l'horreur absolue avec les armes à moyenne portée, mais avec les armes tactiques ? Si, par malheur, celles-ci se révélaient moins épouvantables que l'idée que nous nous en étions faite, les effets seraient dévastateurs : la disparition de la peur atomique sonnerait le glas de la paix.

Il n'existe plus aujourd'hui de dissuasion réelle entre grands, fondée sur la possibilité de faire sauter la planète, mais il en demeure une entre puissances moyennes sur l'emploi même du moindre obus atomique. Rappelons-nous les frissons au moment de la guerre du Kippour lorsque acculés, les Israéliens se sont contentés de décapsuler leurs ogives nucléaires basées dans le Néguev, au vu et au su des satellites espions. Il n'a pas fallu plusieurs jours, avant que les Soviétiques ne fassent baisser la pression syrienne... Si le tabou nucléaire était levé sans drame terrifiant, la moindre tribu agressive, le moindre groupe extrémiste, le moindre État sur la défensive chercherait à se procurer, sécurité oblige, quelques ogives du côté de Bakou ou de Vladivostok. L'Occident demeure, sur ce terrain, l'arme au pied : il n'a jamais assorti son aide à la Russie du stockage des armes nucléaires tactiques dans des dépôts sous son contrôle ; il n'a créé aucune institution scientifique internationale, afin de prendre en charge les savants russes en déshérence ; il n'a pris aucune sanction contre les États qui se livrent au débauchage des experts atomistes. Si, demain, le pire advient, nous serons, en partie, responsables : nous n'avons jamais mené, sur ce plan-là, à l'égard des pays de l'Est, que la politique de l'autruche, alors que maintes actions nous étaient ouvertes. Question de lucidité, de courage ou plus simplement de pessimisme actif : les Occidentaux sont aussi aveugles que le seraient des vignerons convaincus de l'irréalité du gel ou de la grêle...

Nos sociétés, si riches soient-elles, ne sont pas sourdes aux bruits du monde. Souvent plus lucide que les élites, l'opinion a intériorisé la bible des risques, sans être capable de la feuilleter page par page. De là son spleen, ses doutes, ses incertitudes et, nous l'avons vu, son angoisse historique : pour elle, demain est plus aléatoire et plus dangereux qu'aujourd'hui. Peut-être mesure-t-elle, avec moins d'acuité, que les risques ne se limitent pas aux guerres et au nucléaire et qu'ils existent aussi, tapis au cœur même de notre civilisation hédoniste et consumériste. Risque économique et monétaire au premier chef : à force de danser sur un volcan, nous finissons par l'oublier. L'économie mondiale est passée, en 1987, à côté d'un krach auprès duquel 1929 représentait une aventure provinciale : les banques centrales ont injecté de l'argent dans la machine et il a suffi de ce placebo pour calmer la folie des marchés. Mais la recette demeure-t-elle infaillible ? Dans un univers de changes flottants, avec les masses de manœuvre quasi illimitées nées de la libre circulation des capitaux, tout peut toujours arriver.

Les marchés s'autorégulent, prétendent leurs adorateurs : regardez la livre, la lire, ou désormais le franc ; une fois la tornade passée, l'équilibre reprend ses droits... C'est oublier que ce sont des monnaies périphériques et que leurs heurs et malheurs constituent de simples opportunités de profits et de pertes pour les opérateurs : à travers elles, le « moteur nucléaire » du système économique n'est pas en jeu. Qu'en serait-il, le jour où la crise de confiance se porterait sur le dollar, le mark, le yen ? Impossible, ces devises sont au-dessus de tout soupçon. Plaisanterie : il est déjà arrivé au dollar de perdre 100 % de sa valeur en quelques années. Pourquoi cela ne se produirait-il pas, un jour, en quelques semaines, lorsque les marchés seront devenus conscients de l'engrenage infernal des déficits américains et qu'avec la brutalité fruste qui les caractérise, ils perdront foi ?

Aussi longtemps que les États-Unis demeureront attachés à la libre fluctuation des monnaies, à la fois par conviction libre-échangiste et par intérêt, convaincus comme ils le sont que la rente du dollar est éternelle, aucun effort d'organisation ne se produira et nous serons, à chaque instant, à la merci d'une thrombose monétaire. Avec, à la clef, l'onde de choc d'un affolement mondial, passant des monnaies aux bourses et vice versa, les possédants, les joueurs, les opérateurs pris au piège et aggravant, par des comportements irrationnels, le désordre. Avec, par ricochet, une désorganisation insupportable du commerce international, les avantages de compétitivité, fruit d'une longue patience, étant balayés par des variations erratiques des taux de change. Avec la certitude, malheureusement, de voir certains gouvernements manquer de sang-froid et donner des coups de barre macro-économiques dans toutes les directions, qui ne feront qu'empirer le mal. Avec, de ce fait, la résurrection de tentations protectionnistes, cette fois-ci irrésistibles, qui feraient voler en éclats la construction communautaire et à travers elle, le mythe européen, au risque d'accentuer des tensions locales que seul le rêve d'une Europe cohérente parvenait jusqu'à présent et, à grand-peine, à contenir.

Nous nous affolons, nous Français, devant l'accumulation des délocalisations et les ravages du libre-échange, sans prendre en compte le rythme des menaces : si ne s'établissaient pas entre les trois grandes zones du monde des écluses minimales, certains pans de notre industrie et de nos services seraient balayés d'ici l'an 2000, mais ce sont des aléas circonscrits, à une échéance telle qu'elle permet de s'y préparer, de s'adapter, voire de les prévenir. Rien de comparable avec une explosion monétaire qui peut ne pas se produire pendant la même période, mais qui risque d'advenir à chaque instant. Disposons-nous d'antidotes face à cette perspective de thrombose ? Renforcer inlassablement le pôle monétaire européen – c'est déjà une gageure – et plaider, au moins pour l'apaisement de notre conscience, en faveur d'un aggiornamento monétaire mondial...

Dans l'ordre commercial, le problème immédiat ne vient pas de la concurrence accrue de l'Asie, Chine comprise, mais des importations sauvages en provenance de la Russie et de l'Europe centrale. Combien de secteurs d'industrie lourde sont d'ores et déjà bousculés par les arrivages de l'Est ? Pour les sidérurgistes, pour les fabricants d'aluminium, demain pour les industriels du verre plat, le danger n'est ni japonais ni chinois, il est russe. Avides de devises et aussi indifférents aux impératifs de rentabilité qu'ils l'étaient du temps du communisme, les anciens combinats soviétiques déversent leurs excédents, à des tarifs de dumping, sur le marché occidental. Conséquence : les prix s'effondrent, les pertes s'accumulent, les restructurations s'accélèrent, sans le moindre espoir de voir les secteurs visés retrouver rapidement leur équilibre. Et encore les ravages n'en sont-ils qu'à leurs débuts. Ils s'accentueront au fur et à mesure des délocalisations de l'ouest du continent vers l'Est : les grands groupes allemands sont en train d'utiliser cet arrière-pays pour s'offrir un appareil de production moderne, avec des salariés quasi allemands, habitués à l'industrie et payés aux tarifs du Tiers Monde. Combien d'automobiles Volkswagen produira-t-elle en l'an 2000 sur le territoire allemand ? Et combien à l'Est ? Comme ses congénères des autres métiers, elle est en train de passer du « made in Germany » à la « german quality », indépendamment du lieu de production.

D'où une double contradiction pour l'Europe de l'Ouest. Un : elle n'a pas de meilleur instrument pour aider l'Est que de lui offrir ses marchés; mais elle pénalise, dans l'instant, certaines de ses meilleures industries. Deux : elle bénéficie à l'Est d'un « Hinterland » qui la dispense de délocaliser ses usines sur d'autres continents; ce faisant, elle accentue son propre dépérissement industriel en termes d'emplois. À laisser se développer trop rapidement la concurrence de l'Est, les États européens de l'Ouest peuvent provoquer dans leur opinion des réactions d'hostilité qui rendront plus difficile l'intégration commerciale des deux parties du continent. Ce risque-là n'est pas mince : irritation économique, hostilité politique, fermeture occidentale, désarroi accru à l'Est sur un fond de troubles sociaux dont les « enragés » du tribalisme feront leur miel.

Risque immédiat aussi, un dérapage démographique. Les Français ne sont pas, sur ce sujet, lucides. Pris par leurs fantasmes anti-immigrés, ils ne mesurent pas à quel point, jusqu'à présent, ils sont protégés. Certes la migration Sud-Nord se poursuit, avec ses flux d'immigrés clandestins en provenance du Maghreb ou d'Afrique, avant même que l'avènement d'un régime intégriste à Alger ne nous envoie les élites laïques... Chacun sait que l'objectif d'une « immigration zéro » est absurde et celui d'une « immigration clandestine zéro » illusoire, malgré toutes les mesures instaurées par Charles Pasqua à des fins autant d'exutoire que d'efficacité. Mais ce mince filet d'immigrants – quelques dizaines de milliers – régulier et stable ne se compare pas aux mouvements de population qui accompagneront chaque étape de la déstabilisation du continent. Protégée par « l'édredon germanique », Allemagne et Autriche, la France n'a pas pris conscience de ce phénomène, au contact des centaines de milliers de réfugiés yougoslaves.

Annonçant bien d'autres malheurs à venir, ce conflit a d'ores et déjà déplacé plusieurs millions de personnes. Il a obligé des pays encore en proie aux difficultés de la transition postcommuniste, comme la Hongrie, à se transformer, à leur corps défendant, en terre d'asile. Il a provoqué des migrations en chaîne entre les Balkans et l'Europe centrale. Il a contraint des Autrichiens, souvent xénophobes, à voir leur pays devenir une base arrière humanitaire. Il a accentué la pression sur une Allemagne déjà submergée par ses dix-sept millions d'immigrés de l'intérieur et ses centaines de milliers de nouveaux Allemands, en provenance de l'Est, qui viennent chaque année faire jouer le droit du sang en leur faveur. Un accident de plus grande ampleur, le long de la fracture continentale des risques, et nous assisterions à de « vraies invasions ». Un conflit sur les confins de la Hongrie, ou pire un affrontement russo-ukrainien, mettrait en mouvement des masses considérables auprès desquelles l'immigration économique en provenance de l'Est – de Russie vers la Pologne, de Pologne vers l'Allemagne – paraît dérisoire. Face à des transferts de population aussi brutaux, l'Europe entière serait concernée, car l'Allemagne serait hors d'état de recevoir, seule, une telle immigration.

D'un côté nous avons affaire, nous Français, à un transfert quotidien en provenance du Sud d'ampleur limitée; de l'autre, nous sommes à la merci de migrations qui rappelleraient l'autre Moyen Âge, l'ancien. Le premier phénomène nous obsède; le second nous échappe. Étrange conduite de fuite qui nous pousse à nous inquiéter d'une pression raisonnablement maîtrisable et à ignorer une secousse qui, elle, nous déstabiliserait. Persuadés que notre statut privilégié se perpétuera, ou désireux de le croire, nous nous gardons bien d'ouvrir ce sujet au seul niveau qui permette une réflexion, puis une action collective, en l'occurrence la Communauté Européenne. Sans doute craignons-nous qu'à cette occasion les Allemands nous rappellent que nous avons accueilli dix fois moins de réfugiés yougoslaves qu'eux et qu'ils partageraient volontiers ce fardeau... Mais cette attitude hypocrite n'est pas, à long terme, gagnante : nous avons un peu de temps pour nous préparer aux grandes migrations; ne le dilapidons pas!

Danger ultime, enfin : une fracture irrémédiable des sociétés occidentales. Nous vivons, avec à l'esprit, des réflexes de miraculés. Avoir survécu à l'emballement du chômage, de cinq cent mille à trois millions de chômeurs, nous donne collectivement le sentiment que rien de dramatique ne peut nous arriver. La société est plastique; elle s'autorégule; elle maîtrise ses dérapages; elle génère spontanément des contre-feux. Autant de convictions enracinées dans ce miracle des vingt dernières années et qui, d'une certaine façon, se confirment chaque jour. La société institutionnelle, établie, celle des gens insérés, c'est-à-dire l'immense classe moyenne qui va de l'ouvrier spécialisé au cadre dirigeant, vivait jusqu'à présent avec un sentiment d'impunité. Le malheur lui était étranger; il était réservé à une sous-société de chômeurs et d'exclus qui payaient, pour notre compte, le prix de l'ajustement à la crise. Pour les autres – nous tous – tout allait bien, merci ! Le pouvoir d'achat s'est accru massivement depuis le premier choc pétrolier ; les patrimoines ont bénéficié de taux réels mirifiques et l'État-providence a su maintenir ses avantages sociaux avec l'aide de mutuelles en tous genres pour les membres de la classe moyenne. Pourquoi, dès lors, l'ordre social serait-il menacé, puisqu'il s'est perpétué depuis vingt ans, identique à lui-même ?

La montée de l'insécurité, quelques tensions locales, l'apparition de ghettos à l'américaine : ce n'étaient jusqu'à présent que des indices encore partiels d'un dérèglement collectif. Sommes-nous sur le point de sortir de cette situation confortable ? L'inquiétude brutale des classes dirigeantes le laisserait penser, comme si elles venaient de découvrir, après vingt ans, la réalité. C'est moins affaire de lucidité que d'égoïsme collectif : pour la première fois, le vent du boulet les atteint dans leurs avantages et leur mode de vie. Des patrons licenciés, des cadres embarqués dans les mêmes plans de restructuration que les ouvriers et les employés, des enfants au chômage, des diplômés de grandes écoles sur le carreau : « Il y a, cette fois-ci, quelque chose de pourri au royaume de Danemark. » À travers leurs propres difficultés, la réalité apparaît aux privilégiés et ce d'autant plus brutalement qu'ils l'avaient ignorée.

Comme, dans cette France, plus aristocratique que démocratique, l'humeur des classes dirigeantes devient l'atmosphère du pays, la dépression nerveuse collective guette. Dans le revirement soudain des esprits, l'entrée dans la crise des catégories supérieures joue un rôle déterminant. Avec d'ailleurs pour conséquence que cette prise de conscience risque de faire long feu : ce sera, comme à l'accoutumée, les privilégiés qui profiteront du moindre zéphir économique. La situation rentrée dans l'ordre pour eux et leurs enfants, ils auront tendance à penser et donc à proclamer que le pire est derrière nous. Et, de la même manière que l'affolement des élites aura fait croire que la situation connaissait, dans son aggravation, un changement de nature et non de degré, leur « lâche soulagement » accréditera l'idée que tout redevient, cahin-caha, normal. Mais il demeurera une cicatrice après cet éclair de lucidité ; la société continuera, à l'instar de ses élites, à douter d'elle-même : à juste titre...

Jusqu'où iront les phénomènes de marginalité ? La multiplication des zones de non-droit, l'apparition d'une catégorie de jeunes à cheval sur la société et sur l' « underground », l'accroissement des manifestations d'illégalité, mafia incluse, l'exacerbation des tensions entre groupes sociaux pour la répartition des sacrifices, la lutte sociale naissante entre actifs et inactifs, l'accélération de la concurrence internationale, l'envolée du chômage ou au moins des effectifs en dehors du travail classique, le développement de l'immigration à chaque choc politique sur le continent européen ou à sa périphérie : autant de certitudes d'ici à la fin du siècle. Seule interrogation irrésolue : se produira-t-il une prise en masse ? Ou, comme aujourd'hui, la société parviendra-t-elle à isoler ses abcès les uns des autres, afin d'éviter toute contagion ? Pour l'instant, elle le fait et conjure de la sorte ses inquiétudes. Ce n'est que face à des mouvements corporatistes, du type chauffeurs routiers, qu'elle s'affole. Son incroyable fragilité, ce secret le mieux gardé de l'Occident, est, à ce moment-là, mise à nu et les autorités craignent alors, sans l'avouer, que toutes les pressions se coalisent pour profiter d'une faiblesse aussi évidente : les approvisionnements ne sont pas assurés ; les forces de l'ordre ne peuvent plus circuler ; l'idée même de blocus des villes, si surréaliste dans nos sociétés d'abondance, refait surface ; le sentiment d'impunité se diffuse. Tout semble possible.

À imaginer le pire, c'est de ce côté-là qu'il faut chercher. La révolte des jeunes des banlieues ? Elle demeure circonscrite, sert de message de détresse vis-à-vis de la société établie, mais ne devrait susciter aucun effet en chaîne. Les conflits sociaux traditionnels ? Ils apparaissent, quand ils se produisent encore, comme des débats de nantis auxquels les vrais pauvres, les marginaux, ne participent pas. Les jacqueries agricoles ? Elles n'ont jamais suscité de mouvement de solidarité, du temps même où l'agriculture était au cœur de la vie économique. Les grèves de transports publics ? Elles demeurent un rituel pour groupes installés avec leurs codes, leur mode de fonctionnement et leur dénouement. Les immigrés ? Ils n'ont de cesse de passer inaperçus. Les exclus ? La société a pu leur faire endosser le prix de la crise, parce qu'ils étaient incapables de se transformer en groupe de pression. Encore sous le choc de Mai 68, les pouvoirs publics agissent avec toujours à l'esprit l'hypothèse d'une révolution brutale. En fait, hormis la paralysie de la vie collective – routiers sous une forme archaïque, réseaux informatiques dans une approche plus actuelle – qui peut, elle, créer un engrenage imprévisible, nous ne semblons pas menacés d'une prise en masse, avec comme il y a vingt ans, l'impression que la société peut, sur un coup de dé, basculer d'un côté ou de l'autre.

La fracture sociale ne débouche pas sur une révolution : elle est diffuse, insaisissable. Aussi longtemps que le monde est stable et que les pays les plus riches vivent protégés dans leur bulle, ils peuvent s'accommoder de l'émiettement de la société civile. La morale n'y trouve certes pas son compte, avec un écart croissant entre les plus démunis et les plus aisés, alors qu'un demi-siècle de Welfare State devait aboutir, en théorie, à la situation inverse. Ni l'économie qui est soumise à un prélèvement croissant afin d'assurer les subsides et les aides, gages de stabilité. Avec une Histoire immobile pour toile de fond, le système tient. Qu'en serait-il en revanche, face à des événements imprévisibles ? Ne nous trompons pas de question : ce n'est pas l' « union sacrée » qui est en jeu dans l'hypothèse d'un conflit militaire direct. Les grandes puissances européennes ne semblent pas menacées, à vue humaine, par de telles perspectives. Mais le nouveau Moyen Âge multiplie les défis que, seules des sociétés socialement cohérentes, peuvent relever. Exemple : nous pouvons être obligés d'intervenir pour rétablir l'ordre à une échelle sans commune mesure avec l'affaire yougoslave. Or l'opinion ne tolérait pour la Bosnie ni l'envoi des appelés du contingent, ni les risques de mort pour les engagés volontaires. Comment réagira-t-elle, dans un pays de plus en plus fragile, à une exigence d'engagement nettement plus lourde ? Exemple : la lutte contre les insidieuses avancées de l'illégalité peut provoquer, pour chaque particulier, des contraintes nouvelles, telles des procédures de « police bancaire » ; les réflexes civiques demeurent-ils suffisamment vifs pour garantir la bonne volonté collective ? Exemple : l'accélération des migrations intra-européennes, lors de chaque secousse stratégique, peut conduire à une politique concertée des États qui s'obligeront à accepter des quotas de réfugiés ; prisonnière de son syndrome immigré, notre société sera-t-elle prête à l'accepter ? Exemple : la reconquête par l'État des zones de non-droit supposerait des moyens financiers considérables ; la classe moyenne est-elle disposée à accepter les sacrifices nécessaires ou préfère-t-elle se voiler la face, dans une vision à courte vue, sur l'ampleur du problème ? Exemple : la stabilité de l'Europe suppose des progrès économiques à l'Est, et le plus court chemin passe, de ce point de vue, par l'ouverture de nos marchés; les salariés de l'Ouest accepteront-ils, au nom de cette exigence de long terme, les sacrifices immédiats qui résulteront, pour eux, d'une telle libération des échanges? Exemple: plus le désordre menace, plus notre appareil militaire est inadapté, plus un effort gigantesque s'impose afin de le mettre dans un nouvel état de marche; convaincus du triomphe de la paix universelle ou simplement hypocrites, les contribuables valideront-ils les hausses d'impôt nécessaires? Les exemples sont innombrables. À une époque où l'opinion publique est devenue le principal acteur politique, son humeur conditionne les actions que, dans un univers condamné désormais au désordre, les États peuvent entreprendre. Plus la société sera déstabilisée et fragile, moins l'opinion sera cohérente, moins l'empire de la nécessité fera loi.

Trop longtemps habitués à la stabilité, au point de se persuader qu'elle constitue l'état normal du monde, nos pays oscillent entre des réactions extrêmes. Soit ils nient les aléas, ne voient dans les premiers symptômes du nouveau Moyen Âge que des accidents ponctuels et se convainquent qu'en donnant « du temps au temps » le système mondial retrouvera naturellement son équilibre. Avec ce goût du « temps donné au temps », François Mitterrand aura peut-être instillé, notons-le, le pire poison à l'action politique. Soit ils s'affolent devant telle ou telle manifestation de la réalité, migrations, délocalisations et ils perdent tout bon sens, croyant que nous roulons à l'abîme. De là la difficulté, pour les gouvernants, de leur donner la mesure des risques et de leur faire comprendre que l'incertitude est devenue notre lot quotidien. Prise dans son exhaustivité et perçue comme une réalité certaine, notre bible des risques susciterait une dépression collective, et aucun homme d'État ne se hasarderait, de ce fait, à la feuilleter devant l'opinion. Mais à l'inverse, la conserver comme un secret à la portée exclusive de l'élite de l'élite, c'est aussi mener une politique de gribouille, avec le danger de préparer les sociétés à des lendemains qui déchantent... Voilà la plus belle question que nous ayons eu à affronter, depuis longtemps, en termes de pédagogie collective...

CHAPITRE 6

LE RETOUR DES RÉVOLUTIONS

Le vingtième siècle aura été le siècle des coups d'État et des pronunciamento, et non paradoxalement celui des révolutions. À condition, au jeu toujours ambigu des définitions, de faire dépendre une révolution de deux critères : le remplacement de la classe dirigeante par une autre, jusqu'alors méconnue; et surtout une situation de totale indétermination. À cette aune-là, le dix-neuvième siècle aura connu maintes révolutions, mais le vingtième non. La victoire des bolcheviks en 1917, l'avènement des nazis en 1933 : les drames étaient en germe dans la doctrine affichée de ces partis et les futurs dirigeants étaient déjà en situation, tapis en leur sein. N'ont été dupes que ceux qui ont bien voulu l'être; pour les esprits les plus lucides, n'existaient ni doute ni indétermination.

De même l'effondrement des régimes communistes ne s'est-il pas accompagné, au sens restrictif de notre définition, de révolutions. Étaient imprévisibles les circonstances, le moment, l'enchaînement. Non le point d'arrivée. Lorsqu'il existait des oppositions structurées, Pologne, Tchécoslovaquie, le pouvoir leur est naturellement revenu, à l'instar des alternances politiques dans les démocraties occidentales, la partie se jouant néanmoins avec des accents plus aigus. À peine sortis de prison quelques mois auparavant, les nouveaux maîtres ont reçu l'héritage des mains de leurs prédécesseurs, en l'occurrence leurs geôliers, suivant les mêmes rites pacifiques que ceux en vigueur au moment où les conservateurs et les travaillistes, les sociaux-démocrates et les chrétiens-démocrates, les gaullistes et les socialistes roquent dans la foulée d'élections traditionnelles. Lorsque le parti communiste avait nourri, en son sein et délibérément, l'opposition comme en Hongrie, la transition a été tellement douce qu'on n'arrive même plus à dater, avec précision, le changement de régime. Quand le communisme ne s'était pas accommodé, jusqu'à une date récente, d'une opposition – Russie, Roumanie –, aucune nouvelle élite n'a succédé à l'ancienne : hier communiste, la nomenklatura s'improvise démocrate et capitaliste et se réinstalle, avec le même sentiment d'éternité, aux commandes.

Sous cet angle-là, la disparition de l'Union Soviétique n'est pas, stricto sensu, une révolution. De même ne l'est-elle pas davantage, au titre de notre second critère : un avenir indéterminé. La Russie est un « trou noir »; ce n'est pas une inconnue. Elle demeurera longtemps une puissance démunie mais impériale, avec pour seul aléa son niveau de démocratie politique. Dans tous les pays anciennement communistes, la société civile s'est durablement émancipée : il faudrait une répression digne du stalinisme de la haute époque pour la faire rentrer dans le rang. La démocratisation est, elle, infiniment plus fragile : elle est à la merci d'un homme, d'une idéologie, des circonstances. Le spectre des possibles est désormais bien cadré : avec, à un extrême, le désordre politique polonais et, à l'autre extrême, un régime national-communiste du type serbe, néanmoins obligé de se soumettre à des élections qu'il ne peut truquer qu'à la marge et contraint de tolérer une opposition de grande ampleur. L'incertitude, à l'Est, n'est ni politique ni sociologique; elle tient aux enchaînements dans lesquels ces pays peuvent être entraînés, comme la France et l'Allemagne au dix-neuvième siècle : maintes dépêches d'Ems se profilent à l'horizon. Mais qui, à l'époque, aurait prétendu que l'Empire ou le régime bismarckien était à la merci d'une révolution? L'indétermination est à l'Histoire ce que la loi de la pesanteur est à la physique ; la révolution est, elle, une autre affaire...

Et pourtant celle-ci est peut-être de retour, davantage étrangement à l'ouest du continent qu'à l'Est. C'est sans doute le paradoxe des temps nouveaux. Au lieu de conforter sa stabilité, la victoire de l'Occident sur le communisme l'a au contraire atteinte. Le communisme fonctionnait, nous nous en apercevons aujourd'hui, comme un aimant : il structurait autant les forces de ses adversaires que les siennes. Jamais un bouc émissaire n'aura rempli aussi admirablement son cahier des charges. Qui aurait admis, il y a dix ans, que le communisme garantissait l'équilibre de nos sociétés et que, sans lui, celles-ci risquaient de perdre le nord? Un tel prophète aurait été cloué au pilori. Tendus dans notre combat pacifique, contre l'Union Soviétique, nous ne mesurions pas combien il était devenu l'épine dorsale de l'Occident, et combien, lui disparu, le champ de forces allait perdre de sa cohérence. De cet immense charivari n'émergent, en réalité, que deux mystères : comment à l'Est la chute du communisme a-t-elle pu être aussi empreinte de non-violence? Un putsch à Moscou; deux morts! Comment, une fois privé d'adversaire, le monde occidental se trouve-t-il aussi désemparé, voire déstabilisé? Au point d'imaginer, par un incroyable retour en arrière, des révolutions sur le modèle du dix-neuvième siècle.

La question n'est pas intellectuelle; la première révolution de ce genre se déroule sous nos yeux : elle est, nous l'avons déjà dit, italienne. Les Européens ne la voient pas, tant leurs préjugés à l'égard de l'Italie sont profonds. Ce n'est pour eux qu'une nouvelle péripétie de la vie politique de ce pays, plus brutale certes, mais qu'une fois de plus ce peuple hautement civilisé saura maîtriser... Ce contresens unanime se nourrit de mépris autant que d'admiration. Mépris devant un système hermétique, incompréhensible, immoral qui allait de crise en crise, sans que rien d'essentiel se produisît. Admiration face à une société dont le dynamisme et l'intelligence lui ont permis de s'accommoder d'un État d'opérette et de politiciens-comédiens. D'où le sentiment d'assister à une comédie dell'arte avec le juge Di Pietro dans le rôle du gendarme et la prison San Vittore en décor de carton-pâte. D'où une vision trop réductrice, nous l'avons vu, des Ligues transformées en mascarade du vieux populisme européen, alors qu'elles constituent probablement la préfiguration d'un extrémisme occidental à visage humain. D'où la conviction que, comme toujours en Italie, tout finira par s'arranger dans le rire et les larmes. Aucun Anglais, Allemand, Français n'est prêt à voir dans cet étrange roman politico-policier, l'événement le plus important en Europe de l'Ouest, depuis la chute du Mur de Berlin.

Il s'agit pourtant, si la mécanique désormais déclenchée ne s'interrompt pas, de la première révolution en Europe occidentale depuis 1848, à l'exception, bien sûr, des changements de régime provoqués par les guerres! Les étrangers ne mesurent pas le tremblement de terre sociologique qui a englouti les maîtres de la politique, poussé les grands féodaux du capitalisme vers la prison, l'exil ou le suicide, annihilé une nomenklatura de prébendiers et de profiteurs... L'Italie n'était pas une démocratie depuis 1945. L'avait-elle jamais été, au sens où une démocratie ne se fonde pas sur le seul suffrage universel, mais aussi sur l'existence de pouvoirs et contre-pouvoirs politiques, économiques, juridiques ? Cette condition-là n'était guère satisfaite... Un « système » s'était approprié le pays : politique avec une répartition intangible des avantages entre les partis ; économique autour de quelques acteurs publics et privés qui faisaient corps avec l'élite politique ; judiciaire compte tenu d'une magistrature qui comportait, dans des proportions changeantes, des juges politiques, des juges corrompus et des juges honnêtes. Quant au « lien social » entre toutes ces microsociétés complices, il s'est longtemps identifié aux charmes du pouvoir, agrémentés accessoirement de ceux de l'argent, avant qu'évolution des mœurs oblige, l'argent ne finisse même par prendre le pas sur le pouvoir. Avant-hier « partitocratie », hier « kleptocratie ».

Cette dictature molle aurait dû survivre normalement à celles de l'Est. Elle ne s'attaquait pas aux libertés de la société civile, dès lors que celle-ci s'accommodait des prébendes de la nomenklatura, voire les finançait ; elle ne compromettait pas l'incroyable efficacité de l'économie, aussi longtemps que cette dernière pouvait payer les frasques d'un secteur public improductif et clientéliste. D'où pouvait, dès lors, arriver le grain de sable qui bloquerait cette efficace machinerie sociologique ? Ni d'une population avide de libertés individuelles : elle les possédait toutes et même au-delà. Ni d'une opinion économiquement insatisfaite : elle avait vu, depuis la guerre, croître son pouvoir d'achat bien davantage que dans les autres pays européens. Le système semblait garanti à vie, malgré les protestations véhémentes de journaux libéraux, d'intellectuels lucides et de rares entrepreneurs atypiques.

Et, en dix-huit mois, le voilà qui s'effondre avec un fracas plus violent que le communisme en Pologne ou en Tchécoslovaquie ! MM. Andreotti et Craxi ont la justice aux basques, alors que les anciens premiers secrétaires des partis communistes, à l'Est, vaquent tranquillement à leurs occupations de retraités et vendent leurs mémoires au plus offrant ; le nombre de nomenklaturistes prisonniers est autrement plus élevé à Milan qu'à Varsovie, à Turin qu'à Prague ; les élites risquent d'être plus secouées à Rome qu'à Moscou ! Par une étrange pudeur, fruit peut-être d'une gêne collective, les Italiens n'osent même pas proclamer cette réalité-là ; ils hésitent à se déclarer en révolution et essaient de se protéger par la dérision : VIP signifie, dit-on « viviamo in prigione »... Comme toutes les vraies révolutions, celle-ci a été le produit de la fatalité et du hasard. De même que les historiens n'ont cessé de traquer les raisons fondamentales de la Révolution française, les observateurs recherchent les vraies racines de la secousse italienne, celles qui permettent de se rassurer sur la rationalité de l'Histoire...

L'assassinat des juges Falcone et Borsalino, les dénonciations d'un scandale à Milan, les mises en garde de l'ancien président Cossiga : ce sont les prolégomènes ; ils auraient pu ne déboucher sur rien. Les résultats des élections de 1992 qui mettaient en relief la fragilité de l'alliance démocrate-chrétien/socialiste qui avait occupé le pouvoir depuis près d'un demi-siècle, et la montée des Ligues : plus essentiel car le roi apparaissait, cette fois-ci, nu. La disparition du communisme et de la menace soviétique au nom de laquelle s'était installée une union sacrée, aux dépens de la morale et de la démocratie : décisif, car il n'existait plus, pour le système, de bouc émissaire. Le processus entamé à Maastricht, avec la perspective de l'union économique et monétaire : ce fut peut-être l'événement le plus déterminant.

L'Italie institutionnelle s'est soudainement rendu compte

qu'elle risquait, elle, un membre fondateur de la Communauté, d'être expulsée du cœur de l'Europe. Les critères de convergence, fussent-ils aujourd'hui désuets, signifièrent pour l'État et l'ensemble du secteur public, une mutation impossible. Passer d'un déficit public représentant 10 % du produit intérieur à 3 % sur cinq à sept ans semblait utopique. Pour l'Italie, c'était un défi sans précédent. Jusqu'alors le dynamisme de la société civile s'était accommodé de l'incurie administrative et la contournait : les miracles économiques de l'après-guerre se sont toujours réalisés de cette manière-là. Et cette fois-ci, seul l'État devait accomplir des prouesses. Si inventive soit-elle, la classe entrepreneuriale n'est pas en charge du déficit public. Les élites se sont rendu compte immédiatement que, sans une métamorphose du côté de l'État, il leur arriverait à elles, internationales, extraverties, européennes, le pire : être reléguées dans l'arrière-cour de l'Europe et voir leur pays se transformer en une « super-Grèce », alors que, humiliation suprême, l'Espagne pouvait espérer se hisser au niveau des grands. De là le gouvernement Amato – le Turgot de la situation – et son premier train de mesures de rigueur. De là, ensuite, l'appel à M. Ciampi – lui, le Necker du moment... – pour poursuivre cette action, avec pour premier symbole, la disparition, cette fois-ci définitive, de l'échelle mobile des salaires, ce facteur clef de l'inflation transalpine.

La révolution italienne en est aujourd'hui à 1792. La mort du roi, c'est l'effondrement de la partitocratie. Une guillotine sèche fonctionne – et parfois sanglante avec des suicides stupéfiants – qui élimine la classe dirigeante, aussi sûrement que la Terreur la noblesse. L'émigration est réapparue, avec une partie de la bourgeoisie qui préfère le calme de Paris et table sur l'incertitude des procédures d'extradition. Les personnages sont presque tous de retour, avec le juge Di Pietro dans le rôle de Saint-Just, Ugo Bossi Robespierre, le président Scalfaro un Condorcet que les circonstances auraient propulsé au pouvoir... Comparaison n'est pas raison, mais les processus révolutionnaires suivent, tous, une démarche voisine. Nous n'en sommes pas en revanche à Thermidor. Sur le plan des élites, il aura un jour lieu avec une loi qui mettra fin aux poursuites, en échange d'une mort civile, en l'occurrence le paiement d'amendes élevées et l'interdiction d'exercer des fonctions professionnelles : ainsi les dirigeants d'hier finiront-ils en rentiers, privés de l'essentiel de leur rôle social. Ce sera un bouleversement inimaginable, pour qui se souviendra encore de l'Italie de 1990. Agnelli proscrit, Gardini suicidé, Romiti inculpé et les autres dans l'angoisse... Celui qui aurait pronostiqué, à l'époque, un tel séisme serait apparu aussi fou qu'un écrivain annonçant en 1785 la décapitation de Louis XVI et de Marie-Antoinette...

Et demain ? Comme l'exige la dramaturgie des vraies révolutions, les scénarios les plus contradictoires semblent aujourd'hui plausibles.

Premier scénario, pessimiste : une évolution qui conduit à un éclatement, de fait, du pays. Le mode de scrutin choisi pour les élections avec, pour 75 % des sièges, un vote uninominal à un tour, casse politiquement l'Italie : les Ligues vont s'emparer du Nord, les anciens communistes du Centre et la démocratie chrétienne, dans sa variante la plus clientéliste, conservera le Sud. Les Ligues n'auront, dès lors, de cesse d'obtenir d'abord un « séparatisme fiscal » et de réduire tous les transferts financiers du Nord vers le Sud. Réapparaîtront tous les projets de régionalisation, de fédéralisme, voire de confédération. Quelles forces se manifesteront pour la défense d'une Italie unitaire ? Le Sud ? Il est de parti pris, et plus il plaidera pour sa paroisse, plus les Lombards et autres auront envie de s'en séparer. La Rome politique ? Elle aura été engloutie par la révolution et ceux qui auront politiquement survécu seront les défenseurs les plus zélés du nouveau cours des choses. Le président de la République ? Il aurait fallu, pour qu'il incarne efficacement l'unité du pays, une élection au suffrage universel, mais le souvenir du fascisme a toujours suffi à torpiller les moindres projets présidentialistes. Les élites économiques ? Toutes issues du Nord, elles préfèrent vivre dans un canton de l'Europe que jouer les leaders d'un pays à cheval sur l'Occident et l'Orient. Les intellectuels ? Ils sont sans doute plus unitaires, mais ils ne « pèsent pas assez de divisions ». Le Vatican ? Certes, à rebours du passé, il serait en faveur de l'unité, par crainte de voir le Sud dériver, mais son poids n'est plus aussi décisif. Que, dans ce scénario, l'Italie demeure une vraie ou une fausse fédération, ne change rien à une fracture fondamentale : la frontière de l'Orient se situera un peu au sud de Florence. Elle n'avait déjà cessé, depuis des années, de remonter vers le Nord : de la Sicile jusqu'à Naples qui s'était mise à ressembler, de longue date, à Alexandrie, puis jusqu'à Rome qui s'est peu à peu éloignée du modèle urbain européen; elle risque désormais de traverser la Toscane. Ce ne seraient pas, pour les autres pays européens, des phénomènes secondaires. Ni l'explosion d'un important État-nation du continent qui pourrait faire des émules et incarner l'irrésistible tendance à l'émiettement du nouveau Moyen Âge. Ni le rapprochement de la frontière culturelle avec l'Orient, ce qui aggraverait les pressions migratoires, les transferts illicites, en particulier de la drogue, et accentuerait le sentiment d'insécurité de l'ensemble des Européens. Aujourd'hui ce scénario semble, dans le fil des événements les plus récents, le plus probable mais il n'est pas fatal.

Deuxième scénario, en effet : cette révolution permet, après maints soubresauts, à l'Italie d'achever enfin sa modernisation. Ceci suppose d'abord que l'élimination des anciennes élites donne l'occasion à cette société civile foisonnante de faire monter de nouveaux responsables, avec un esprit plus conforme aux canons de l'Europe développée, un peu comme dans une entreprise, le départ de toute la première ligne de commandement permet à la sève de se diffuser enfin. Nouveaux hommes politiques, nouveaux entrepreneurs, nouveaux fonctionnaires : les révolutions étonnent toujours par leur capacité de faire naître des dirigeants qui, sauf accident, seraient autrement demeurés dans l'ombre. Mais plus peut-être qu'aucune autre, la société italienne est capable, de ce point de vue, d'une régénération : elle dispose, en termes d'hommes de qualité, imaginatifs et adaptables, d'une réserve sans équivalent ailleurs en Europe. Ceci suppose ensuite qu'une fois à Rome, les nouveaux hommes politiques, en particulier ceux issus des rangs de la Ligue, ne se sentent pas seulement porteurs d'aspirations irrédentistes mais que répondant, en partie seulement, aux vœux de leurs électeurs, ils fassent leur le projet d'une Italie une et moderne. Une telle métamorphose n'est pas étrangère aux traditions de la politique... C'est une chambre des députés Front populaire qui a voté les pleins pouvoirs à Pétain, une Assemblée Nationale plutôt Algérie française qui a pris acte de son indépendance, un parlement tchécoslovaque communiste qui a porté, à l'unanimité, Havel à la présidence, des Cortès encore franquistes qui ont accompagné les premiers pas de la transition démocratique. Il suffirait que sommeillent chez les nouveaux hommes politiques italiens quelques réflexes d'hommes d'État, c'est-à-dire la conscience des effets dévastateurs, à long terme, de l'explosion de l'Italie. Ceci suppose enfin qu'intellectuels et journalistes, engagés dans cette révolution, prennent peur à l'idée de voir leur pays se défaire et forts de leur légitimité toute fraîche, essaient de siffler la fin de la récréation : les plus brillants en sont capables, qui mesurent le poids de leurs mots ; les autres risquent de demeurer prisonniers de la dimension ludique de l'événement. Si les nouvelles élites italiennes faisaient preuve de cette maturité, elles auraient en main toutes les cartes pour transformer le pays, au nom des us et coutumes européens, abattre les féodalités retardataires, se débarrasser des archaïsmes et rejoindre le noyau dur de l'Europe avec le formidable atout d'une vitalité que rien, désormais, n'entraverait. De mauvais élève de la classe, cette Italie-là pourrait rapidement devenir le meilleur. Au fond, dans ce scénario, la révolution aurait joué un rôle de catharsis, remplissant un peu les mêmes fonctions que la fin du franquisme en Espagne.

Troisième scénario, de loin le moins probable : de concession en abandon, de sacrifice en expiation, le système éviterait d'être totalement détruit. Au prix d'une épuration interne et d'un changement de nom, les partis traditionnels parviendraient à survivre ; ils réussiraient à cantonner la Ligue dans une fonction contestatrice, la ravalant au rang d'un Front National plus fréquentable. Quant aux acteurs économiques, ils préserveraient une position relative en échange d'une renonciation à leurs jeux excessifs de pouvoir : les Agnelli conserveraient Fiat, mais céderaient leurs autres intérêts, en particulier dans la presse ; de même pour De Benedetti qui se replierait sur Olivetti ; Berlusconi abandonnerait au moins une chaîne de télévision ; et les privatisations donneraient naissance à des groupes privés, au comportement moins féodal, et plus familiers des mœurs de l'économie de marché classique. Les forces intellectuelles et médiatiques joueraient, de leur côté, l'apaisement, après avoir compris qu'elles avaient mis en route une machine infernale capable de les écraser, elles, autant que les autres. Les magistrats reviendraient enfin à un comportement plus modéré, par peur de voir la révolution, après les avoir utilisés pour humilier les autres pouvoirs, se retourner contre eux.

Dans cette révolution, comme dans toutes celles qui l'ont précédée, ce seront certes les circonstances et le hasard qui trancheront entre les trois scénarios, mais plus encore l'état de l'opinion. Rien de plus normal : n'appelons-nous pas opinion ce qu'au dix-neuvième siècle les auteurs révolutionnaires appelaient le peuple ? Avec les mêmes ambiguïtés sur le poids relatif de la minorité agissante et du pays profond. Avec les mêmes tentations de manipulation des foules. Avec les mêmes effets d'optique entre le choc d'un événement et ses répercussions réelles. Notre opinion est aussi insaisissable et imprévisible que le peuple de nos anciens : les élections récentes en Italie ne sont, de ce point de vue, pas plus lisibles que la désignation de l'Assemblée Législative et de la Convention. À un moment donné, elle tranchera. Mais il existe, de toute façon, une dynamique des événements : même si le deuxième ou le troisième scénario prévalait, le fleuve régionaliste ne rentrerait pas naturellement dans son lit. Y compris dans l'hypothèse la moins traumatisante, les relations entre le Nord et le Sud seront durablement modifiées, avec la disparition du troc traditionnel : les voix du Sud pour les élections contre des subventions tous les jours en provenance du Nord.

Une élite en voie d'être engloutie sans remplacement évident, des avenirs alternatifs et contradictoires, un mouvement des événements qui pousse, à un moment donné, à une crise paroxystique : les ingrédients sont donc tous là d'une vraie révolution. Étonnante Italie qui, avec l' « écolo-nationalo-populisme » des Ligues est peut-être, nous l'avons vu, en train de préfigurer l'idéologie du vingt et unième siècle, et qui en canalise l'action à l'intérieur des figures obligées d'une révolution du dix-neuvième siècle! Spectateurs un peu interdits d'une représentation dont ils avaient perdu, depuis plus d'un siècle, l'habitude, les autres pays d'Europe ocidentale ne peuvent se dispenser d'une question angoissante : cette révolution-là est-elle, comme celles d'autrefois, contagieuse ? Peut-elle faire des émules ? Où ? Sous sa forme actuelle, sans doute pas. Nulle part en Europe, le mépris de l'État n'est aussi vertigineux, les relations du pouvoir et de l'argent aussi incestueuses, les tensions régionalistes aussi fortes, l'écart culturel entre riches et pauvres aussi grand. Mais la révolution italienne porte en revanche jusqu'à son paroxysme un changement de l'équilibre des pouvoirs qui se produira, à moindre échelle, partout. La trinité juge-opinion-média est devenue irrésistible : toutes les autres puissances doivent désormais rendre les armes devant elle. L'exigence morale lui tient lieu de doctrine, le goût du spectaculaire de moteur, la vengeance sociale d'arrière-fond. C'est une réalité avec laquelle tous les États occidentaux devront apprendre à vivre, mais ce ne devrait jamais devenir le vecteur d'une autre révolution.

Ailleurs, la révolution suit d'autres traces. Elle prend, en particulier, la forme de l'implosion d'États. Là aussi le vingtième siècle nous avait donné d'étranges habitudes. Il fallait au moins une guerre pour déplacer les frontières, faire naître ou effacer des États. Avec la fin du communisme, le système perd ses béquilles. Sur le plan interne : d'où la révolution italienne. Sur le plan externe : d'où l'émiettement de l'Union Soviétique et de la Yougoslavie et, plus surprenant encore, la scissiparité de la Tchécoslovaquie. Les deux premiers phénomènes sont explicables : seule la main de fer communiste maintenait en équilibre les pièces du puzzle des nationalités. Une fois disparue, elles se réagencent soit dans la passivité collective, soit dans la violence. L'affaire tchécoslovaque est, elle, plus édifiante. Voilà une fédération brinquebalante entre deux nations, qui traverse l'entre-deux-guerres, l'après-guerre, le totalitarisme communiste et qui soudainement se lasse d'elle-même et se saborde avec le même calme qu'un vieux couple divorçant à l'amiable ! Il s'est produit, à un moment donné, une dynamique qui a abouti, par un enchaînement incontrôlable de gestes et de décisions à une séparation que ni les élites ni les populations ne souhaitaient ardemment, au-delà des rodomontades traditionnelles.

Dans ce nouveau Moyen Âge, sans système régulateur, les événements se succèdent avec, à l'arrivée, des conséquences bouleversantes, qu'aucun coupe-feu n'aura interrompues. Les freins ont sauté : ni grandes puissances, ni suzerains ne sont là pour dévier le cours des choses. Et ceci produit par exemple le divorce entre Tchèques et Slovaques, de la même manière que cela engendrera d'autres événements imprévisibles. Voilà pourquoi les révolutions sont de retour... D'autant plus que certaines peuvent faire des émules. Ainsi, à la différence de l'affaire italienne, du divorce de velours entre Prague et Bratislava. Personne ne savait comment annihiler, sans guerre, un État. Les technocrates tchèques peuvent breveter leurs méthodes. Ils ont tout partagé, les réserves en devises, les ambassades, les entreprises, les dettes, comme le ferait un notaire aux prises avec une difficile donation-partage. La parthénogenèse d'un État-nation est possible sans agression, viol ou conflit : c'est affaire de professionnalisme et de méticulosité. Comme les administrations, à l'est du rideau de fer, n'étaient pas les meilleures du monde, de telles opérations sont a fortiori à la portée des bureaucraties occidentales. Qu'en est-il, à cette aune-là, de la Belgique ? A-t-elle réussi, avec sa transformation en État fédéral, à inventer une « cantonalisation » de type suisse qui maintient symboliquement l'identité belge mais qui accompagne, en douceur, un émiettement typiquement moyenâgeux ? Se sera-t-elle affaiblie, au point paradoxalement d'assurer sa pérennité en se contentant avec la monarchie d'un pouvoir exclusivement symbolique ? Les obsèques du roi Baudouin ressemblaient à un référendum en ce sens. Ou risque-t-elle, à la fin des fins, de se casser entre une Flandre désireuse de retrouver d'une certaine façon son statut d'antan, et une Wallonie qui demanderait son rattachement à la France ? Connaîtrons-nous, nous Français qui croyons depuis des lustres l'hexagone intangible, une annexion à l'amiable ?

Ce ne sont pas les seules frontières des traités de 1919 qui vacillent, mais des frontières qui plongent, pour la Belgique, dans le dix-neuvième siècle et, pour d'autres, encore plus loin. Ainsi de l'Écosse dont l'irrédentisme ne connaît plus de freins et qui pourrait, un jour, déboucher sur une quasi-indépendance au sein d'un Royaume-Uni qui se mettrait à fonctionner comme un Commonwealth à l'intérieur de l'archipel britannique. Ainsi de la Catalogne pour laquelle les Jeux de Barcelone ont constitué non un aboutissement, mais une étape, dans son processus d'affirmation et qui, désormais, revendique une monnaie nationale : dans un monde surplombé par l'économie, l'indépendance monétaire a remplacé, pour les indépendantistes, les traditionnels fantasmes territoriaux.

Jusqu'à quel niveau se développeront les micro-États ? Les pays baltes, la minuscule Slovénie avec ses trois millions d'habitants, représentent-ils l'avenir ? Verrons-nous se multiplier des régions avec des attributs de souveraineté, inscrites à l'ONU et qui correspondent à une version contemporaine des principautés du Moyen Âge ? L'internationalisation des enjeux clefs ne cesse évidemment d'y pousser. Face à des phénomènes économiques et monétaires qui ne se développent qu'à l'échelle de la planète, peser quinze, dix ou deux millions d'habitants est indifférent : la souveraineté paraît, dès lors, à la portée de la moindre tribu. Limité à quelques exceptions, le processus d'émiettement n'est pas bouleversant ; à plus grande échelle, il est à sa manière révolutionnaire, car il accroît la part d'inconnu. Une France engrossée de la Wallonie, une Grande-Bretagne amputée de l'Écosse, une Espagne orpheline de la Catalogne dans la foulée d'une Italie à peine confédérée assureraient-elles, de la même manière, l'ordre européen ? Celui-ci, depuis trois siècles, est allé de pair avec le renforcement des États-nations, au prix de conflits entre eux. S'ils commencent à s'effilocher, le nouveau Moyen Âge ne se limitera pas au retour de formes territoriales proches de l'ancien Moyen Âge ; il correspondra à de formidables aléas, avec leurs cortèges de secousses, de la plus importante, comme en Italie, jusqu'à la plus modeste.

Les révolutions se sont, jusqu'à présent, faussement produites à l'Est ; elles se réalisent désormais à l'Ouest ; mais parties de l'Est pour aller vers l'Ouest, elles reviendront bientôt vers l'Est, suivant un cheminement naturel. Lorsque les anciennes démocraties populaires et même la Russie ont basculé, une seule direction s'offrait à elles : rechercher le plus court chemin vers la démocratie et l'économie de marché. Le reste n'était qu'affaire de nuances et de degrés. Désormais leur avenir est paradoxalement plus aléatoire. Comme pour la révolution italienne, les scénarios les plus contradictoires semblent plausibles. Avec une Russie, au régime politique plus ou moins sévère et à l'ambition impériale plus ou moins affirmée. Avec la perspective, dans certains pays, de régimes autoritaires à la Pilsudski qui se limiteraient à un respect formel des règles démocratiques. Avec la possibilité d'affrontements militaires qui bousculeraient frontières, États, régimes politiques. Avec l'hypothèse d'une Russie, à nouveau, qui se déliterait de l'intérieur, à l'instar de l'Union Soviétique ou qui, au contraire, essaierait par la pression – voire par la force – de reconstituer un minimum d'empire. Ce sont des soubresauts qui s'annoncent, mais à la différence de ceux des années 1989-1992, leur direction est imprévisible. Des révolutions sont en marche : leur sens, pour l'instant, nous échappe. Après un siècle où les coups de forces étaient violents, mais avec des finalités évidentes, le retour des révolutions nous fournit, sur le nouveau Moyen Âge, plusieurs leçons, toutes plus inattendues les unes que les autres, au regard de nos habitudes de pensée.

Première leçon : aucun État ne peut être sûr ad aeternam de ses frontières. Ni les plus fragiles, en Europe de l'Est et en Europe centrale; ni même les plus assis à l'Ouest du continent. Dans une Europe où l'an 2000 pourrait voir une France élargie vers la Wallonie ou une Grande-Bretagne délestée de l'Écosse, tout devient imaginable. D'abord pour l'Allemagne qui, s'identifiant à un peuple, non à un territoire, n'a pas des frontières une vision aussi intangible que nous, Français : jusqu'à présent, elle s'est attachée par souci de considération à les respecter, telles que l'après-guerre les a dessinées, et en particulier la ligne Oder-Neisse. Mais ce n'est pas elle qui s'érigerait en ultime rempart de la carte territoriale, dès lors que d'autres anicroches lui seraient apportées. Preuve, s'il en était besoin, de l'attachement des Allemands à une définition de leur patrie, comme peuple et non comme territoire : l'idée se répand, en réaction aux attentats xénophobes, d'élargir enfin, nous l'avons vu, les possibilités de naturalisation pour les immigrés, mais jamais n'est évoquée l'hypothèse symétrique de limiter l'accès à la nationalité allemande des Polonais ou autres qui peuvent arguer de deux grands-parents allemands. La conception ethnique de la nation a traversé les siècles ; elle ne va pas disparaître aujourd'hui. L'Allemagne ne vit pas, avec l'arrière-pensée toujours présente, de retrouver des territoires perdus ; elle ne se comporte pas, comme la France de la Troisième République à l'égard de l'Alsace-Lorraine ; elle a accepté l'état actuel des choses. Mais ne lui demandons pas, si l'idée même de frontières est remise en cause, d'en faire plus que les autres... S'il fallait se hasarder au jeu des pronostics, il paraît évident que, d'ici l'an 2000, des frontières bougeront à coup sûr en Europe centrale, en Europe de l'Est et dans les Balkans ; en Europe occidentale même, ce n'est pas exclu.

Deuxième leçon : aucune structure sociale, même la plus ancienne et la plus solide, n'est définitive. Quand l'Histoire était immobile, un phénomène du type 1968 paraissait aberrant. Dès lors qu'elle redevient fluide, tout semble possible et la révolution italienne peut représenter une anticipation, davantage qu'une exception ; ce ne sont pas des pronunciamentos ou des coups d'État qui nous guettent, mais des glissements de l'équilibre entre acteurs sociaux. Dans un univers devenu flou, aux prises avec des spasmes successifs, nous devons nous faire à l'idée bouleversante, pour nous, enfants de la guerre froide, que la stabilité n'est jamais acquise.

Troisième leçon : en langage contemporain, révolution ne rime pas avec subversion, mais avec décomposition. Il n'existe pas de mouvements subversifs, tapis dans l'ombre, qui attendent l'occasion de prendre le pouvoir. Avec la disparition du bolchevisme, c'est probablement ce modèle même d'action politique qui s'est éteint. En revanche, nos systèmes sociaux peuvent brutalement se déliter, provoquant une recomposition politique hors normes traditionnelles, avec l'apparition de nouveaux acteurs ou de nouveaux enjeux. Même si l'affaire italienne représente un cas limite, n'oublions jamais qu'il y a trois ans, l'Italie était considérée par certains, au-delà de sa tragi-comédie gouvernementale, comme le pays le plus stable d'Europe. Nos sociétés ne sont pas plus fortes de leur complexité; elles peuvent, à certains moments, devenir infiniment plus fragiles.

Quatrième leçon : la force révolutionnaire n'appartient plus à des minorités agissantes, toutes dérisoires ou ridicules, mais à l'opinion publique mise en mouvement et alimentée par les médias, avec le renfort du seul pouvoir « frais », non encore érodé par l'habitude et les plaisirs du commandement, en l'occurrence la justice. C'est une configuration particulièrement imprévisible. Les minorités jouaient, elles, à visage découvert : la doctrine était connue, les moyens d'action avoués, l'objectif affiché. Les révolutions contemporaines sont fabriquées par l'opinion, avec ses préjugés, ses convictions fortes et sa versatilité. De là des aléas plus nombreux et des spasmes moins maîtrisables.

Cinquième leçon : les révolutions ont été une invention européenne; elles le redeviennent. Sur aucun autre continent, des phénomènes analogues aux affaires italienne ou tchécoslovaque ne pourraient se produire. Ni en Amérique du Nord évidemment, dont l'organisation postule, depuis deux siècles, la stabilité. Ni en Amérique du Sud où les coups d'État se limitent à un réagencement des pouvoirs au sein des classes dirigeantes, sans la moindre implication de la société. Ni surtout en Asie où les ressorts de la société civile interdisent ce genre de pulsions. En témoigne le Japon qui offre tous les ingrédients d'une explosion à l'italienne – corruption généralisée, classe politique déconsidérée, médias critiques – et où celle-ci ne se produira pas : les mécanismes d'appropriation du pouvoir l'interdiront; l'opinion publique demeure en état de soumission, donc indifférente ; la justice ne peut se penser comme un pouvoir indépendant dans un univers oligarchique qui méconnaît par nature l'idée même de la séparation des pouvoirs. À nous, Européens, le monopole révolutionnaire : dans le décompte des atouts propres à chacune des trois grandes économies-continents, ce sera mis par les autres à notre débit.

Avec la résurrection des révolutions, c'est l'inattendu qui refait surface, dans des sociétés qui croyaient l'avoir évacué. C'est sans doute un gage de progrès, bien davantage que de régression, mais il nous faudra du temps pour admettre à nouveau que tout tremblement est salutaire.

CHAPITRE 7

L'ART DES CRISES

Depuis 1945, la crise a été évacuée de notre horizon : le jeu de go de la dissuasion nucléaire l'a éliminée, à l'exception de deux ou trois passes d'armes à froid entre superpuissances – Berlin en 1948 et Cuba en 1962. La stabilité des sociétés occidentales, garantie par la peur du communisme, leur a évité les spasmes, hormis l'étrange Mai 1968 en France. Pour le reste, calme absolu. Un demi-siècle paisible, à l'ombre de la pire menace, l'holocauste nucléaire qui aura été le meilleur instrument de paix imaginable : les élites se sont faites à cette quiétude et ont fini par être déformées. Qu'elles soient politiques, économiques, diplomatiques ou technocratiques, elles ont vécu dans un monde qui faisait de la paix son ordre naturel et qui avait même occulté le moindre accident, puisque par le jeu génial de la dissuasion, il s'identifiait à la montée aux extrêmes et devenait donc impossible. De là une mentalité, une philosophie de l'action, des réflexes différents de ceux des générations antérieures. Il en allait de même, à l'étage supérieur, pour les hommes d'État les plus responsables. Qu'attendait-on du chef d'une puissance nucléaire ? Qu'il fasse croire à sa capacité de déclencher le feu nucléaire et qu'il le manifeste avec davantage encore de force intérieure, lorsque Français ou Anglais, il devait rendre crédible les règles folles de la dissuasion du faible au fort. François Mitterrand tenait à la perfection ce rôle-là, lorsqu'au classique « l'État, c'est moi » il substituait un assourdissant « la dissuasion, c'est moi ».

Étrange période qui exigeait des dirigeants suprêmes une certaine schizophrénie : d'un côté ils devaient satisfaire aux canons du nietzschéisme, jouer les « surhommes » nucléaires, donner l'impression qu'ils appuieraient sur le bouton, avec la même conscience tranquille que pour les décisions les plus quotidiennes; de l'autre, ils étaient condamnés à une impuissance élégante, la guerre froide interdisant toute fluidité dans les rapports de forces et faisant oublier que, suivant le mot de Léon Wirth, « l'Histoire est l'échiquier de Dieu ». Pris à ce piège, ils ont tous perdu ce qui incarnait traditionnellement la marque du grand homme d'État, la capacité d'anticiper. Ce muscle-là s'est atrophié. De ce point de vue, François Mitterrand avait toutes les qualités requises pour gérer la guerre froide : le talent pour incarner la dissuasion, la ténacité et l'endurance; d'où pour point d'orgue de son premier septennat, son discours au Bundestag, en janvier 1983. L'impératif était de dire non à un geste excessif des Soviétiques sur l'échiquier nucléaire, non de déplacer des lignes, forger de nouvelles alliances, pressentir les feux qui couvent. John Kennedy avait fait preuve des mêmes qualités à un niveau encore supérieur, en 1962, en décrétant le blocus de Cuba, ou Truman en assurant, en 1948, un pont aérien pour contourner le blocus de Berlin.

La rivalité entre supergrands et la dissuasion nucléaire donnaient une prime aux hommes d'État réactifs sur les actifs. De là l'insatisfaction de De Gaulle, anticipateur parmi les anticipateurs, à se mouvoir dans un univers aussi contraignant. Il s'y sentait à l'étroit, interdit, comme il l'était, d'aller au bout de ses anticipations. Et il s'agitait au risque de se cogner, sans cesse, aux deux Grands, dans l'incapacité de pouvoir agir sur le clavier entier de la diplomatie. À partir de la chute du Mur de Berlin, les responsables politiques, familiers de la guerre froide, se sont mis à jouer, pour la plupart, à contre-emploi : ainsi François Mitterrand aussi décalé fin 1989 qu'il était parfait en 1983. De Berlin-Est à Kiev, en quête de l'éternelle alliance de revers russe, il essayait de préserver le statu quo ante, au lieu d'anticiper l'unité allemande et de monnayer, au prix fort, son amical soutien... N'a échappé au désarroi en réalité qu'un Helmut Kohl, porté par les événements et qui a su faire preuve d'un sens de l'opportunité à la mesure de sa capacité de résistance, sept ans plus tôt, au chantage soviétique des SS 20 : il aura été le seul capable d'exécuter les deux partitions, celle d'avant 1989 et celle d'après...

Cette étrange période n'a pas seulement façonné les élites et les hommes d'État; elle s'est, de surcroît, dotée d'un corpus doctrinal qui postule l'immobilité. Immobilité liée, au premier chef, aux mécanismes mêmes de la dissuasion : tout incident entre des protégés des deux « parrains » portait en germe une montée aux extrêmes et il n'existait guère de pays qui ne soient vassaux de l'un ou de l'autre, ce qui réduisait à zéro les zones d'incertitudes. Immobilité engendrée par la doctrine de la non-intervention dans les affaires intérieures d'un État : rien ne pouvait mieux assurer le confort moral des démocraties que de trouver de la sorte un alibi à leur incapacité d'agir, compte tenu du risque de conflit avec l'Union Soviétique. Immobilité qui se renforçait de l'intangibilité des frontières et qui en faisait un principe cardinal de l'équilibre mondial, quitte à ce que la communauté internationale soit sourde aux revendications des minorités. Immobilité inhérente aux mécanismes des Nations unies qui se sont arrogé le monopole de la police mondiale – ce qui rend illégale toute autre forme d'intervention – et dont le jeu des vetos entre membres permanents du Conseil de Sécurité assurait l'impuissance. Tout, de ce point de vue, a été dit par Michel Debré traitant le coup de Prague d'août 68 d'« accident de parcours » et par Claude Cheysson, au moment du putsch du 13 décembre 1981 à Varsovie : « Bien sûr, nous n'interviendrons pas. » Mises au monde par les démocraties occidentales, les Nations unies se sont gardées de toute référence aux valeurs démocratiques. Un État reconnu par elles constitue l'alpha et l'oméga du système, indépendamment de son régime : il est donc libre d'agir à sa guise, à l'intérieur de ses frontières.

Avec le droit d'ingérence, le système a certes recherché une doctrine qui concéderait le minimum aux exigences de la morale et préserverait néanmoins le statu quo. Formidable ambiguïté qui n'a cessé de s'exercer aux dépens de Bernard Kouchner et de ses disciples; pour eux, ce droit représente un levier pour mettre à mal la non-intervention et introduire une dose d'éthique dans les affaires internationales, fût-ce aux dépens de l'ordre en place. Pour les tenants de ce dernier, il ne s'agit que d'une concession formelle, visant les situations les plus extrêmes, ce qui, en dehors de ces cas rarissimes, légitime a contrario les fondements de la non-intervention. Instrument révolutionnaire aux yeux de ses prophètes, « Croix-Rouge modern style » pour les puissances classiques, le droit d'ingérence témoigne des difficultés pour bousculer le corps de doctrine le plus conservateur que la communauté internationale a, de longue date, inventé : par comparaison, les participants au congrès de Vienne en 1815 apparaissent comme de dangereux agitateurs. Cette attitude est, il est vrai, en phase avec les vœux d'opinions publiques qui apaisent leur mauvaise conscience avec le spectacle de l'« humanitaire », qui se déclarent favorables à des interventions militaires en cas de crises, mais qui les imaginent sans le moindre mort... Le statu quo a pu durablement s'accommoder de pressions aussi douces.

Cette époque est désormais forclose. La guerre froide avait évacué l'histoire comme discipline cardinale de la politique : il était même possible, à l'extrême, de l'ignorer. Certains, pourtant incultes, ont tenu décemment leur rang : avec l'Union Soviétique en face de lui, Ronald Reagan pouvait jouer son rôle en invoquant exclusivement l'« empire du mal ». Nul besoin de Metternich ou de Talleyrand, quand rien ne bouge. Désormais, la crise retrouve sa place naturelle : elle est la respiration de l'Histoire. Crise : l'incident nucléaire tactique, ce qui « humanise » l'atome et en fait, à nouveau, une variable de la vie internationale. Le nucléaire stratégique s'identifiait lui à l'« impensé » des philosophes, puisqu'il était inimaginable et que le décrire aurait été un moyen de découvrir l'au-delà... Crise évidemment : les rivalités tribales et leurs effets en chaîne. Crise bien sûr : des flots migratoires incontrôlables en réaction à tel ou tel événement. Crise naturellement : les guerres au Proche-Orient, religieuses, pétrolières ou plus banalement impérialistes. Crise d'un autre ordre : les secousses financières internationales, comme le krach de 1987 ou les spasmes à répétition du système monétaire européen.

La bible des risques est aussi celle des crises. Quarante ans de quiétude ne nous y ont pas préparés, ni nos hommes d'État. Ils font aujourd'hui leur apprentissage. Au Koweït, plutôt décemment. En Yougoslavie, dramatiquement mal. L'affaire irakienne nous aura rappelé – nous avions fini par l'oublier – que l'art des crises ne se devine pas a priori, et qu'à ce moment-là, seuls comptent les tempéraments. Sans un George Bush, formé de longue date par la CIA et conscient des enjeux, et une Margaret Thatcher pour l'aiguillonner, que se serait-il passé ? Imagine-t-on Bill Clinton magnétisé par John Major ? Il a fallu un hasard – des caractères bien trempés –, un adversaire propre à exciter les populations, un objectif simple – le faire reculer – et une disproportion rassurante de moyens en faveur des tenants de l'ordre. Pour la Yougoslavie, aucun de ces ingrédients n'était réuni : des chefs d'État hésitants, aux solidarités contradictoires; de multiples parties prenantes; une incapacité à prévoir l'enchaînement pourtant évident des faits; un outil militaire insuffisant. Résultat : une capitulation camouflée en intervention humanitaire. Les Balkans auront révélé notre inaptitude collective à gérer les crises; nos prédécesseurs, sur les mêmes lieux, faisaient mieux. Intelligence supérieure : sans doute non. Culture historique et diplomatique plus ample : à l'évidence. Et surtout expérience incomparable : il leur fallait conjurer la guerre en Europe tous les dix ans; nous avons oublié jusqu'au mot même de guerre. L'apprentissage s'est fait aux dépens des Bosniaques. Est-il désormais achevé ? Sans doute pas : trop de questions demeurent ouvertes.

Ainsi les crises se règlent-elles seulement à chaud ? Nombre de responsables excusent, de la sorte, leur impéritie vis-à-vis des Balkans, expliquant qu'ils avaient vu s'enclencher le drame, mais que seul le moment où il atteindrait son paroxysme permettrait d'agir. Plaidoyer pro domo dérisoire. Il existe, en réalité, deux types de crises : les unes correspondent à des risques localisés et inventoriés, les autres à des accidents. Au titre des premières : les problèmes de la Transylvanie ou le conflit russo-ukrainien; au titre des secondes : l'explosion, par inadvertance, d'une charge nucléaire sur les confins de la Russie. Dans un cas, il faut mener une diplomatie de la prévision et parfois de la prévention; dans l'autre cas, les responsables devraient posséder un « manuel d'urgence », en l'occurrence des procédures et des moyens d'action prêts à s'enclencher à tout moment. Croire aux vertus de la crise à chaud, c'est appliquer dans des situations différentes les préceptes de la guerre froide : attendre, tenir, réagir. Mais le jeu a changé : on ne répond pas au siège de Sarajevo de la même manière qu'au blocus de Berlin. Les événements ne se déroulent plus sur le tempo alangui du monde de Yalta ; ils vont désormais trop vite, de sorte qu' « à chaud » signifie désormais « en retard ».

Les mécanismes de coopération politique entre Européens aggravent encore le décalage. Ils ont l'immense vertu de constituer un puissant « réducteur de bêtises » : sans eux le soutien des Allemands aux Croates et l'appui des Français aux Serbes seraient allés beaucoup plus loin, jusqu'à – qui sait ? – la fourniture, officielle ou clandestine, d'armes aux belligérants. Pareillement, empêcheront-ils, si l'affaire de Transylvanie s'aigrit, les mêmes Allemands de se porter trop ostensiblement au secours des Hongrois, au nom de la Mitteleuropa, et les mêmes Français de ressentir une excessive solidarité latine avec les Roumains ? Mais à l'inverse, la collégialité du débat pousse à des positions minimales et tardives, ce qui va à rebours d'un traitement à chaud des crises : le minimalisme est inhérent à la concertation et le retard aux palabres. Si la Communauté n'a pas réfléchi par avance, elle est incapable d'agir à temps, sauf si un chef d'orchestre extérieur, en l'occurrence les États-Unis, lui met l'épée dans les reins.

L'art des crises ne s'incarne pas dans d'illusoires miracles diplomatiques ; il se manifeste dans la prévention des conflits ou au moins dans une réflexion anticipatrice qui permet, lorsque l'accident se produit, d'agir à bon escient. Prévenir, c'est d'abord connaître les dangers. Il est faux de prétendre que le drame des Balkans était imprévisible. C'était ignorer l'Histoire. Il est mensongé d'affirmer que l'engrenage n'était pas fatal : à la bataille territoriale entre Serbes et Croates, devait inexorablement succéder la « libanisation » de la Bosnie, de même que les avancées serbes peuvent à tout moment provoquer un affrontement au Kosovo avec l'Albanie et le monde islamique et que le méli-mélo macédonien risque de déboucher sur un conflit international. Pour le passé, tant pis... ; mais aujourd'hui à quelles mesures effectives conduit ce pronostic ? À l'envoi de centaines de casques bleus promis au rôle de voyeurs et qui, si l'explosion a lieu, se contenteront comme à Sarajevo de compter les obus échangés entre les deux camps et de surveiller la distribution de sacs de riz aux victimes. La Communauté internationale se leurre, si elle imagine de la sorte prévenir le drame. Elle pourrait faire mieux : si, au lieu d'être empêtrée dans les procédures onusiennes, elle se comportait comme au dix-neuvième siècle, qu'aurait-elle décidé ? Une conférence internationale sur le Kosovo et la Macédoine, réunissant les belligérants potentiels, les voisins et les grandes puissances, afin d'aboutir à la préservation du statu quo, avec un jeu complexe de garanties. La pratique actuelle prévoit de telles réunions, non avant le drame, mais après ses premiers développements afin, tâche beaucoup plus difficile, d'y mettre fin... Il ne faut pas être grand clerc pour mesurer combien des concessions a priori coûtent moins aux protagonistes que des abandons a posteriori.

Prévenir, c'est aussi réfléchir : on ne se prépare aux crises réelles qu'en anticipant des crises fictives. Où, quand, comment, se livre-t-on à cet exercice ? Entre Français ? Entre Européens ? Dans le cadre de l'OTAN ? À l'ONU ? Ou, plus efficacement, à quelques-uns, Français, Anglais, Allemands en particulier afin de mesurer les différences de positions, a priori, entre les uns et les autres, pour les harmoniser à froid et non à chaud ? Menée à propos de la Yougoslavie, une telle réflexion aurait évité bien des mauvaises surprises; inaugurée sur la question hongroise, elle pourrait nous dispenser de désillusions encore plus graves. Les responsables conduisent « le nez sur le volant », à nos risques et périls. Pour la Communauté, une telle tâche de prévision et de déminage serait plus essentielle que la passion des circulaires bureaucratiques. Peut-être croit-elle que cette mission est du ressort des Nations unies et que venir sur ce terrain, c'est leur faire une concurrence indue. Quelle illusion! Au nom de cette satanée doctrine de la non-intervention dans les affaires intérieures d'un État, les minorités n'existent pas pour l'ONU et les frontières font de chacun des pays membres un sanctuaire. L'émotivité, sur tous ces sujets, des pays du Tiers Monde, suffirait à tuer toute tentative sérieuse de prévention.

Or, au nom de cette même « prévention » des crises, les Européens n'auraient-ils pas eu intérêt à réfléchir sur les frontières, dès 1990 ou 1991, au lieu de se contenter de la pétition de principes, sans cesse réitérée par François Mitterrand, Margaret Thatcher ou des hommes d'État retraités, comme Helmut Schmidt et Valéry Giscard d'Estaing, que les frontières étaient intangibles et qu'à laisser filer une maille, ce serait le tricot entier qui se déferait ? Ce n'était pas jouer les Cassandre que d'annoncer – nous sommes nombreux à l'avoir écrit – que le problème des minorités redeviendrait aigu, qu'il mettrait en cause les frontières et qu'un statut type s'imposait pour ces populations, sous peine de secousses graves. Ce n'est pas un sujet aisé : l'existence de droits spécifiques pour les minorités ne s'accommode pas facilement des contraintes de l'État-nation, qu'elles soient minorités territoriales, comme souvent en Europe, ou ethniques. Il aurait donc fallu travailler, proposer, anticiper : douces illusions...

En contrepartie de leur aide aux anciennes démocraties populaires, les pays membres de la Communauté pouvaient leur imposer l'acceptation d'un tel statut, des mécanismes d'arbitrage, voire un droit de sanction. Ils ne l'ont ni fait ni même envisagé, ce qui rend la démarche chaque jour plus aléatoire. Avant la crise yougoslave, le mythe de l'Europe était tellement puissant que ses desiderata seraient naturellement devenus des instructions. Quelques pressions économiques par surcroît au moment de l'ouverture des marchés et le tour était joué. Une fois l'impuissance de la Communauté avérée, l'opération devient beaucoup plus incertaine, illustration supplémentaire du vieux précepte : « l'Histoire ne repasse pas les plats ». L'outil économique remis au magasin des accessoires, demeurait l'hypothèse d'une intervention militaire. Elle permet malheureusement aux protagonistes de rire de nous. Chacun sait désormais que nous ne possédons pas la volonté collective d'intervenir et que, même si le « Saint-Esprit » nous l'octroyait, nous n'en aurions pas, nous Européens, les moyens.

Pas de prévention sans réflexion certes, mais pas de prévention, non plus, sans instrument militaire. Aucune des puissances européennes n'en dispose et, même si elles additionnaient les embryons de forces à leur disposition – ce qui ne va pas de soi – ce ne serait pas à la mesure du problème. Nos armées portent encore les stigmates de la guerre froide : importance disproportionnée du nucléaire pour les Anglais et les Français; forces conventionnelles bâties pour combattre l'armée rouge, du côté allemand, sans même tenir compte de la désorganisation liée à l'intégration, à maints égards, surréaliste, de pans entiers de l'armée est-allemande, donc communiste, au sein de la Bundeswehr.

La capacité des uns et des autres de se projeter loin de leurs bases est dérisoire. En témoigne, souvenir peu glorieux, l'impossibilité pour les Français de déployer plus de dix mille hommes au Koweït, conscription oblige. Avec une armée professionnelle, les Britanniques avaient fait un peu mieux. Quant aux Allemands, la perspective pour eux de construire un corps expéditionnaire semble hors de saison, quand l'installation de leurs équipages sur les AWACS de surveillance en Bosnie soulève des drames constitutionnels. La bonne volonté des autres – Belges, Espagnols, Italiens – ne déplace pas de divisions. C'est à un double aggiornamento militaire que conduit l'idée même de prévention : pour les pays nucléaires, une réorientation de leurs efforts vers le conventionnel ; pour les armées conventionnelles, le basculement d'une posture statique dans l'attente de l'armée rouge, tel le héros du *Désert des Tartares*, vers l'emploi de forces mobiles, capables de jouer les pompiers, avant, pendant ou après les drames... Il s'ajoute l'impératif de fondre ces forces expéditionnaires dans un même outil opérationnel, européen, atlantique ou onusien. Tâche immense pour des bureaucraties militaires peu portées aux transformations hâtives : les quelques années nécessaires à la mise en route, pourtant embryonnaire, de l'Eurocorps donnent la mesure de ce qui reste à faire. Aussi longtemps que l'instrument militaire n'existera pas, la prévention demeurera une non-idée. Même lui disponible, se posera la question décisive de la volonté d'agir. Si, inconsciente des enjeux, l'opinion flotte entre le « lâche soulagement » de toute non-intervention et l'alibi rassurant de l'humanitaire, si les hommes d'État, encore inhibés par leurs décennies d'immobilisme, veulent parader sans prendre le moindre risque, si se perpétue le mythe des guerres propres – sans morts ! –, l'art de gérer les crises internationales se sera dégradé d'un Moyen Âge à l'autre.

Au-delà même de la quincaillerie militaire, cet art-là suppose une vraie culture historique. Non que l'Histoire se répète et qu'il suffise de mimer les situations d'autrefois, mais à une époque qui fabrique à nouveau des bifurcations – ce dont nous avons été privés pendant un demi-siècle –, nos élites doivent retrouver quelques réflexes. Réflexe, la conviction que l'irréversible existe et qu'il faut scruter toute crise sous cet angle-là. Sarrault se serait posé la question, en ces termes-là en 1936, au moment de la remilitarisation de la Rhénanie, la Seconde Guerre mondiale n'aurait peut-être pas eu lieu. George Bush a agi, sous cet empire-là, au moment du Koweït : pour notre plus grand bien ! Réflexe, le sentiment qu'il existe des engrenages et que les précédents se fabriquent vite. La Yougoslavie aura mis fin au mythe du continent européen, espace éternel de paix : nous le paierons cher. Les rodomontades de la Grèce face à la question macédonienne auront, pour la première fois, montré un État membre de la Communauté prêt à parler de guerre : les autres États membres regretteront, un jour, de ne pas avoir sanctionné, au départ, ces dérapages verbaux. Réflexe, la certitude qu'il faut à nouveau prendre les discours politiques au sérieux : du temps de la guerre froide, le délire des mots compensait l'interdiction d'agir. Rien ne pouvait se produire ; aujourd'hui, tout peut advenir et les slogans risquent, comme autrefois, de se transformer en réalités. Réflexe, l'impression que, si l'Europe vit un nouveau Moyen Âge, l'Orient mime, lui, le dix-neuvième siècle, avec ses gammes infinies de retournements d'alliances et d'alliances de revers et que l'Occident devrait éviter de s'y laisser piéger. Car mieux vaut, à tout prendre, le Moyen Âge de ce point de vue que le dix-neuvième siècle. Le désordre est moins dangereux que les rivalités de grandes puissances. Elles inventent un ordre, un temps, avant inévitablement de s'affronter.

Réflexe enfin, une attention de tous les instants aux nouveaux risques et l'obligation de les surveiller tel le lait sur le feu, après les décennies de demi-sommeil, qu'autorisait la sagesse des deux Grands. C'est à cette école-là que devront se former les nouveaux hommes d'État; pour ceux issus de la guerre froide, une reconversion s'impose...

Ce ne sont pas, il est vrai, des qualités différentes qu'exige la gestion des crises intérieures. Là aussi il faut être aux aguets de l'inattendu. Le temps n'est plus à une intervention gouvernementale qui déplaçait de quelques millimètres le curseur entre le patronat, les syndicats, les forces institutionnelles. Dès lors que la société était quadrillée par des acteurs représentatifs, il existait un mode d'emploi des conflits. Avec leur dramaturgie, leur rythme, leurs codes et leurs rites. Il suffisait de disposer de bons mécaniciens du compromis : la culture radicale à la française aura poussé ce talent jusqu'à la perfection.

Les nouveaux enjeux exigent un tout autre savoir-faire. Le lent grignotage de la société visible par la société invisible, la montée de l'illégalité, l'explosion des zones de non-droit, la multiplication des marginaux : autant de bouleversements, nous le savons, qui substituent la crise au conflit, le spasme au rapport de forces. C'est une différence fondamentale. Autant le conflit s'inscrit dans une règle du jeu explicite ou implicite; autant la crise échappe à toute programmation et à toute répétition. Autant le rapport de forces se gère dans la durée, avec à certains moments plus aigus une inflexion; autant le spasme, une fois passé, donne le sentiment même de ne pas avoir eu lieu. L'après-guerre aura été, sur le plan interne, une époque de conflits : ils étaient synonymes de redistribution, de social-démocratie et de l'émergence d'une immense classe moyenne unie sur l'essentiel et ne se déchirant que sur des affaires d'argent.

La fin du siècle sera au contraire une période de crises : elles répondent à l'émiettement des forces sociales, à la montée de l'individualisme, à l'anomie des comportements et surtout à l'apparition de tensions entre microgroupes et microsociétés. Hier les grèves Renault; aujourd'hui la révolte des camionneurs. Hier les monômes étudiants, aujourd'hui les batailles rangées entre bandes des banlieues. Hier la révolte des médecins, aujourd'hui la multiplication des coordinations d'aides-soignants. Hier les accords interprofessionnels sur la formation; aujourd'hui l'octroi du RMI à des populations à peine repérables. Hier la lutte contre l'évasion des capitaux des possédants, aujourd'hui le combat contre l'entrée d'argent sale. Hier le maintien de l'ordre face à une délinquance classique, aujourd'hui et surtout demain, le refus de l'invasion par « Mafia Incorporated ».

Mais à la différence des enjeux internationaux, il n'existe aucune bible des risques, seulement un sentiment diffus que tout peut arriver partout et que la vigilance et l'éveil représentent les premiers devoirs des gouvernants. Sur l'échiquier intérieur, la surprise peut être complète; sur la carte internationale, elle traduit un défaut de réflexion ou de préparation. Ce ne sont pas les mêmes spasmes avec lesquels il faut vivre; les uns totalement imprévisibles, les autres inattendus dans leur irruption mais logiques. Mais à la fin des fins, le défi est le même : l'ordre ne résulte plus du lent glissement de rapports de puissances, internes entre classes sociales, internationaux entre les deux Grands, mais de la capacité à éteindre le plus vite possible les incendies et à passer soudainement de l'un à l'autre. Il n'existe pas de loi de la propagation entre ces divers foyers, comme la gestion à l'ancienne des conflits d'autrefois avait pu la mettre au jour. Toute crise est suspecte : elle peut se propager d'une manière imprévisible; nul ne sait ni où, ni quand, ni comment. Du moins, une fois de plus, sur le plan intérieur, car en matière internationale, nombre de scénarios sont envisageables : l'Histoire a beau, suivant le mot de Marx nous le savons, avoir plus d'imagination que les hommes, celle-ci n'est pas illimitée.

L'art des crises dessine une nouvelle demande en termes d'hommes de pouvoir. L'homme d'État « pur et parfait » s'il existait, à l'instar dans la théorie économique, du marché pur et parfait, devrait allier des qualités contradictoires. À l'évidence, de la fermeté et la capacité d'incarner, à lui seul, la dissuasion : dissuasion nucléaire évidemment, mais aussi dissuasion militaire conventionnelle. François Mitterrand possède la première, et non la seconde, la Yougoslavie faisant, en l'occurrence, la charge de la preuve. Margaret Thatcher disposait peut-être des deux. De l'intelligence conceptuelle et le sens de l'improvisation, talents en général contradictoires : la première afin de s'essayer, à chaque instant, à anticiper les risques, à penser le désordre et à se doter d'une « Weltanschauung » – cette vision du monde chère aux Allemands – qui permette de ne pas se sentir sans cesse désarmé ; le second afin de répondre à des crises en apparence toujours différentes, d'humer l'air du temps, de deviner les joueurs du moment et parfois – c'est le paroxysme de l'art – d'inventer le coup qui surprend et qui gagne. Une présence et une autorité paternelles, afin de rassurer une opinion qui sort, peu à peu, de son cocon douillet, se pénètre des dangers et va, affolée, se réfugier du côté de l'État, celui-ci faisant, compte tenu de ces circonstances nouvelles, un impressionnant retour en force.

Notre Président imaginaire devrait être ambivalent : réformiste dans la sphère « prévisible », sur les sujets où la population, plus mûre que ses dirigeants, attend des changements ; protecteur et sécurisant face à l'imprévisible, servant par sa seule personnalité de bouclier, face aux angoisses.

Cette aptitude à rassurer ne s'identifie pas aux redites du passé, à la recherche des mêmes martingales qu'il y a un siècle, mais à la prise en compte des nouveaux risques. Ce faisceau de qualités échappe aux stéréotypes traditionnels d'hommes d'État que nous connaissons, nous Français, depuis des lustres. Le modèle si familier de l'arrogance technocratique ne fonctionne pas : pas assez d'imagination, d'improvisation, de culture et d'ascendant. La compétence change en effet de nature : il ne s'agit plus de croire, les yeux fermés, à un savoir monolithique, mais de répondre à des impulsions non programmées. Le genre familier de l'Histoire et du dix-neuvième siècle non plus : incapable de saisir les ressorts des sociétés contemporaines, porté à temporiser plutôt qu'à anticiper, inapte à imaginer et improviser en dehors de son champ de vision. Le style, radical de consensus pas davantage : il n'échappe pas à ses peurs ; peur de l'Histoire ; peur des événements ; peur des risques ; peur de la vie. Le produit, si français, de l'intellectuel abstrait, nenni : enfermé dans des constructions a priori, peu réceptif à l'imprévu, inapte à l'improvisation, dramatiquement peu sécurisant. Le tribun haut en couleur et gouailleur : catastrophique. Il surfe sur la réalité, ignore l'Histoire, se limite à des coups de menton. À chacun de situer, à son gré, les Mitterrand, Balladur, Delors, Barre, Rocard, Chirac, Giscard d'Estaing sur cette « carte du tendre » là.

Que valent, de ce point de vue, les leaders européens ? La palme revient sans doute à Helmut Kohl et Felipe Gonzales. Le premier, nous l'avons dit, éblouissant sur l'essentiel, décevant sur l'accessoire : étrange personnage qui pense toujours juste face aux enjeux historiques – les Pershing, la chute du Mur – et qui manque, en temps normal, de discernement psychologique. Le second, doté d'une vraie vision du monde, en phase, malgré son discours classiquement social-démocrate, avec la société de crises davantage qu'avec la société de conflits, fort d'une étonnante fraîcheur après onze ans de pouvoir qui lui a permis de proclamer, sans faire rire « le changement dans le changement ».

La France avait produit des dirigeants parfaits pour la guerre froide : intelligents, subtils et immobiles. Saura-t-elle, de la même manière, en engendrer pour un âge qui requiert autant d'audace que de prudence, d'initiative que de sens du statu quo, d'imagination que de conservatisme ? La Providence – pour autant qu'elle existe en Histoire – aura mal fait les choses. De Gaulle a été inhibé par la guerre froide ; il aurait surplombé le nouveau Moyen Âge : sur le plan international, à l'évidence ; au niveau interne, probablement. Il aurait joué de l'incertitude, tiré parti de l'aléa, rebondi sur les circonstances et contribué, de la sorte, à réinventer un ordre dans le désordre.

TROISIÈME PARTIE

La quête d'un ordre

CHAPITRE 8

EN GUISE D'AUTORITÉS...

Les anciennes structures d'ordre ne survivent pas au nouveau Moyen Âge, mais rien pour l'instant ne les remplace. En Europe s'effondre le modèle rationnel de construction communautaire, avec pour point d'orgue ultime, l'accomplissement du rêve fédéraliste. Pendant près d'un demi-siècle, l'Europe s'est construite avec un bouc émissaire, la crainte du communisme et donc de l'expansionnisme soviétique, une philosophie bizarrement marxiste élaborée par des libéraux empiriques, à l'instar de Jean Monnet – l'économie conditionne le politique qui façonne le stratégique –, et une démarche cartésienne inspirée par l'enchaînement – un traité, un calendrier, des pas en avant puis un nouveau traité. À la fin des fins le vieux projet du congrès de La Haye se serait accompli, avec une Europe, à l'ouest du rideau de fer, devenue fédérale, presque sans l'avoir choisi. Les pressions du général de Gaulle, le thème de l'Europe des nations auront ralenti, un instant, le processus; ils n'auront jamais mis en cause la philosophie dominante : économiquement libre-échangiste, politiquement fédéraliste, stratégiquement atlantiste.

Maastricht aura représenté la dernière manifestation de ce processus, et non, bien que postérieur à la chute du communisme, la première étape d'un nouveau modèle. C'est de cette ambiguïté-là que le traité ne se relève pas, bien davantage que des effets corrosifs, pour lui, de la récession. Avec Brejnev à Moscou et Honecker à Berlin-Est, il n'aurait pas été rédigé différemment et son approbation aurait été plus naturelle : la peur de l'adversaire a toujours justifié les abandons de souveraineté. L'erreur collective des chefs d'État et de gouvernement aura été, en décembre 1991, d'agir comme si rien ne s'était par ailleurs produit. Certes, pendant quelques mois, telle une image rétinienne qui se perpétue, la vision classique de l'Europe a fonctionné dans la concorde et l'unanimité, jusqu'au moment où les nouvelles réalités ont explosé aux yeux des opinions publiques. Territoriales : dès lors que l'Europe redevenait une, géographiquement, comment isoler durablement un sous-espace de douze pays? Politiques, car avec la disparition du bloc de l'Est, les enjeux, longtemps cantonnés à l'économie, redeviennent naturellement politiques; ce n'est plus le fantasme d'un marché aussi pur et parfait que possible qui règne, mais le retour des plus vieilles questions, la paix, l'avenir, la guerre. Morales : comment s'enthousiasmer pour des idées complexes et des constructions sophistiquées, quand les Douze sont incapables d'empêcher la guerre à leurs portes? Intellectuelles : que pèse le projet fédéraliste face à une Europe qui va de l'Atlantique jusqu'à une frontière inconnue qui partage la Russie d'Europe et la Russie d'Asie? S'il avait un sens entre pays mitoyens et riches, quels fondements trouve-t-il à l'échelle d'un continent aussi divisé? Historiques enfin : le communisme avait aboli les égoïsmes des États occidentaux, les poussant vers une inattendue union sacrée; ceux-ci reviennent, aussi évidents que la loi de la gravitation en physique.

Voilà pourquoi Maastricht était mort-né et voilà pourquoi

il fallait paradoxalement l'approuver : ne pas le ratifier était un acte; le ratifier ne l'était pas. À proclamer avec trop d'ostentation, et pour certains de jubilation que « le roi était nu », le risque était grand de donner libre cours à des pulsions et des réactions que des décennies de vie communautaire avaient fini par recouvrir d'une fine pellicule de civilisation. Mais les signataires du traité avaient néanmoins péché contre l'esprit : au lieu d'anticiper et d'imaginer l'architecture de la nouvelle Europe, ils ont essayé de « faire jouer les prolongations » à l'ancienne.

Cette démarche-là est désormais épuisée. Il s'en est fallu de peu : l'Histoire n'a pas été bonne fille avec la construction communautaire. Le communisme aurait été englouti dix ans plus tard – maigre sursis pour un système messianique! – les Douze auraient probablement disposé d'une monnaie unique, d'instruments communs de sécurité, et d'embryons d'une politique extérieure unifiée. Ils auraient dépassé le stade de l'irréversibilité et affronté avec une organisation cohérente la nouveauté, en l'occurrence la libération de l'Est. Déclarer prématurée l'émancipation des démocraties populaires, c'est certes faire peu de cas du sort des populations. Mais vue d'Occident, en termes glacés et cyniques, cette évolution nous a pris par surprise, à un moment où, à l'abri du rideau de fer, l'Europe communautaire allait passer un cap décisif. Les dés ont désormais roulé; le cartésianisme n'est plus de mise; l'Europe ne ressemblera pas à un jardin à la française, avec des structures et des institutions tirées au cordeau.

Le besoin d'ordre n'aura pas disparu pour autant. Bien au contraire, le nouveau Moyen Âge charrie des problèmes dont la solution supposerait, même en comparaison du processus antérieur, un surcroît d'organisation. Une Russie qui est un non-État requiert paradoxalement de la part des autres une politique mieux coordonnée et davantage réfléchie qu'une Union Soviétique tellement menaçante que, comme un aimant sur la limaille, elle exerçait un formidable effet d'attraction sur les Européens de l'Ouest, en les obligeant à se structurer. Des frontières incertaines, des minorités en mal d'un statut, des découpages territoriaux et ethniques contestés : autant de réalités qui plaident en théorie pour un supplément d'ordre. Des zones grises qui s'étendent, à l'Est mais aussi au sein de chacun de nos États; une société illégale en pleine expansion; des espaces de « non-droit » dont l'État est absent : autant de bouleversements qui ne permettent pas de s'accommoder du désordre au nom d'un ordre supérieur, auquel serait dévolu le même rôle que la « main invisible » vis-à-vis du marché. Face à cette urgence, le nouveau Moyen Âge n'offre que des structures floues, parfois moins denses même que celles de l'ancien Moyen Âge.

Ainsi du nouveau Saint-Empire romain-germanique. Les Français, nous l'avons dit, se trompent d'Empire allemand : ils imaginent un Quatrième Reich, d'allure sympathique et démocratique, mais organisé et impérialiste, tel qu'un nouveau Bismarck aurait pu l'imaginer. Ils ont en face d'eux l'autre Empire allemand, celui d'avant, mais étrangement étendu aux territoires de l'ancien Empire austro-hongrois. La brave République Fédérale, double héritière du Saint-Empire et de la monarchie des Habsbourg : Adenauer ne l'aurait jamais imaginé, quand il portait sur les fonts baptismaux une grande Suisse sous protection nucléaire américaine. Cet espace, néanmoins, existe : la Croatie, la Hongrie, la Bohême lui appartiennent, au même titre que la Silésie ou la Prusse polonaise. Étonnante germanité qui voit les bourgeois paisibles de Bonn recueillir par surcroît, sans s'en rendre compte, l'héritage de François-Joseph et reprendre son rôle de caution et d'arbitre dans ses anciens territoires. Formulée de la sorte, cette évolution semblerait une construction mal intentionnée de l'esprit aux responsables politiques allemands. Quarante ans de vulgate atlantiste et européenne, le souvenir vif du passé : il n'en faut pas davantage pour interdire lucidité et perception aiguë des faits.

Mais cette réalité-là se met chaque jour en place. Du côté des entreprises qui trouvent dans cet espace des débouchés et surtout la possibilité de délocaliser leurs productions, aux prix du Tiers Monde, mais avec les avantages de la mitoyenneté culturelle. Du côté des banques qui portent à bout de bras les finances des pays de la Mitteleuropa. Du côté de l'opinion allemande qui trouve tout naturellement ses marques dans cette Europe-là. Mais plus encore de l'autre côté, celui de toutes ces populations émancipées du communisme, pour lesquelles l'Allemagne représente la clef de l'Occident, au point de leur faire oublier les traumatismes de la dernière guerre. La langue, la télévision, le tourisme, et surtout la société de consommation, pleine encore pour eux de mirages : tout les pousse à accepter la suzeraineté de Bonn. Celle-ci demeure pour l'instant partielle : si l'Allemagne est omniprésente à l'intérieur des territoires de feu les deux Empires germaniques, le gouvernement fédéral se veut modeste et précautionneux. Il n'a pas transformé en influence politique cette mainmise économique et culturelle. Question de tempérament : si les responsables économiques n'hésitent plus à assumer la toute-puissance allemande, les hommes politiques demeurent plus discrets, marqués par ces décennies pendant lesquelles l'Allemagne expiait son passé par une conduite d'élève modèle. Question d'expérience : alors que les entreprises allemandes se sont trouvées de plain-pied dans la bataille économique mondiale, le gouvernement de Bonn n'a pas appris à exercer les attributs d'une puissance internationale; il n'en a, pour l'instant, ni le comportement ni le savoir-faire. Question de choix : Helmut Kohl est trop viscéralement pro-européen pour jouer à l'Est une partie si active qu'elle atteindrait inévitablement par ricochet les liens, à l'Ouest, de son pays. Mais plus tard ? Même avec doigté et retenue, l'Allemagne finira par tenir son rôle de suzerain discret et naturel à l'intérieur de son Saint-Empire. Une structure aussi floue convient aux temps de paix. Quels services rend-elle en périodes de crises, pour lesquelles elle n'est pas programmée ?

Les nouveaux êtres sociopolitiques, vagues et insaisissables, n'apparaissent pas sur le seul continent européen. L'ensemble chinois, d'une certaine manière, en forme aussi un. Avec une Chine continentale de plus en plus divisée, dont la nomenklatura constitue l'épine dorsale, à l'instar des mandarins d'autrefois. Avec une interpénétration croissante entre Taiwan, Hong Kong, la diaspora chinoise en Asie et même les émigrés aux États-Unis. Avec d'énormes ressources financières mobilisées au profit de cet ensemble par les tycoons de Hong Kong et de T'ai-pei. Une identité culturelle totale; une imbrication économique et financière de plus en plus intense; mais, en contrepartie, une réalité politique évanescente, sans qu'une chaîne de pouvoirs nette se dessine à l'intérieur de cet ensemble. Alors que, dans l'immédiat après-guerre, l'Allemagne et le Japon multipliaient les points communs, dans le monde post-communiste, l'Empire allemand semble paradoxalement plus proche, dans son fonctionnement, de l'ensemble chinois, tout en gardant à l'intérieur des frontières de la République Fédérale des traits plus japonais : étonnante alchimie... Ces acteurs, allemands ou chinois, ne se confondent pas avec les processus d'intégration que la vulgate traditionnelle repère sur les confins du Pacifique ou dans l'océan Indien : ceux-ci sont purement capitalistes et économiques, alors que les premiers y ajoutent l'essentiel, un ancrage historique, une identité culturelle.

À un extrême, la reconstitution d'empires flous sur le mode moyenâgeux; à l'autre, l'émergence de villes-États ou de régions-États qui essaient, elles aussi, de récupérer des franchises, comme autrefois. Que réclame d'autre le nouveau maire de Milan, issu de la Ligue Lombarde, quand il prétend faire de sa cité une ville-État, indifférente à la réalité italienne qui l'entoure, en situation de quasi-extraterritorialité ? Qu'annonce le président de la généralité de Catalogne, quand il veut pousser l'autonomie jusqu'à ses plus extrêmes limites, y compris monétaires ? De quoi rêvent les immigrés venus de Prusse-Orientale qui voudraient faire de cette région et surtout de Königsberg, une principauté à l'ancienne, quitte à maintenir formellement la souveraineté politique russe ? Dans une Italie en voie de perdre son unité, dans quelles directions Venise et Trieste imaginent-elles leur avenir ? Tournées vers Rome ou ouvertes sur la Mitteleuropa ? Les grands ports allemands de la Baltique, Hambourg le premier, ne s'inventent-ils pas le projet de reconstituer la Ligue Hanséatique ? Saint-Pétersbourg ne s'imagine-t-elle pas davantage comme l'ultime relais de l'Occident vers la Russie que comme la tête de pont russe vers l'Europe ? Ce n'est, pour l'instant, prétendront les sceptiques, que de la rhétorique politique. Voire : à chaque fois l'intérêt pousse ces villes ou ces micro-régions à une telle attitude. Quand les fantasmes politiques et les dividendes économiques se conjuguent, une vraie dynamique est à l'œuvre. De même que les nouveaux empires n'ont ni Diète impériale, ni grands électeurs, ni constitution, ni monarchie héréditaire, les villes-États ne recevront officiellement ni franchises, ni droits, ni statuts particuliers, mais dans la réalité, les uns et les autres fonctionnent sur ces modes-là.

Entre ces villes-États, ces régions-États, se mettront en place des réseaux de solidarité, à l'instar des universités du Moyen Âge, afin d'exercer une influence plus forte vis-à-vis des États-nations qu'elles essaient subrepticement de dépouiller. Autre structure floue : les statuts conférés aux minorités, de fait ou de droit. Même si l'Europe ne parvient pas à traiter, de façon ordonnée, la question des minorités, celles-ci ne cesseront d'acquérir des privilèges : au pire par la force ; au mieux par un geste politique des puissances dominantes ; et le plus souvent par la pratique, le compromis quotidien ou le laisser-aller. Il en ira de même dans les vieux États-nations pour les minorités ethniques : soit, sur le modèle américain, elles feront reconnaître leurs droits par la loi ; soit, à l'anglaise, l'État les acceptera, de façon empirique, comme partenaires contractuels ; soit à la française, la puissance publique niera officiellement leur existence, mais, sur le terrain, traitera avec elles sous peine de leur abandonner l'intégralité du pouvoir dans les « zones de non-droit ».

Des Empires mous ; des villes-États ; des minorités autonomes : étrange carte qui n'a plus rien de commun avec les modèles que les Temps Modernes ont inventés. Elle ne correspond ni à la juxtaposition d'États-nations arc-boutés sur leurs frontières, au point de se faire régulièrement la guerre comme au dix-neuvième siècle, ni à une communauté d'États en voie de se constituer par abandons de souveraineté successifs et suivant un calendrier affiché, rêve de l'après-guerre, ni à un monde tellement dominé par le libre-échange et les flux économiques, fantasme anglo-saxon, que toutes les autres formes d'identité finissent par se dissoudre. Inutile, dès lors, de chercher un substrat conceptuel, du côté de Hegel et de ses épigones, de Jean Monnet et de ses élèves, d'Adam Smith et de sa descendance ; peut-être, avec sa théorie des trois mondes, Braudel est-il, une fois de plus, le moins loin de la réalité en train de se fabriquer sous nos yeux. Inutile, de la même manière, d'imaginer trouver un mode d'emploi institutionnel, du côté des constitutionnalistes et des spécialistes du droit international : ils n'ont à nous offrir aucun modèle de référence.

De ce point de vue, paradoxe absolu, le vieux Moyen Âge était-il mieux armé que le nouveau ? Dieu servait de clef de voûte institutionnelle ; les Empires étaient soit électifs, soit héréditaires ; les villes bénéficiaient de franchises ; certaines régions ou comtés de droits particuliers. Nous sommes aujourd'hui condamnés à l'informel. Le nouveau Saint-Empire romain-germanique compte davantage que le Conseil de l'Europe ou l'Union de l'Europe occidentale ; le nouvel ensemble chinois plus que l'ASEAN : situation bizarre où coexistent des institutions internationales parées de tous leurs atours mais impuissantes et des réalités, elles essentielles, mais sans aucun statut. Existerait-il officiellement des « empires démocratiques » ? Peut-on en inventer ? Le besoin d'ordre devrait nous y conduire... Aujourd'hui nous n'en sommes pas là. Depuis la guerre, l'architecture du monde traduisait la réalité des rapports de forces : l'OTAN une alliance avec droit d'aînesse américain ; la Communauté une association autour du couple franco-allemand ; les traités américano-soviétiques un moyen de marquer leur leadership commun. Désormais le droit et les rapports de forces divorcent : des réalités informelles s'affirment et des organisations ayant pignon sur rue se vident de toute substance. Ce n'est pas une situation saine : dans un temps de spasmes, le monde est en quête d'autorités et de stabilisateurs. Des problèmes se multiplient, qui exigeraient une autorité claire, au moment où l'autorité se dissout. Exemple : l'immigration. Insoluble au niveau de chaque État, à peine soluble à l'échelle de la Communauté, envisageable au stade du continent européen, maîtrisable dans une relation entre continents, donc dans un contexte international. Ce n'est pas la perspective la plus probable... Exemple : l'explosion de l'argent illégal. Incontrôlable pays par pays, elle exige une organisation de lutte mondiale à laquelle aucun pays ne peut faire défaut. Exemple récurrent : le contrôle des conflits locaux. Hormis les États-Unis, il n'existe ni un État ni une organisation susceptibles d'assurer la police internationale et eux n'en ont désormais ni les moyens ni la volonté.

Comment sortir de cette contradiction, l'émergence de structures molles au moment où la réalité postcommuniste exige un appareil international efficace ? Encadrement des mouvements de population, police des flux financiers, maîtrise de l'environnement : le besoin est, à chaque fois, le même. Un cadre international, des règles homogènes, des mécanismes de surveillance et de contrôle. De telles institutions n'existent pas. Celles inventées dans l'après-guerre avaient, toutes, une finalité économique – le GATT, la Communauté – ou militaire – l'OTAN, l'UEO : elles traduisaient un monde où les relations de puissance étaient évacuées au profit du duopole soviéto-américain et où l'économie représentait le seul champ d'action possible. De là l'affaiblissement, maintenant accepté, des États. De là l'effacement de toute organisation internationale effective, en dehors de la vie économique, une fois une alliance puissante bâtie dans chaque camp. De là une multiplication d'organismes avec la libre parole pour seule matière première et des bureaucraties devenues, à elles-mêmes, leur propre finalité – UNESCO, FAO, UNICEF... – d'autant plus actifs qu'ils ne disposaient d'aucun pouvoir régalien. Tout ce fatras était le bienvenu, aussi longtemps que le monde avait deux parrains susceptibles de siffler, quand ils le voulaient, la fin de la récréation.

L'instauration de nouvelles autorités ne résultera pas de nos anciens schémas de pensée. La primauté de l'économie ? Terminée. Dans un monde où le politique a repris l'ascendant, il ne s'agit plus d'utiliser ce levier, mais au mieux de préserver l'acquis. Le retour de certaines aspirations protectionnistes, la contestation du libre-échange, les soubresauts du système monétaire européen, la réapparition de dévaluations compétitives : autant de symptômes d'une régression à laquelle une volonté non plus économique mais politique peut seule s'opposer. La tutelle des États-Unis ? Illusoire. Ils ne se sentent plus en charge de l'ordre du monde et ne parviendront plus à accoucher d'institutions internationales qui, sous couvert de démocratie interne, se contenteraient de mettre en musique leurs ukases. La démultiplication d'organisations filles de l'ONU ? Parfaites pour la bonne conscience, inaptes à remplir le moindre rôle. Pour les Européens, la démarche communautaire traditionnelle ? Maastricht aura été, nous le savons, le point d'orgue de cette méthode : il n'y aura plus d'accord à douze pour continuer à avancer du même pas, avec pour toile de fond, un monde immobile.

Une nouvelle partie s'engage : elle requiert davantage d'imagination qu'aucune n'en a demandé depuis deux ou trois siècles. Lorsqu'il fallait réécrire les règles du jeu international après un conflit, tout était simple : les rapports de forces portaient en eux-mêmes la solution, fût-ce au prix de bêtises historiques, tel l'anéantissement de l'Autriche-Hongrie en 1918. Les Français seront-ils assez mûrs pour pousser, un jour, l'honnêteté intellectuelle jusqu'à faire, de ce point de vue, le procès de Clemenceau ? Les drames du vingtième siècle procèdent, pour une large part, de ses erreurs : le refus de la paix séparée avec l'empereur Charles en 1917; le diktat de Versailles. Le « Père la Victoire » aura été, aussi, un des ancêtres de la Seconde Guerre mondiale. Quand le communisme servait à la fois d'aimant pour les uns et de repoussoir pour les autres, la marge de liberté était connue et les initiatives mesurées en millimètre. La situation après l'effondrement du communisme est, elle, sans précédent : les anciennes structures, issues de la guerre froide, s'étiolent; de nouvelles, plus informelles, s'installent mais elles ne sont ni assez fortes ni assez solides. Sur quoi s'appuyer ? Avec quelles institutions travailler ? Comment inventer de nouvelles autorités ?

L'imagination, ce n'est pas jeter aux orties ce qui existe. La Communauté Européenne traditionnelle ne peut donner davantage, mais elle fonctionne : autant l'utiliser... Pris dans l'engrenage des habitudes communautaires, les chefs d'État et de gouvernement n'ont pas mesuré, à partir de 1989, la primauté nouvelle du politique sur l'économique. Primauté du politique : toutes les interrogations sur les nouveaux rapports de forces après l'unité allemande et sur le positionnement de l'Allemagne : toujours tournée vers l'Ouest ? Davantage vers le Centre ? Subsidiairement vers l'Est ? Primauté du politique : l'obligation, pour l'Europe de l'Ouest, d'arrimer à elle, c'est-à-dire aussi à la démocratie et au marché, l'Europe de l'Est. Primauté du politique : la gestion des relations avec une Russie aléatoire et imprévisible, qui n'est plus une ennemie, mais que l'histoire et la géographie empêcheront de devenir une vraie amie. Primauté du politique : l'impératif de maintenir l'ordre et d'empêcher les multiples conflits, qui couvent le long de la fracture continentale, de se transformer en autant de guerres tribales. Primauté du politique : mettre en place des structures internationales qui permettront de traiter les questions pour lesquelles il n'existe, dans un cadre plus restreint, aucune solution. Primauté du politique, enfin : manier des symboles ou faire des gestes qui donnent un tour plus optimiste aux événements du moment. À partir de ce constat, la Communauté apparaît pour ce qu'elle est. Un pouvoir d'essence technocratique, comme la Commission, est en phase avec les enjeux économiques; il n'est ni outillé ni fondé pour innover politiquement. Ce sont les États qui doivent inventer un autre mode de fonctionnement, adapté à l'irruption du politique.

Nous sommes nombreux à avoir pensé, en 1990, que la Communauté devait inverser le politique et l'économique. Qu'à ce titre, elle pouvait offrir aux anciennes démocraties populaires une adhésion politique qui précède l'adhésion économique. La première aurait été consentie en échange d'engagements sur le caractère démocratique de leur régime, le choix de l'économie de marché, la réaffirmation du principe selon lequel les frontières entre deux États sont, sauf accord contractuel, intangibles, l'acceptation d'un statut type pour les minorités, la reconnaissance, en cas de viol de telle ou telle disposition, d'un droit de sanction. Membres politiques de la Communauté, les nouveaux adhérents auraient participé à toutes les instances, hormis celles liées au fonctionnement du marché : concertation politique et militaire, environnement...

Les anciens pays communistes auraient, de la sorte, trouvé l'ancrage démocratique qu'ils réclament à cor et à cri à l'Occident et que nous devons offrir à des Européens qui ont mis à bas la forteresse communiste au nom de nos valeurs. L'adhésion économique, devenue seconde, aurait eu lieu plus tard et de façon empirique : avec des calendriers différents en fonction de l'avancement de chaque économie de l'Est par rapport aux règles de l'économie sociale de marché ; et, dans certains cas, suivant des accords ad hoc plus proches de ceux en vigueur avec certains pays du Maghreb que d'une intégration pure et simple. L'Europe aurait, de la sorte, évité le double piège dans lequel, faute d'imagination, elle est tombée : le rejet, au nom de critères économiques, d'adhésions politiquement incontestables ; puis devant l'impossibilité de tenir durablement cette position, le désir de certains d'accélérer au plus vite l'intégration économique, au prix de perturbations graves à la fois chez les membres actuels et, pire, chez les nouveaux arrivants. Une Communauté ainsi élargie politiquement, aurait constitué un encadrement pour le nouveau Saint-Empire romain-germanique, dont presque tous les membres auraient trouvé place à Bruxelles et dont les Allemands auraient exercé la suzeraineté sous le regard des autres grands Européens.

Cette Communauté-là n'allait pas à rebours de la lettre du traité de Maastricht : un cercle au-delà de douze se mettant en place avec des objectifs plus politiques et stratégiques, sans toucher aux mécanismes plus intimes de l'intégration entre les anciens membres. Elle était, en revanche, contradictoire avec son esprit, entérinant l'idée d'une Communauté hétérogène et à plusieurs vitesses, quoique en réalité la CEE ait toujours fonctionné de la sorte. En témoignent les exemptions accordées à Maastricht aux Britanniques, puis pour effacer leur référendum négatif, aux Danois. Mais ces dérogations étaient limitées à la sphère économique et avaient pour alibi des handicaps spécifiques ; elles ne s'intégraient pas dans une architecture qui, privilégiant brutalement le politique, aurait dévalorisé a contrario les mécanismes économiques. Par un détour inattendu, une telle construction aurait vu l'Europe des nations, politique, chère au général de Gaulle, et élargie par la grâce des circonstances à l'Est, surplomber une Europe communautaire classique, ramenée à sa matrice originelle, en l'occurrence, l'économie.

Pourquoi un tel schéma, aussi peu original que l'œuf de Colomb, n'a-t-il jamais été envisagé en 1991 ? Les eurocrates et la Commission en avaient peur, qui craignaient de voir des complexités nouvelles mettre à mal une organisation dont eux seuls mesurent la démentielle sophistication. Les pays les moins riches, Espagne en tête, se méfiaient de toute démarche qui, entrebâillant la porte aux pauvres de l'Est, finirait, même si leur adhésion était politique, par leur donner un droit de tirage sur les subsides communautaires. Les Anglais auraient été les moins hostiles qui voient l'Europe comme un vaste marché avec un minimum de concertation politique, mais accaparés par leur volonté d'obtenir un traitement spécifique, ils ne pouvaient se faire les propagandistes d'aucune autre idée. Quant aux « patrons de la Communauté », Français et Allemands, ils demeuraient prisonniers, les premiers de l'a priori selon lequel il fallait renforcer l'Europe à douze avant d'entrouvrir la porte à d'autres, et les seconds de l'engagement implicite qu'ils avaient pris, en contrepartie du soutien des Européens à leur unification, d'accélérer la construction communautaire classique. Ainsi, prisonniers les uns et les autres de leurs habitudes et d'intérêts de boutiques, les douze ont mitonné leur cuisine traditionnelle, indifférents à une Histoire qui s'était remise en marche à leurs portes.

Est-il trop tard pour inventer aujourd'hui cette nouvelle Communauté ? Depuis Maastricht, les pesanteurs ont joué et la perspective s'est rapprochée, à l'instigation de l'Allemagne, d'une adhésion beaucoup plus classique des pays de l'Est les plus avancés, Pologne, Hongrie, République

Tchèque. Celle-ci agit en effet à l'instar des États-Unis vis-à-vis du Mexique : elle souhaite partager le marché unique avec les meilleurs États de la Mitteleuropa, plutôt que de recevoir des flots d'immigrants. Avec un double inconvénient : laisser une partie de l'ancien bloc de l'Est en déshérence ; ne pas utiliser le levier de l'adhésion afin d'imposer des contreparties, à ces États qui ont bien besoin d'être aidés dans leur effort démocratique et dans leur attitude pacifique... Les hommes d'État européens s'agitent éperdument en quête de règles du jeu, mais ils n'osent utiliser la seule institution dont le mythe était tellement puissant, surtout il y a quelques années, qu'il était de lui-même un facteur de paix. Sous-estimation des dangers à venir ? Frilosité pour bouleverser une organisation complexe ? Peur, en un mot, du risque ? Tout a sans doute joué, avec pour conséquence une action aujourd'hui plus difficile. Sans doute est-il encore temps, mais il faut aller vite : agir avant que le rêve européen soit ébréché, au point de perdre tout pouvoir d'attraction ; innover avant que le processus d'adhésion classique de nos trois mousquetaires d'Europe centrale soit entamé, car tout changement de pied apparaîtrait alors comme une brimade à leur endroit. Si les Français avaient compris à temps le type d'empire que les Allemands reconstituaient, sans doute auraient-ils perçu leur intérêt de le noyer dans un ensemble plus vaste, une Communauté d'essence plus politique dont ils auraient détenu, au moins à parité, la clef.

Cette Communauté-là aurait représenté – ou représenterait, pourquoi être aussi pessimiste ? – une des formes de l'impossible « empire démocratique » qu'il faudrait aujourd'hui bâtir. L'empire demeure la seule structure que l'Histoire ait inventée pour prendre en charge des ensembles flous. Il a donc connu son apogée au Moyen Âge. Au nouveau Moyen Âge de le redécouvrir. L'empire d'Allemagne avec ses grands électeurs n'était d'ailleurs pas le plus archaïque : il ressemblait à une Communauté moins sophistiquée que l'énorme machine bruxelloise... Si celle-ci échappe à la seule dimension économique, s'élargit et devient plus politique, elle devra élaborer un mode de fonctionnement assez voisin : le conseil des ministres sera conduit à déléguer une partie de ses pouvoirs à un primus inter pares, comme les princes électeurs le faisaient à un empereur élu. Étonnante alternative : soit la Communauté ne réussit pas cette mutation et se reconstitue alors un empire d'Allemagne dans les frontières des deux anciens empires germaniques, mais sans centre politique puissant, réalité essentiellement économique et culturelle; soit la Communauté s'élargit sur le mode même de l'empire d'Allemagne d'autrefois et, dans ce cas, celui-ci jusqu'alors en voie de résurrection, s'insérera dans un ensemble plus vaste et juridiquement mieux structuré.

Vouer aujourd'hui aux gémonies la Communauté ancien modèle serait absurde, sous le prétexte de son inadéquation à l'Europe postcommuniste. La voie fédérale lui est désormais fermée, mais elle peut, à condition d'accepter un toilettage institutionnel et idéologique, constituer un excellent « empire démocratique ». C'est le seul à notre portée, alors même que les temps nouveaux nous poussent à réinventer cette bonne vieille structure qui a souvent su obliger les peuples à cohabiter. D'une certaine façon, le clivage entre Français et Allemands d'une part, Anglais de l'autre, à propos de l'Europe, reproduit les visions différentes que les uns et les autres ont du concept même d'empire. Pour les premiers, l'empire continental a un sens : ne l'ont-ils pas voulu, chacun dans une perspective impérialiste ? Il représente à leurs yeux une réponse naturelle aux difficultés du continent. Pour les seconds, c'est une hérésie : leurs intérêts ne supportent pas l'idée d'une Europe unie depuis Brest; ils n'ont, pendant des siècles, mené une politique de bascule tournée, à chaque instant, contre la puissance dominante du continent que pour l'empêcher. Pour eux, libre-échangistes devant l'Éternel, l'Europe est un marché, et non un acteur historique. Français et Allemands manifestent, de longue date, des divergences sur les frontières et la nature de l'empire continental : plus latin d'un côté, davantage tourné vers l'Est de l'autre; plus centralisé et rigide pour les premiers; plus souple et mobile pour les seconds; avec une forte cohésion juridique, aux yeux de Paris, faisant une plus large part aux rapports de puissance, du côté de Berlin ou de Bonn. Mais au moins le continent a-t-il, pour eux, vocation à s'organiser. D'ailleurs demeure enfoui à l'Ouest et à l'Est du Rhin le vieux mythe de l'empire carolingien. Ne représente-t-il pas, mis au goût du jour, le cœur même de cet empire démocratique que nous devons réinventer?

L'empire carolingien, en l'an 2000, est-ce autre chose qu'un lien indissoluble entre la France et l'Allemagne? Dans un monde en plein aléa, il n'existe aucune exigence plus forte que de multiplier les stabilisateurs. Dans la sphère américaine, aucune contestation possible : c'est la mission historique des États-Unis. Dans le monde asiatique, la partie se jouera, nous le savons, dans les relations à la fois de haine et de concurrence entre l'ensemble chinois et le Japon. En Europe, l'Allemagne seule n'est pas à la mesure de cette tâche; une fois sortie revigorée de sa difficile unification, elle en aura peut-être les moyens économiques, mais en aucun cas les moyens politiques, militaires, stratégiques et même moraux. Il n'y a de stabilisateur possible que franco-allemand. De même qu'à l'époque de l'approche fédérale, la France et l'Allemagne représentaient le seul moteur possible, ils constituent le cœur indispensable – carolingien d'une certaine façon – d'une Communauté devenue un empire démocratique.

Ce ne sera pas le produit naturel des événements : la ligne de plus grande pente pousserait au contraire à un éloignement progressif, avec une Allemagne dérivant de l'Ouest vers le centre de l'Europe et une France, déçue, cadenassant son pré carré latin. Que d'occasions perdues pour rendre irréversible cette relation ! Les Français avaient en main la carte de la sécurité commune : ils ne l'ont jamais jouée ; ils possédaient des atouts politiques, en offrant à l'Allemagne de partager leur embryon de rôle mondial : ils ne l'ont jamais envisagé. Les Allemands pouvaient, de leur côté, partager la souveraineté monétaire avec une France devenue économiquement plus vertueuse qu'eux : l'idée ne les a même pas effleurés ; ils ont préféré laisser le système monétaire vaciller plutôt que de prendre le risque de baisser leurs taux d'intérêt de 1 %.

L'esprit de boutique et l'absence d'imagination ont multiplié les occasions perdues : jamais Helmut Kohl ne s'est laissé aller sur ce terrain à la même audace qu'au moment de l'unification ; jamais François Mitterrand ne s'est aventuré à jouer au poker, se contentant d'avancées toutes intelligentes, dont le rythme aurait été parfait si l'Union Soviétique avait continué, par sa seule présence, à abolir le sens du temps. Après l'épisode des Pershing en 1983, Français et Allemands auraient pu forcer le destin en élaborant une communauté de défense entre eux : rien ; au moment de la chute du Mur, ils auraient eu intérêt à gérer, de conserve, ce bouleversement : nenni ; dans le fil du référendum français, si difficile, sur Maastricht, ils disposaient d'une fenêtre de quelques semaines pour anticiper, avec les pays du Benelux, la future union économique et monétaire : exclu ! « L'Histoire ne repasse pas les plats » : faudra-t-il davantage encore d'occasions manquées pour que nos hommes d'État réapprennent cette première leçon de l'action publique ? Chaque fois l'enjeu devient plus essentiel et la décision plus lourde. Les événements fonctionnent, de ce point de vue, à rendements décroissants : les occasions requièrent une énergie politique toujours plus grande pour un objectif à chaque fois plus incertain. L'audace et l'imagination finissent par moins coûter...

En juin 1940, Churchill avait proposé une union franco-britannique, incroyable geste qui n'avait reçu, pour toute réponse, que la demande d'armistice aux Allemands... Sans doute la part de théâtre et de psychologie était-elle décisive dans cette initiative, mais au moins se voulait-elle à la hauteur des événements. Lorsque Robert Schuman et Jean Monnet ont lancé l'idée de la Communauté européenne de défense, c'est-à-dire d'une armée commune entre la France et l'Allemagne, moins de dix ans après la fin de la guerre, ils faisaient bouger les lignes. Quand le général de Gaulle et Konrad Adenauer signaient, en 1963, le traité de l'Élysée, ils cherchaient à créer un acquis irréversible. Et depuis ? À force de gérer en notaires habiles pendant les années de glaciation soviétique, les responsables politiques ont perdu le talent de faire tourner la table...

Les trente ans du traité franco-allemand ont été fêtés avec trop de conformisme. Conformisme dans l'émerveillement de cette amitié à rebours du passé. Pour les jeunes, tous amnésiques, il n'y a ni mystère ni miracle mais une réalité : l'Allemagne et la France sont proches, ni plus ni moins. Conformisme dans la volonté des deux pays à la fois de marquer la spécificité de leur relation, mais aussi de ne pas offenser les autres États membres de la Communauté. Conformisme dans les champs offerts à la coopération : un peu plus de liens parlementaires, un peu plus de coopération militaire conventionnelle. Le temps était au contraire venu d'un nouveau traité de l'Élysée. Les deux signataires y auraient exprimé leur devoir : s'arrimer l'un à l'autre, afin de mieux contribuer à la stabilisation du continent. Ils l'auraient traduit en un dispositif. Militaire, avec l'extension de la garantie nucléaire française au territoire allemand, une intégration plus rapide des forces conventionnelles, la transformation de l'« eurocorps » en instrument d'intervention dans les endroits les plus difficiles. Politique, avec une structure de concertation gouvernementale permanente, un ministre résidant dans la capitale de l'autre, des sessions communes des deux Parlements, chambres hautes ensemble, chambres basses ensemble, sur les sujets de politique internationale, des ambassades communes... Monétaire, en gagnant une étape sur l'union économique et monétaire et en passant, dès 1995, à la monnaie unique à cinq.

Un an plus tard, ce projet déjà ambitieux début 1993, a-t-il encore un sens ? Après la tourmente monétaire, les désaccords sur le GATT, les hiatus à propos de la levée de l'embargo vis-à-vis des musulmans bosniaques ? À un moment où les deux parties font automatiquement les gestes de la foi, sans vraiment y croire ?

Il faut arrêter l'engrenage du divorce à l'amiable : on se sépare sur la monnaie, puis un jour sur autre chose et insidieusement la relation entière se défait, chacun vaque à ses préoccupations et l'Europe vogue encore plus rapidement vers un nouveau Moyen Âge, synonyme d'émiettement et de désordre. Et le coup d'arrêt à ce processus ne pourra être un vague engagement de mieux faire ou d'éviter les erreurs passées. Il ne viendra que d'un acte fondateur.

J'entends la cohorte des sceptiques et des réalistes. Impossible : le terrain n'est mûr, ni sur le plan stratégique ni sur le plan monétaire. Inconcevable : les opinions publiques ne sont pas prêtes à un tel rapprochement. Inadmissible : aller de l'avant à deux, c'est insulter nos partenaires et mépriser la Grande-Bretagne. Inacceptable : la souveraineté française ne se partage pas... Tous ceux-là devraient méditer quelques réalités récentes : à force d'avoir refusé de jouer, il y a quelques années, leur atout nucléaire, les Français le voient perdre chaque jour de sa valeur. Pour ne pas avoir saisi le moment où une union économique et monétaire pouvait se mettre en place à cinq, les Européens ont vu la monnaie unique reculer de plusieurs cases au jeu de l'oie de l'Histoire. Pour s'être laissé emporter vis-à-vis de la Serbie et de la Croatie par des réminiscences historiques, Français et Allemands n'auront guère été des fauteurs de paix... Et demain pourrait réserver des désaccords encore plus significatifs : en cas de tensions entre la Hongrie et la Roumanie ; à propos des relations russo-ukrainiennes ; à l'égard des Balkans. Un processus est en route, dont nul ne connaît le point d'arrivée. De là un double impératif pour renforcer le « cœur carolingien » de l'Europe : revivifier un lien bilatéral qui s'étiole ; en faire le principal stabilisateur du continent.

Mais le nouveau Moyen Âge n'édifiera un « empire démocratique », y compris dans sa dimension « carolingienne », qu'à la condition de voir les États conserver un minimum de maintien et d'identité. Si l'émiettement, l'éparpillement, les tensions locales ne connaissent guère de frein et si les États ne parviennent pas à opposer une certaine résistance, il est vain de réclamer à cor et à cri de l'audace et de l'imagination. Celles-ci supposent des joueurs encore en état d'agir et un corpus idéologique susceptible de les adosser : existe-t-il, au moment où intellectuellement nous avons l'impression de vivre la fin des Temps Modernes ?

CHAPITRE 9

LA FIN DES TEMPS MODERNES ?

Sans doute n'avons-nous pas connu, depuis des siècles, un tel vide idéologique : probablement, une fois de plus, depuis le Moyen Âge. Quand une vision du monde, depuis cette époque, s'effondrait, une autre la remplaçait et souvent l'une, moribonde, affrontait l'autre, naissante. Avec l'effondrement du communisme, nous approchons, en revanche, du degré zéro de l'idéologie. Jamais les intellectuels n'ont été aussi nombreux, les sociologues aussi influents, les scientifiques aussi désireux d'échapper aux carcans de leurs disciplines, les historiens aussi ostensiblement transformés en gourous du futur. Ils ne seront pas de trop pour nous offrir une nouvelle « Weltanschauung ». Toutes nos pensées traditionnelles s'effacent, qui postulaient le progrès, un optimum collectif, et donc le règne de l'ordre. Au même instant, nous découvrons que le monde physique, la biologie, le cosmos et la personne évoluent selon des dialectiques d'ordre et de désordre, d'incertitudes, d'indétermination. Les sciences physiques et biologiques se sont débarrassées des visions classiques linéaires et univoques; les sciences humaines essaient maladroitement d'y parvenir avec leurs théories encore balbutiantes de l'aléa et du chaos; les idéologies en sont loin. La démarche socialiste aura survécu – l'oublie-t-on trop souvent – davantage que la physique newtonienne.

La mort du socialisme incarne, de ce point de vue, la fin des philosophies de l'ordre. Mort du socialisme et non seulement du communisme. Ce n'est pas uniquement un système fossilisé et contre nature qui s'effondre. C'est aussi l'idée que les sociétés peuvent avancer au nom d'une espérance, et qu'il existe, en matière d'organisation collective, un substitut du point ω cher à Teilhard de Chardin. L'effacement du marxisme le plus archaïque, c'est-à-dire d'une conception fruste et exclusivement matérielle ne se produit pas sans dommages collatéraux, comme diraient les assureurs. Avec le vieux schéma – l'économie seule infrastructure et le reste, idées, nations, cultures, rapports de forces, simples superstructures – sombrent aussi l'économie politique de Marx, pourtant un des meilleurs théoriciens de l'économie de marché, et toutes les pensées socialistes, c'est-à-dire toutes celles qui postulent une capacité d'organisation de la société par elle-même.

Le désastre atteint le mythe même d'une espérance collective. Même les social-démocraties les plus puissantes sont désormais privées de tout substrat théorique, puisque leur vision ultime, passée au tamis de la démocratie et des libertés, se référait encore à une utopie. Ni espérance, ni utopie, ni progrès : la table est définitivement rase. Bricoler quelques préceptes mi-humanitaires mi-religieux ne suffira pas. La démocratie chrétienne n'est pas une philosophie – que les héritiers de Monnier et les zélateurs du personnalisme me pardonnent ! – et un dosage subtil d'altruisme religieux, de générosité laïque et de culte flou des droits de l'homme ne se substituera pas à l'eschatologie socialiste. La gauche ne fera nulle part l'économie d'une révolution idéologique : ni en France où le parti socialiste s'est mis à l'heure de Bad

Godesberg avec trente-cinq ans de retard, ni en Grande-Bretagne où les travaillistes ne parviennent pas à se débarrasser du mythe étatique, ni même en Allemagne si la social-démocratie veut ne pas se limiter à revendiquer une heure de réduction de la durée du travail tous les trois ans. Quelles forces sociales représente la gauche? Forces sociales en effet, car l'essoufflement du marxisme n'aboutit pas à la société sans classe, par le seul fait que nul ne pratique désormais l'analyse des groupes sociaux. Quelle part de la vie collective est réformable à l'initiative de l'État? Quelle pensée peut désormais dominer l'action publique?

Mais le libéralisme sort à peine plus vaillant de la disparition du communisme. Celui-ci lui servait de bouc émissaire et lui permettait de se construire en réaction, de la même manière que la peur du stalinisme avait poussé à l'intégration communautaire. Avec pour adversaire une vulgate marxiste de pacotille, les libéraux étaient tentés d'aller jusqu'à l'extrême limite de leur modèle : d'où le culte d'un marché pur et parfait qui aboutit à l'optimum, dès qu'il prend en charge un domaine. Le fantasme d'un ordre supérieur, d'une rationalité ultime s'était imposé en contrepoint de l'utopie socialiste : il en constituait l'inverse absolu. Ce libéralisme-là n'aura paradoxalement jamais pesé avec autant de force sur l'action de certains gouvernements qu'à une époque où son siamois, le marxisme dogmatique, commençait à vaciller. La logique des contraires aurait voulu que les politiques reaganienne et thatchérienne servent d'antidote, face au stalinisme; elles ne se sont imposées qu'au moment où le socialisme était blessé à mort. Étrangement, du temps de sa grandeur, les pays libéraux n'étaient capables de lui opposer qu'une philosophie « wet [1] ». Après 1989, que n'a-

1. Mot employé en Grande-Bretagne pour désigner les plus modérés des conservateurs. Littéralement « humide ».

t-on lu ? La fin de l'Histoire, la victoire absolue du libéralisme, le marché fin ultime des sociétés, la disparition de toute référence idéologique concurrente...

Or le libéralisme a perdu, avec son adversaire traditionnel, son meilleur soutien. Certes l'économie de marché représente, chacun le sait, la réalité absolue des sociétés : le marché n'est pas un état de culture – produit d'un choix –, mais un état de nature. Il aura fallu des décennies, des massacres, des drames, pour découvrir cette évidence. Mais ce fait acquis, le libéralisme est, lui, mal en point. Dès lors qu'il détient un monopole idéologique, toutes les dérives par rapport à un optimum lui sont imputées. L'apparition de poches de pauvreté d'une ampleur telle qu'elles menacent l'ordre social. L'incapacité de traiter spontanément certaines questions insolubles, tel l'emploi. Son inaptitude à prendre en charge des besoins collectifs, que l'on finit par redécouvrir. Les dérapages d'une économie mondiale, qui aura fêté la victoire absolue du marché, maître désormais à 90 % de la surface du globe, par la pire récession qu'elle aura connue depuis la guerre. Et plus gravement peut-être le triomphe arrogant des marchés financiers.

La dérégulation à l'échelle mondiale – aucun autre secteur n'aura enregistré un phénomène d'une telle ampleur – aura abouti à un marché tel que ses thuriféraires les plus extrêmes le rêvaient. Quasiment infini : aucun pays dans le monde n'y échappe. Les prix, à chaque instant, reflètent l'équilibre sans cesse modifié de l'offre et de la demande. Pur : aucun acteur n'exerce une domination particulière. Parfait, puisque ouvert à tous ceux qui veulent y entrer. Mais le résultat n'est pas conforme aux principes des théoriciens : ce n'est pas l'ordre qui prévaut, mais au contraire le désordre. Au lieu, comme le voudrait la doctrine, de fabriquer un optimum, les « marchés » – suivant l'expression consacrée – produisent parfois une dynamique contraire.

Pendant des années, les « opérateurs », en l'occurrence les acteurs décentralisés voulus par la théorie, ne jugeaient pas la monnaie d'un pays en fonction de son taux de chômage : bien au contraire celui-ci, d'une certaine façon, les rassurait puisqu'il représentait la contrepartie d'une sage gestion notariale à la Poincaré. Et soudain, voilà les mêmes cadres bancaires débutants, l'œil rivé sur leurs écrans, qui s'attachent obsessionnellement au chômage et, à travers lui, à la cohésion sociale de chaque pays! De même faisaient-ils monter hier une devise quand son taux d'intérêt s'élevait. Leur humeur collective a changé : pendant certaines périodes, ils font l'inverse. À nous de subir ces volte-face! Désormais déconnectés de la réalité, puisque moins de 5 % des échanges monétaires correspondent à la couverture de mouvements de marchandises ou de services, tournés vers leur propre jeu, les marchés financiers ne sont animés que par l'appât du gain, ce qui est normal en économie de marché, mais un gain d'une espèce particulière : il n'a aucune contrepartie économique et naît du simple hiatus, positif et négatif, entre l'opinion de chaque opérateur et celle, irrésistible, que tous ensemble ils fabriquent.

De là le mythe lancinant de la spéculation, tel que les psalmodies médiatiques de George Soros le mettent en scène : les spéculateurs jouent sur l'anticipation que les gouvernements auront de leurs propres anticipations et font fortune là-dessus! Avec, à l'initiative de ce marché, le plus pur et parfait de tous, le risque de déstabilisation pour des économies qui n'en peuvent mais! Bizarrement, les Anglo-Saxons ne veulent pas admettre, pour les marchés financiers, ce qui constitue à leurs yeux, d'habitude, le nec plus ultra du libéralisme : marché et règles de droit sont indissociables, le premier ne fonctionnant efficacement que sous le contrôle des secondes. Quand il s'agit d'argent, ils refusent d'envisager, au niveau mondial, la moindre réglementation. Les résultats peuvent être dévastateurs pour le libéralisme. Les marchés financiers représenteront-ils pour lui ce que le stalinisme a incarné pour l'idée socialiste ? Une logique poussée jusqu'à l'extrême limite, une perversion absolue, une caricature rédhibitoire dont le libéralisme fera, un jour, les frais. Nous sommes, chacun le sait, à la merci d'un accident financier grave auprès duquel le krach de 1987 semblerait une simple péripétie et les troubles monétaires de l'été 1993 une bluette. S'il se produit, avec son cortège de récessions dans chaque pays et ses innombrables faillites, entraînant la perte de confiance des épargnants et le chômage, les principes libéraux seront les premières victimes : ils ne survivront pas aux excès du marché le plus emblématique.

Mais en dehors même de ce paroxysme, le libéralisme est menacé de désenchantement. Chaque jour, ses limites apparaissent plus visibles : pour avoir eu le tort de prétendre, par mimétisme, être comme le communisme un système global, il est tenu pour responsable de tous les accidents. L'entropie du continent européen ? À son débit. Les phénomènes de marginalité ? Sa faute. Le désordre international ? Son incurie. Et bien sûr la récession ? Son incapacité. Si, conforme à ses principes originels, le libéralisme s'était affirmé comme le plus mauvais des systèmes d'explication du monde, à l'exception de tous les autres, il serait demeuré à l'abri des procès. C'est son ambition qui le perd : à force de vouloir servir de pendant au communisme, il s'est mis en position de faiblesse. La trousse à outils d'Adam Smith ou de Ricardo n'est pas faite pour expliquer le monde avec ses rapports de forces, ses pesanteurs historiques, ses conflits. De cette imprudente démesure naît aujourd'hui la déception. Combien d'esprits n'en viennent-ils pas à prétendre que le communisme et le libéralisme sont également morts! Ce sont souvent les mêmes qui proclamaient, en 1990, avec la même certitude, le triomphe définitif du capitalisme et du marché... En réalité, comme système global d'analyse, le libéralisme est invalide : il n'intégrera jamais l'épaisseur de l'Histoire; comme philosophie du fonctionnement des sociétés, il a son avenir devant lui; comme idéologie du marché, il se heurtera à des réalités qui résistent. Si le marché est l'état de nature de la société, il peut fonctionner de diverses façons : de la plus convenable, sous l'empire des principes libéraux, à la plus sauvage, en l'occurrence le modèle russe, sans compter les variantes étatique, autoritaire et autres.

Autre idéologie d'ordre mal en point : la rationalité technocratique. Elle n'a jamais prétendu officiellement à un statut idéologique, mais derrière cette modestie apparente, elle a imprégné les sociétés occidentales, au moins autant que le libéralisme. Le monde est rationnel; les problèmes ont tous une solution; des experts bien formés peuvent toujours la trouver; dotés d'un tel savoir, ils ont vocation à diriger la société... Ce sophisme, depuis des décennies, gouverne l'Occident. Les technocrates ne sont pas des produits purement français. Aurait-on oublié Mac Namara et sa culture Rand Corporation qui, avec sa théorie des dominos, aura entraîné les États-Unis dans la guerre du Viêt-nam? Avons-nous passé par pertes et profits Helmut Schmidt, avec ses certitudes conceptuelles et mécanistes, qui croyait comme son ami Giscard d'Estaing, que l'intelligence suffit à maîtriser les affaires du monde? Omettrions-nous l'immense corps social, bureaucratique et technicien, qui gouverne les grandes entreprises? Il aura fallu un cataclysme pour qu'IBM essaie de s'évader de cette culture.

La France est évidemment bien placée sur ce terrain-là, avec ses hauts fonctionnaires tous convaincus de l'existence, à la fois d'une rationalité supérieure, et d'un intérêt général, ce qui confère une double légitimité de compétence et de statut à leur pouvoir. Cette quasi-idéologie s'effondre, elle aussi. Sous les coups du marché qui, faisant prévaloir le désordre naturel, réduit l'espace pour des structures trop bien dessinées. Sous le choc, à nouveau, de la disparition du communisme, dont la démarche technicienne était devenue, à l'Ouest, le reflet. Ce n'est pas un hasard si les grandes institutions françaises technocratiques – commissariat au Plan, direction de la Prévision, INSEE – ont été enfantées par des hauts fonctionnaires, anciens compagnons de route du parti communiste : ils avaient perdu en chemin la vulgate marxiste mais gardé le sens du progrès, le goût de l'organisation et le culte de la raison. Sous les leçons, surtout des échecs que la rationalité technocratique n'a cessé de connaître : les affrontements avec l'Histoire se terminent toujours mal pour elle. Elle n'accepte pas l'idée qu'il demeurera toujours des conflits sans solution, des pesanteurs insoupçonnées et un acteur encombrant, l'irrationalité.

Face à des questions du type du Moyen-Orient, la rationalité technocratique avait, depuis longtemps, baissé les bras. Elle apprend à capituler sur d'autres terrains : aux prises avec des emballements inattendus de l'opinion, des réactions de violence, la résurrection des fantasmes ethniques et tant d'autres réalités qui lui sont insupportables. Elle a perdu, au passage, de son crédit : qui oserait encore proférer des prophéties sur l'avènement d'une société technicienne et rationnelle, que l'intelligence suffirait à réguler ? Pensée binaire, elle est condamnée pour cette raison : le nouveau Moyen Âge exige une idéologie à plusieurs dimensions, avec une profondeur historique et qui soit capable de prendre en charge la complexité. Sans elle, gare au désenchantement du Monde !

Privés de nos idéologies traditionnelles, nous risquons de nous croire condamnés à une nouvelle barbarie : celle-ci nous apparaît comme le corollaire naturel du désordre. La menace est là, et le nouveau Moyen Âge se glisse, de ce point de vue, dans le fil de l'ancien. Non seulement les barbaries les plus classiques refont surface. Mais bien d'autres s'y ajoutent : les ratés de la biologie, les dérapages de la science, les blessures portées à l'environnement, l'insupportable mode de vie urbain poussé jusqu'à son paroxysme de São Paulo à Mexico, la nouvelle pauvreté.

Pour un esprit négatif, le champ ouvert au pessimisme est sans limites. Ce ne serait ni grave ni surprenant, si nous disposions par ailleurs d'une vraie armature intellectuelle et idéologique. Les croyances au progrès, la conviction qu'existe un optimum, la certitude d'avancer vers une société mieux régulée : autant d'antidotes qui font aujourd'hui défaut. Le premier Moyen Âge avait la foi ; il y trouvait sa cohérence ultime. Le second ne bénéficie pas d'une telle clef de voûte ; livré à lui-même, il risque de voguer de déceptions idéologiques en nouvelles barbaries, de nouvelles barbaries en doctrines malfaisantes. Remarquant que la solidarité et la barbarie se livraient un combat incertain, et qu'il en résultait une instabilité de l'Histoire, Edgar Morin [1] se rassurait en pariant sur l'improbable. Puisque des processus majeurs semblent conduire à la régression, il demeure, à ses yeux, la conviction que ceux-ci sont seulement probables, et que « l'espérance » réside donc dans l'improbable. Et d'appeler à l'appui de ses dires la victoire d'Athènes sur les Perses, la survie de la France sous Charles VII, l'effondrement de l'empire luthérien, la disparition de l'empire stalinien ! Étrange pensée qui témoigne, chez cet intellectuel hyperrationnel, d'une quête

1. Dans *Le Monde* du 21 avril 1993.

inavouée de Dieu ! Que représente donc d'autre cette surprenante « Espérance » à laquelle se voient confier tous les attributs de la Providence ? Existerait-il meilleure confirmation du fait qu'un Moyen Âge sans Dieu est bien désemparé ?

Ce n'est pas la résurrection du nationalisme, fût-ce avec sa figure la plus respectable, qui suffira à combler le vide. Même quand il ne témoigne pas d'une raison au plus bas [1], il ne réussit pas à résoudre tant de questions sans réponse... Passer de l'internationalisme optimiste au rêve de la nation protectrice est un commode faux-fuyant. Puisque les nations ont su résister au communisme, ne portent-elles pas en elles la plupart des vertus ? Et, dès lors, pourquoi ne pas y voir la communauté de base, la référence ultime, la réponse naturelle ? Quitte à faire l'impasse sur la manière de lier les patries familiale, régionale, nationale, européenne. Se ressourcer dans les réflexes du passé ne convient pas. Il existe aujourd'hui autant de patries pour un individu que d'adhésions, autant d'adhésions que la société a de dimensions. C'est peut-être la différence la moins visible et néanmoins la plus essentielle entre un Moyen Âge et l'autre. Autrefois, avec la communauté de base et Dieu, l'individu était armé pour affronter un monde sans perspective de progrès. Ces références disparues, c'est le mythe du progrès qui les a remplacées. Lui à son tour condamné, – ce qui sonne le glas des Temps Modernes auxquels il s'identifiait –, impossible de parcourir le chemin à l'envers. Dieu nous revient, sous forme de fanatismes et d'irrationnel : il mérite mieux... Et la communauté de base se prétend le seul ancrage possible, alors qu'elle n'arrive pas à saisir l'individu dans sa diversité. Inutile donc de chercher, dans cette voie-là, de nouveaux mythes fondateurs, sauf à pousser l'idée de nation jusqu'à

1. Cf. *supra*, chap. 4 : « La raison au plus bas ».

son terme, passer d'un nationalisme de raison à un nationalisme de combat et ajouter de la sorte de nouveaux ferments au désordre qui menace.

Il n'est pas plus efficace de se réfugier derrière les « Lois » de l'Histoire. La tentation est elle aussi naturelle : si le monde n'est pas dominé par l'idée de progrès et puisqu'il ne saurait être indéchiffrable – postulat de départ! –, existent des lois, plus ou moins cachées de l'Histoire. Avec plusieurs variantes. La première, déterministe, suppose que l'Histoire avance d'une manière plutôt positive : à peine chassé par la porte, le progrès essaie de la sorte de rentrer par la fenêtre. La deuxième, marquée au coin du scepticisme, postule le principe de répétition : la nature humaine étant intangible, les situations ne cessent de se reproduire et l'Histoire se contente d'enregistrer cette permanence, quitte à la camoufler, en trichant sur les circonstances et les personnes. La troisième, qui se veut l'héritière de l'indéterminisme, désormais si triomphant dans les sciences physiques, admet que l'Histoire est, pour l'essentiel, aléatoire, que les constantes sont moins nombreuses que les bifurcations, que l'incertitude domine, mais que les hommes n'ont guère de prise sur elle : c'est la résurrection, dans un monde intellectuel dominé par le langage des sciences humaines, du bon vieux fatalisme.

Afin de ne pas paraître trop négative, cette approche-là s'accompagne de l'éloge des crises : ce sont elles, en effet, qui offrent les bifurcations, qui permettent l'action, qui ouvrent le jeu. N'entend-on pas désormais des hommes publics tenir un discours positif sur les crises, vanter les mérites de la table rase et, au lieu de s'en inquiéter, comme leurs prédécesseurs, y voir l'occasion de dépasser les blocages de la société et d'agir ? Étrange manière d'avouer leur impuissance quotidienne, en faisant fond sur l'accident!

Quitte à appeler à la rescousse toutes les pensées les plus sécurisantes : la cybernétique, la théorie des chaos et autres thèses, vérifiées pour le jeu des électrons et des atomes et qu'un coup de baguette magique transforme en pensée sur la société, en doctrine d'explication du monde, en philosophie du cosmos ! Ce n'est pas non plus avec ce viatique-là que nous traverserons le nouveau Moyen Âge. Proclamer le retour de l'Histoire ce n'est pas lui attribuer des vertus miraculeuses : automaticité, répétition, innovation, voire intelligence.

Les sociétés contemporaines ne facilitent pas la tâche de ceux qui quêtent une nouvelle idéologie. Elles n'échappent pas en effet à un mystère lié au fait qu'elles sont à elles-mêmes, leur propre finalité. Du temps où elles étaient structurées en ordres, le principe hiérarchique en rendait aisément compte. Lorsque les classes sociales se sont imposées, une philosophie du conflit pouvait espérer les prendre en charge : le marxisme a rempli ce rôle. Aujourd'hui, qui peut prétendre connaître le ressort ? L'ascension de l'opinion publique est, de ce point de vue, révélatrice : le passage tacite de la classe ouvrière, comme force motrice, à l'opinion n'est pas neutre. La première était supposée incarner une eschatologie et chacune de ses victoires constituait un pas en avant vers les lendemains qui chantent. La seconde connaît-elle des succès ? Fait-elle corps avec une utopie ? Vers quel objectif tend-elle ? Elle n'existe que pour elle-même. Et d'ailleurs existe-t-elle ? Si les sondages disparaissaient soudainement de la scène, que resterait-il de l'opinion ? Ils en postulent l'existence et ce préalable posé, la mettent en valeur. Sans eux, elle serait insaisissable et relèverait de la promenade des députés sur les marchés, comme sous la Troisième République. Certes, fidèles à un tour de passe-passe qui leur a, depuis des décennies, réussi, les médias prétendent incarner l'opinion, ce qui est évidemment plus confortable que d'avouer leur désir de l'influencer. Mais ils ne pourraient se livrer aussi facilement à ce jeu-là, si d'immenses batteries chiffrées ne venaient régulièrement donner la tension, le pouls et les mille autres paramètres du malade.

L'opinion a évidemment sécrété ses gourous, ses oracles et ses prêtres qui en affirment l'existence avec d'autant plus de sérieux qu'elle constitue leur gagne-pain : les meilleurs d'entre eux en font même une figure éthérée, à l'instar du marché pur et parfait chez les théoriciens libéraux. Le mythe une fois établi, les élites n'ont plus qu'à capituler : elles doivent exécuter ce que l'opinion souhaite. Inutile de la précéder : elle se vengera. Inutile de l'influencer : elle résistera. Faire corps avec elle, telle est désormais la maxime d'action. Poussée jusqu'à son paroxysme, cette approche aboutit au discours de Joué-les-Tours de Michel Rocard : celui-ci n'affirmait-il pas que les seules réformes à la portée de l'homme public étaient celles que l'opinion avait d'ores et déjà acceptées ? Autre manière de définir le degré zéro de la politique. À l'aune de cette philosophie, il n'y a place ni pour les pédagogues, ni pour les hommes d'État, ni pour les hommes d'influence.

L'opinion est. Depuis combien d'années n'avait-on vu un postulat établi avec autant de certitude ? L'économie ne se permet plus de telles arrogances, ni la réflexion philosophique, ni même les théologies les plus modernes. Si l'opinion est, il n'existe d'autre alternative que de s'y soumettre : on croirait entendre les libéraux du dix-neuvième siècle établir l'inéluctabilité du mode de fixation des prix dans un marché pur et parfait. Un tel animal social, l'opinion, ne prédispose pas au renouvellement idéologique. Encore faudrait-il savoir d'où elle vient, où elle va, ce qu'elle rêve, ce qu'elle tolère ? Mesurer ses vibrations n'indique ni ses aspirations, ni ses conflits internes, ni, malgré les apparences, sa dynamique. À travers elle, c'est la société elle-même qui devient insaisissable : quels sont ses ressorts, ses pulsions, ses tensions ? L'IFOP ou la SOFRES ne nous l'apprendront guère.

Une telle société ne facilite pas l'aggiornamento idéologique : à force de s'identifier à cette pseudo-opinion, elle devient un non-être. Ce n'est pas elle qui, de son propre mouvement, accouchera d'une nouvelle vision du monde : avec sa tendance à tout ramener à un plus petit commun dénominateur, elle pousse aux pensées molles, aux idées rassurantes, aux philosophies du statu quo. Ce sont les minorités agissantes, les visions prophétiques, les coups de dés politiques qui font bouger le monde, et non les batteries de sondages : elles expriment, par construction, un point d'équilibre. À force de pratiquer cette étrange forme de narcissisme collectif auquel s'identifie le culte de l'opinion, les sociétés contemporaines bannissent la déviance, l'originalité, la création. Elles n'ont plus ni dieux, ni mythes, ni symboles, mais au mieux des désirs chiffrés. Cela ne fabrique pas le plus dynamique des êtres sociaux.

Mais toute médaille ayant évidemment son revers, de telles sociétés offrent, en revanche, une formidable capacité d'absorption. Elles avalent les traumatismes, les bouleversements, les chocs, les tensions avec un incroyable naturel : les phénomènes de rejet ont tous disparu. Il n'existe plus, à la limite, de vraie opposition : tout est, à terme, récupéré, réingéré, réutilisé... Même quand elle fait la révolution comme en Italie, l'opinion demeure insaisissable et la société mystérieuse. Si les intellectuels se sont effacés du débat public, ce n'est ni par le seul désir d'expier leurs erreurs passées, ni par un désintérêt soudain pour la chose publique, mais peut-être parce que la société n'est plus « pensable », ce qui les prive de leur fonds de commerce traditionnel. Phénomène qui s'identifie, une fois de plus, à la fin des Temps Modernes : qu'a-t-on fait d'autre depuis trois siècles que de penser la société telle qu'elle est, afin de l'imaginer telle que nous la souhaitons ? De ce point de vue, la pièce s'achève. Rideau.

Rien n'est plus illusoire, dès lors, que de bâtir le cahier des charges d'une nouvelle théorie et à partir de là d'une nouvelle idéologie. Ce doit être une pensée complexe. Fort bien : à quoi mènent, de ce point de vue, les tentatives les plus ambitieuses, telle « la méthode de la méthode » d'Edgar Morin pour déboucher, au terme de deux mille pages exceptionnellement intelligentes et travaillées, sur la conviction que tout est dans tout, et réciproquement ? Ce doit être une réflexion multidimensionnelle. Certes : une fois postulée l'urgence de mêler l'économie, la sociologie, l'ethnographie, la science politique et l'histoire, qu'aura-t-on réalisé de concret, sauf à rêver de géants intellectuels qui n'existent pas ? Leur absence n'est peut-être pas fortuite : ce genre d'additions entre des savoirs aussi divers correspond sans doute à ce que les mathématiciens appellent un ensemble vide. Ce doit être une philosophie de l'action. Bien sûr : au nom de quels objectifs, avec quel point ω, puisque les anciens ont disparu ? L'idée même de progrès est consubstantielle à ce genre d'idéologies. Elle effacée, comment pallier cette absence ? Ce doit être une théorie aussi sophistiquée que le marxisme était sommaire, aussi attachée au spirituel qu'au matériel, aussi ouverte que le communisme était totalitaire, aussi englobante que lui, mais cette fois-ci à bon escient et au nom des valeurs morales qui nous gouvernent... Bonne chance, messieurs les prescripteurs !

La fin des Temps Modernes ne donnera pas naissance à une filiation intellectuelle, telles les Lumières. Nulle part ne se manifestent les symptômes d'une révolution idéologique : idées nouvelles qui naissent simultanément en plusieurs endroits, agitation culturelle, débats contradictoires, ces « cent fleurs » qui brutalement se cristallisent en une vision du monde. Émietté, le nouveau Moyen Âge devra s'accommoder d'idéologies elles aussi émiettées. Aucun système englobant ne lui donnera de cohérence. Il nous faut donc bricoler et nous bâtir une boîte à outils conceptuels, faite de bric et de broc, mais qui nous permette de traverser les périodes de forte turbulence. Ce bricolage commence par quelques préceptes de base.

Premier précepte : le marché est un état de nature de la société, mais le devoir des élites est d'en faire un état de culture. Faute de normes juridiques, dans les sociétés développées comme dans les autres, il tourne à la jungle, s'assimile à la loi du plus fort et fabrique la ségrégation et la violence. C'est parce qu'il fait corps avec le fonctionnement le plus primaire des sociétés que le nier est une idée contre nature; le communisme l'a abondamment prouvé. Mais à l'inverse, il faut toujours avoir à l'esprit que livré à lui-même, il va jusqu'au bout de ses propres excès.

Deuxième précepte : l'Histoire ne se répète pas mécaniquement, mais elle fabrique des constantes, comme disent les physiciens. Constantes de comportements; constantes de risques; constantes d'attitudes. Les connaître est un des rares moyens, non pour conjurer les aléas, mais pour s'y préparer : les crises ne se prévoient pas, mais la compréhension de celles qui se sont déjà produites constitue le meilleur entraînement possible.

Troisième précepte : une part de plus en plus grande de la réalité résiste à la mainmise des institutions et des États traditionnels; le savoir ne signifie pas l'accepter mais témoigne de l'obligation pour des élites responsables d'avoir à l'esprit les limites de leur action : un champ grandissant leur échappe, à l'intérieur des frontières nationales comme à l'extérieur.

Quatrième précepte : les situations instables ont une tendance naturelle à dégénérer. L'entropie n'a pas toujours été une fatalité : quand existaient des systèmes de pouvoir solides et des idéologies conquérantes, elle pouvait même disparaître. En revanche une fois ces garde-fous abattus, elle redevient une loi naturelle : l'instabilité, en particulier sur la scène internationale, s'aggrave. De là l'impossibilité, pour des responsables lucides, de faire le pari du statu quo et de l'inaction. Il faut, au contraire, manifester une énergie et une imagination démesurées, afin d'empêcher que se déclenche un engrenage fatal.

Cinquième précepte, enfin : nous entrons dans un monde qui ne nous fera plus le cadeau de principes solides de cohérence. Ni religieux : l'ancien Moyen Âge était, de ce point de vue, plus confortable. Ni impériaux : il n'existe plus de puissance susceptible de donner, seule, le tempo au reste de la planète et de le faire adhérer à son propre modèle. Ni idéologiques : l'idée de progrès, comme « ultima ratio », n'aura pas d'héritière ; le progrès n'a certes pas disparu, ni surtout la croyance en lui mais ce sont désormais des convictions parmi d'autres, offertes sur le marché des idéologies. Ni culturels : le modèle américain manipule les symboles, comme s'il était dominant, mais des pans entiers du monde lui résistent, en particulier en Asie. Ni économiques : les réalités industrielles et financières doivent à nouveau cohabiter avec des faits historiques et des pesanteurs stratégiques, qui leur interdisent de déterminer, seules, le fonctionnement de nos sociétés.

Comment agir avec ces préceptes frustes pour viatique ? Suivant une vieille question que Lénine nous a léguée, que faire ? Au moins ces principes bricolés permettent-ils de fonder une action au nom de tous les ressorts possibles de l'âme. Ils ne sont étrangers ni à ceux qui se réclament d'une espérance, d'une conviction au progrès de la société, ni à ceux que meut exclusivement l'égoïsme, ni à ceux qui avancent au nom du pessimisme actif. S'il faut des lettres de noblesse à ce genre de vade-mecum, Camus nous les avait fournies, lorsqu'il réclamait « une pensée politique modeste délivrée de tout messianisme et débarrassée de la nostalgie du paradis terrestre », au nom d'un « optimisme dans le relatif » qui ressemble, à sa manière, à notre pessimisme actif. Seuls les incorrigibles optimistes n'y trouveront pas leur compte, puisqu'ils croient à l'apaisement naturel des conflits. Ils n'acceptent ni le tragique de l'Histoire, ni au minimum l'hygiène intellectuelle de réfléchir, comme si l'Histoire était tragique.

Quant à l'action elle-même, elle sera au fil du temps aussi modifiée que notre vision du monde. Au débouché des philosophies d'ordre, socialisme, libéralisme doctrinaire, rationalisme technocratique, se dessinait une méthode de gouvernement : pour les hommes d'État, mais aussi pour l'ensemble de ceux qui exercent un commandement. Elle était naturellement fondée sur l'exercice de l'autorité, au nom d'une légitimité supérieure : les lendemains qui chantent, l'optimum économique, la compétence. Forts d'un État efficace, les Français se sont toujours sentis à l'aise dans ce système de direction. Rien ne permet, à l'aube du nouveau Moyen Âge, de continuer à agir de la sorte, puisque les principes fondateurs se sont tous volatilisés. Ce serait même contre-productif : il ne s'agit plus de construire le progrès à coups de serpe, mais d'éviter les dérapages et de garder stables nos sociétés. Derrière leur modestie apparente, ce sont des objectifs peut-être plus ambitieux, car moins illusoires, que l'édification du socialisme dans un seul pays ou le bien-être indéfini de la classe moyenne. De là un comportement à plusieurs dimensions, ce qui rend plus difficile qu'autrefois le sens du commandement.

Gouverner, ce sera d'abord pratiquer l'art du gouvernail, c'est-à-dire moins de diriger que de se diriger dans un ensemble de contraintes et d'effets indirects. Puisque nous le savons désormais, tout acte finit par échapper aux intentions de son auteur, avec à l'arrivée, des rétroactions imprévisibles, impossible de se fier aux vieilles méthodes : un objectif, une démarche, des moyens. Les effets pervers prennent de plus en plus le pas sur les effets directs, les chocs en retour sur les actions initiales, les accidents inattendus sur les affrontements programmés. Avec l'imprévu pour toile de fond à la place du progrès, les boussoles ont changé.

Le commandement suppose de prendre en compte des effets multiples, d'être capable de réagir au moindre signal d'alerte, de modifier la trajectoire aux premières perturbations. Cela n'a rien de commun avec la bonne vieille quête du consensus d'autrefois : celui-ci postulait, à chaque étape, un compromis entre des forces antagonistes et, celui-ci obtenu, il suffisait de s'y tenir sans autre initiative. Aujourd'hui, les forces adverses sont à peine discernables; un accord entre elles, aléatoire et fragile, et l'immobilité qui finit toujours par résulter du consensus, inconcevable. De même cette gestion à la godille ne ressemble-t-elle ni à l'empirisme le plus classique, ni à l'opportunisme traditionnel. « Ce ne sont pas les girouettes qui tournent, c'est le vent » prétend un mot, sans doute apocryphe, d'Edgar Faure. Impossible de se fixer, désormais, à ce précepte : il suppose implicitement que rien ne vaut rien, que la société continuera de progresser cahin-caha et qu'aucun accident grave ne la menace.

L'opportunisme suppose un système sans entropie. Ceci dessine a contrario les difficultés de la méthode du gouvernail. Le cap n'est pas clair ; il change souvent, au nom du même objectif ultime : éviter les dérives. L'autorité trop traditionnelle entraînerait des effets secondaires qui seraient dramatiquement nuisibles à la manœuvre. Une tendance trop accentuée à accepter les « feed-back », aboutirait rapidement à l'impuissance. Il en résulte un art étrange fait de fermeté et de souplesse, de rigidité et d'esquive, en perpétuel mouvement et néanmoins inflexible sur quelques points cardinaux. Il doit faire sien un double impératif, qui s'imposait moins du temps des pensées d'ordre : l'imagination et le goût du risque. Parce que l'instabilité gagne, la politique des petits pas finit souvent par ressembler à celle du « chien crevé au fil de l'eau ».

Arrêter l'emballement des événements suppose d'abord de l'imaginer, ensuite d'en anticiper les étapes possibles, enfin de prendre des initiatives qui fassent tourner la table et bousculent l'ordre, d'une façon qui peut sembler imprudente à courte vue et dont les justifications n'apparaissent qu'a posteriori. Avec d'ailleurs une grande injustice dans les jugements : si la prévention réussit, elle s'efface et nul ne sait quelle initiative nous a préservés d'un drame qui ne s'est pas produit. Si, demain, les hommes d'État occidentaux vivent avec, telle une obsession, la conscience d'un affrontement probable entre la Russie et l'Ukraine, ils peuvent être conduits à des initiatives inexplicables sur l'instant – puisque leur motivation profonde est inavouable –, et qui, si elles éloignent le danger, le demeureront, puisque lui disparu, jamais ne s'établira à l'avenir la moindre relation entre les deux phénomènes. C'est de cet ordre-là que relèvent, nous l'avons vu, tous les gestes destinés à mieux arrimer l'est du continent à l'Ouest et à donner un cadre d'une solidité à toute épreuve aux relations franco-allemandes. C'est beaucoup demander aux élites que de pratiquer une gestion au gouvernail qui n'ait rien de commun avec la recherche du consensus et simultanément de mettre l'imagination au pouvoir. Le tout avec pour viatique les principes nés d'un pessimisme actif.

Le nouveau Moyen Âge accouche, une fois de plus, d'un paradoxe. L'action politique classique est dévalorisée au même titre que les philosophies fondées sur le progrès. Et simultanément l'ambition politique semble encore plus indispensable, afin de lutter contre les risques d'entropie, mais elle ne trouve aucun vrai soubassement idéologique ou théorique, hormis quelques réflexes de bon sens. De ce point de vue, la fin des Temps Modernes est un virage difficile à négocier. Elle s'identifie, intellectuellement, à une relative table rase; elle multiplie les illusions et les faux-fuyants et elle exige des responsables une ascèse permanente. Ascèse liée à l'impossibilité de s'appuyer sur une « Weltanschauung » optimiste. Ascèse née de l'obligation d'agir au nom d'une vision peu motivante, le pessimisme actif. Ascèse indissociable d'un devoir moral des élites qui ne trouve son fondement dans aucune religion révélée. Ascèse accentuée par la conscience qu'un monde complexe et ingouvernable exige non de baisser les bras mais d'intervenir davantage.

Face à ces nouveaux enjeux, les pays occidentaux ne sont pas tous dans la même situation. Pour certains, la fin des Temps Modernes est idéologiquement plus lourde. C'est, à l'évidence, le cas de la France. Du cartésianisme aux Lumières, des Lumières à l'eschatologie jacobine, elle a fait corps, plus que d'autres, avec l'idée même d'un progrès indéfini. Son mode de fonctionnement y poussait avec son État tutélaire, ses élites imprégnées d'une mystique de l'intérêt général, ses fonctionnaires promus au rang de prêtres laïcs, son système politique qui a souvent flirté avec une forme démocratique de despotisme éclairé, ses intellectuels convaincus d'être des missionnaires de l'esprit, son culte de la rationalité technocratique. Voilà un pays longtemps à l'aise dans les visions mécanistes de l'Histoire et peu porté au jeu complexe des aléas et de l'indétermination. Mais malgré cette apparente inadéquation idéologique et à rebours de cette impression, il dispose d'autres atouts dans cette période où le trouble devient la mesure et l'incertitude le quotidien. Il existerait même à l'extrême une grâce française.

CHAPITRE 10

LA GRÂCE FRANÇAISE

La France semble, en apparence, une victime de la fin de la guerre froide. Rentière de Yalta, elle en avait tiré les avantages maxima : à l'abri du parapluie nucléaire américain, elle pouvait jouer, sans risque, à la grande puissance et s'affirmer comme un géant sur un continent européen réduit par le rideau de fer, à la portion congrue, et avec pour partenaire une Allemagne inhibée par la partition et le poids du passé. Après avoir mené, un temps, cette politique avec l'orgueil d'un acteur indépendant, elle s'est rendu compte que la construction communautaire pouvait lui offrir un exceptionnel levier d'influence et elle s'est muée en maître d'école de la classe européenne. La société française s'est mobilisée au service de cette politique de leader européen, souvent sans le savoir : le choix en 1983 de la rigueur économique témoignait moins, de la part du gouvernement, d'une découverte brutale des règles de bonne gestion que du souci de préserver la position de la France en Europe ; la « désinflation compétitive » – suivant l'expression en vigueur – l'aura confortée, en même temps qu'elle essayait de purger les acteurs économiques de leurs habitudes laxistes.

Cette rente a disparu le 9 novembre 1989, le jour de la chute du Mur. Le vague à l'âme s'est immédiatement manifesté à Paris, qui s'identifiait au sentiment collectif de voir disparaître une situation confortable. De là le manque d'élan pour approuver le processus allemand d'unification : il témoignait moins de la permanence d'une vieille angoisse – « J'aime tellement l'Allemagne que j'en préfère deux » suivant le mot de François Mauriac – que de la déception de perdre une position miraculeuse. Si, conformément aux prophéties des optimistes impénitents, la disparition du communisme avait représenté un pas en avant vers la paix universelle, le prix à payer par la France aurait été élevé : perte d'influence en Europe, disparition de l'atout nucléaire, banalisation économique dans un immense marché continental, effacement de toute autonomie de décision, diminution de notre capacité politique d'initiative.

Avec un décalage sur la réalité de deux ou trois ans, les Français sont, dans leur grande majorité, convaincus de cette « diminutio capitis » : ce sentiment joue un rôle dans leur déprime actuelle, à côté des incertitudes économiques et sociales. Combien de livres, d'articles, de propos, parmi les leaders d'opinion, sur le thème : la fin de Yalta sonne le glas de l'illusion gaulliste et donc de la croyance que la magie du personnage avait imposée, en l'éternelle grandeur française ! Combien d'affirmations et de discours à propos du rétrécissement de la France, devenue une puissance moyenne à l'ouest du continent ! Combien de jugements sur le même thème, de la presse anglo-saxonne, trop heureuse de signer l'acte de décès de la spécificité française ! L'opinion publique possède, chez nous, la même propention à l'autohumiliation qu'à l'autoglorification : elle retrouve depuis l'unité allemande cette première veine que le retour, depuis 1958, du mythe de la « grande nation » – suivant l'expression sarcastique des intellectuels allemands du dix-neuvième siècle – lui avait fait oublier au profit de la seconde.

À l'aune du nouveau Moyen Âge, il n'existe pas de « diminutio capitis » française. Bien au contraire! Étrange paradoxe psychologique : ceux qui font preuve d'optimisme sur la marche du monde ne devraient manifester que du pessimisme à l'égard de la France; les pessimistes, au contraire, devraient parier, par comparaison, sur notre pays et le considérer avec optimisme. Une fois dissoutes les naïvetés des années 89-90 sur la paix conquérante, l'unification mondiale autour des valeurs de l'économie de marché, la victoire définitive de l'Occident, cette « fin de l'Histoire » dont tout le monde se gausse aujourd'hui après y avoir, sur l'instant, adhéré; une fois disparues donc ces scories, le point de vue se renverse. Avec, pour toile de fond, le flou, les spasmes, les aléas, l'avantage revient naturellement aux pays les plus stables, les mieux organisés et, bien sûr, les plus protégés des secousses à venir. Il apparaît, de ce point de vue et à rebours de tous les préjugés en circulation, une grâce française : elle tient, pour une large part, à la pérennité de notre État-nation et à son aptitude à traverser, mieux que les autres, les bourrasques. Dans un monde de tensions et de conflits, c'est un exceptionnel avantage : il ne se chiffre pas, à la différence des acquis exclusivement économiques, mais il se pèse en influence, en sécurité relative, en puissance.

Ainsi, par une ruse des événements, cet État-nation si décrié, devient notre premier atout. Que les nationalistes de tous poils se dispensent de triompher sur le thème : nous l'avions toujours dit! Que les maurrassiens de droite et de gauche ne cherchent pas dans ce retournement, la preuve par neuf de leur intuition stratégique! Aussi longtemps que le communisme régnait, et donc que l'unification de l'Occident avançait sous la férule du marché, le culte de l'État-nation était archaïque : c'était un combat d'arrière-garde. Du temps où Brejnev trônait à Moscou, il fallait être girondin à Paris; dès lors que la Russie est devenue un trou noir et que l'an 2000 nous ramène, mutatis mutandis, au Moyen Âge, il faut redevenir jacobin à Paris. Versatilité ? Il serait absurde de juger les mérites de l'État-nation à la française avec les mêmes critères dans des circonstances aussi opposées. Pour ceux qui sont convaincus de vivre un bouleversement de l'Histoire, aussi essentiel à sa manière que la Renaissance, il existe un seul devoir : réexaminer toutes leurs conceptions à cette lumière-là. Quant aux autres, s'ils sont persuadés que chaque jour ne fait que nous livrer son lot de péripéties et que, pour l'essentiel, le monde va vers la stabilité et l'ordre, ils peuvent se contenter de leurs habitudes de pensée antérieures.

Nous voilà donc, pour certains d'entre nous, jacobins par la grâce de ce communisme moribond, après avoir été girondins en réaction à une centralisation qui, toutes proportions gardées, multipliait les ressemblances avec le même communisme victorieux! C'est une chance sans égale de disposer d'un État-nation unitaire de cinquante-huit millions d'habitants dans une Europe qui devient le continent du désordre et à un moment où la plupart des autres États sont sur la défensive, envahis par la marée des zones grises! Étonnant parallélisme, une fois de plus, entre les deux Moyen Âge : la France n'a bénéficié d'une telle rente de situation que pendant le premier Moyen Âge, quand elle était la plus construite institutionnellement, la plus peuplée, la plus étendue. L'émiettement des autres nous fait grandir. Dit en termes provocateurs, un Land de cinquante-huit millions d'habitants n'est-il pas surpuissant dans une Europe qui ressemblerait à un Saint-Empire romain-germanique élargi vers l'Ouest ? Land, un mot à faire pâlir chacun... Ce n'est évidemment pas d'un « anschluss » qu'il s'agit. L'Allemagne s'éloigne chaque jour davantage du modèle unitaire :

les différences s'accentuent entre les Länder de l'Ouest; elles s'exacerbent évidemment entre eux et les Länder de l'Est; elles culminent a fortiori dans la prise en charge de la Mitteleuropa. Le poids français ne se mesure pas par rapport à une grande Allemagne symbolique et irréelle, mais bien davantage par rapport à chacun des Länder ou à des regroupements implicites de Länder qui reconstitueront de la sorte les vieilles principautés allemandes.

Plus l'Europe s'émiette, prisonnière du marché qui la domine et des micro-communautés qui s'émancipent, plus la France, unitaire et centralisée, apparaît forte. À l'âge des villes-États, des régions en quête de souveraineté, des empires flous, d'une Russie en mille morceaux, comme lors du premier Moyen Âge, elle semble un point d'ancrage du continent. La comparaison, au sein de la Communauté joue à son avantage : mis à part les petits pays à forte identité – Pays-Bas, Danemark, Luxembourg –, l'État-nation à la française paraît plus consistant que l'ensemble allemand, moins travaillé par le séparatisme que le Royaume-Uni ou l'Espagne. Et ce en laissant de côté les pays menacés d'éclatement, Italie et Belgique.

Le séparatisme en effet? Une tentation pour les autres. Hormis les difficultés sans cesse accrues de la Corse qui sont en train de la ramener du rang de département métropolitain à celui de département d'outre-mer, l'État ne subit en fait qu'une seule forme de séparatisme : la prise en charge du Sud-Est par la société illégale. Mais c'est un irrédentisme qu'il est mieux à même de combattre que ne le feraient les autres États membres de la Communauté, moins structurés et davantage contestés.

Le régionalisme? La décentralisation aura certes fabriqué des potentats locaux au regard de nos traditions, qui faisaient jusqu'alors tout procéder des préfets, mais comparés aux ministres-présidents des Länder, aux présidents des généralités espagnoles, aux présidents des régions italiennes, ce sont des nains. Faut-il, pour autant, poursuivre la politique décentralisatrice, comme si de rien n'était ? C'est sur ce point que le girondin de la période Brejnev devient un jacobin prudent. Lorsque cette politique a des finalités fonctionnelles, rendre plus efficace, par exemple, l'énorme appareil de l'éducation et de la formation, pourquoi l'interrompre ? Lorsque par le regroupement des régions, elle prétend fabriquer des entités de rang européen, gare ! La plus grande région d'Europe, c'est la France : pourquoi la diviser en pseudo-Länder ? Nous avons refusé la tentation fédérale, lorsque nous aurions pu nous l'offrir sans risque. Inutile de flirter avec elle, quand nous avons la chance d'être les seuls en Europe à ne subir aucune pression, en ce sens, de l'opinion.

La citoyenneté ? La machine française à assimiler demeure, malgré ses ratés, la plus efficace d'Europe : elle est mieux armée que les autres pour encadrer les migrations qui s'annoncent. C'est pourquoi il nous faut résister à la tentation, qui se manifeste souvent, de reconnaître au sein de la nation l'existence de communautés ethniques différentes. Le problème se pose dans les mêmes termes que pour la décentralisation. Aussi longtemps que le communisme garantissait la cohérence du monde occidental, il était légitime de chercher à aérer une organisation trop rigide : rien d'essentiel n'était menacé et le pays pouvait y trouver davantage de souplesse dans son fonctionnement. C'était évident pour le renforcement des régions ; ce pouvait l'être pour les communautés d'origine étrangère, en les aidant à affirmer leur identité. Sans aller vers le modèle américain d'intégration, lui emprunter quelques zestes d'autonomie communautaire n'était pas vain. Ce serait aujourd'hui pure folie. Le droit du sol, l'école assimilationniste, les structures sociales poussant à une intégration accélérée : pure aubaine!

La monarchie présidentielle ? Elle aussi, dans un monde incroyablement stable, semblait trop tutélaire et omniprésente : elle étouffait le débat politique national, et le système manquait, comme disent les bricoleurs, de jeu. Dans un contexte aléatoire, aggravé par l'incapacité institutionnelle de la plupart des responsables d'être libres de leurs mouvements, la France échappe à cette fatalité. Si elle ne se manifeste pas dans les affaires du monde, ce n'est pas le fruit d'institutions inhibantes. On ne peut pas à la fois souhaiter, pour elle, un rôle grandissant dans le nouveau Moyen Âge et vouloir lui ôter ses moyens, en l'occurrence un chef d'État investi, pour sept ans, des attributs d'une monarchie républicaine. Mesurons, de ce point de vue, combien empêtrés dans leurs équilibres sophistiqués de pouvoirs et contre-pouvoirs, les autres pays nous envient.

Dans un univers immobile, l'impuissance gouvernementale peut, à la limite, se défendre; dans la partie qui s'annonce, en aucun cas! Alors que le président des États-Unis est obligé de multiplier les compromis avec le Congrès, le chancelier d'Allemagne contraint d'avancer avec toujours en tête les complexités du fédéralisme, le président français est libre d'agir de son propre chef, hormis pendant les parenthèses de cohabitation. Face aux crises, il dispose d'un avantage majeur : se manifester en premier, donc prendre l'initiative et fixer, de la sorte, les règles de la partie. Cette approche, centralisatrice d'esprit, privilégie la capacité d'action de l'État aux dépens d'une démocratie plus parfaite : la France manque de contre-pouvoirs sur le plan interne. Sans doute devra-t-elle inventer un équilibre entre la nécessité de les renforcer – la saisine directe du Conseil constitutionnel par exemple ou la limitation de l'usage de l'article 49.3 – et la préservation des responsabilités internationales d'un chef de l'État heureusement libre d'allure. Dans le monde en train de se mettre en place, l'État-nation devient une anomalie statistique; c'est donc un privilège.

Atout relatif aussi, la situation de la France face à l'immigration. C'est un paradoxe au moment où l'opinion se sent agressée par les mouvements migratoires et se laisse parfois porter à des réflexes xénophobes. Mais, en ce domaine, tout est affaire de comparaisons, puisque l'accélération des migrations participe du nouveau Moyen Âge. Comparaison avec l'Allemagne, nous le savons, qui doit au même moment intégrer dix-sept millions d'immigrés de l'intérieur – les habitants des Länder de l'Est –, des centaines de milliers d'« Allemands de l'extérieur » qui, une fois touché le sol de la République Fédérale, deviennent citoyens allemands par la grâce du droit du sang, de réfugiés en encore plus grand nombre qui tirent parti, même après les dernières modifications, du droit d'asile le plus généreux d'Europe, sans compter la multitude de clandestins venus de l'Est à travers une frontière avec l'Europe centrale aussi poreuse que celle entre les États-Unis et le Mexique.

Comparaison avec les pays latins, Italie et Espagne, anciennes terres d'émigration, soumises brutalement à une immigration de plus en plus forte, puisqu'elles constituent la frontière la plus proche du Maghreb et de l'Afrique : sans expérience, sans tradition, sans structures intégratrices, sans administration compétente, ces États seront de plus en plus tétanisés par le phénomène. Ils ne passeront pas facilement d'une époque où ils réglementaient le droit à la double nationalité afin que leurs émigrés gardent des liens avec la mère patrie, à une autre où ils devront encadrer l'accès à la citoyenneté et, décision majeure, choisir entre le droit du sang et le droit du sol.

Comparaison avec les nouvelles démocraties de l'Est dont les moins pauvres deviennent un havre pour les immigrés clandestins en provenance des plus démunies, avec de surcroît, l'obligation d'accueillir les réfugiés qui fuient la guerre, aujourd'hui dans les Balkans, demain ailleurs. À l'abri de leurs frontières éloignées du champ de bataille, les Français ignorent que depuis le début du conflit yougoslave, des millions de personnes ont été obligées de migrer. Comparaison, aussi, avec la Grande-Bretagne dont le territoire, Commonwealth oblige, demeure ouvert aux habitants de ses anciennes colonies, avec pour conséquence la multiplication des ghettos ethniques. Comparaison même avec les États-Unis dont l'exceptionnelle capacité d'intégration finit par s'essouffler devant l'afflux des Mexicains : ni la signature du grand marché nord-américain quand elle finira par avoir lieu, ni la redéfinition des quotas d'immigration n'ont jusqu'à présent tari le débit des arrivées, en particulier clandestines.

Avec ces réalités en perspective, la situation française paraît presque confortable. Préservée jusqu'à présent de la gigantesque migration Est-Ouest grâce à une Allemagne qui lui sert d'amortisseur, la France n'est confrontée qu'à l'immigration Sud-Nord. Celle-ci n'a pas changé d'échelle, malgré la pression démographique africaine. Elle doit s'affranchir d'obstacles et de distances qui, même surmontables, ne se sautent pas aussi aisément que la frontière tchéco-allemande. Elle est encadrée par des règles juridiques de plus en plus strictes : légale, elle est prise en charge par un système administratif expérimenté ; clandestine, elle se limite, chaque année, à quelques dizaines de milliers d'arrivants. Le phénomène demeure, malgré des secousses psychologiques, maîtrisable. Le sera-t-il toujours ? La pression risque évidemment de s'accentuer, mais la France semble plus à même de la réguler que l'Allemagne celle des immigrants venus de l'Est.

La machine à intégrer continue, en effet, de fonctionner. Même si l'immigration musulmane ne se glisse pas aussi facilement dans les mœurs de la République que les Italiens ou les Polonais, elle finit par être intégrée, fût-ce sur une période plus longue. Citoyenneté, école, tradition culturelle : les instruments de l'assimilation se perpétuent. Face aux bouleversements migratoires, les Français pourraient, chaque jour, se féliciter de leur droit du sol : il leur évite des heurts tels que l'Allemagne peut en connaître, avec, sur son sol, des communautés immigrées toujours plus nombreuses et vouées, ad vitam aeternam, au statut de sous-citoyens. Par un étrange paradoxe, le droit du sol risque de rendre, dans une vision à très long terme, la France plus homogène que le droit du sang l'Allemagne, malgré les objectifs historiquement proclamés de ce dernier. Les immigrés deviendront français ou au moins leurs enfants; et ils seront à coup sûr plus français que les Turcs d'Allemagne ne seront allemands. L'État-nation à la française demeure un formidable moyen pour intégrer et fabriquer de l'identité.

Atout de surcroît, la cohésion économique, sociale et politique de la France. C'est là aussi affaire de comparaison. Dans une Europe qui devient chaque année davantage un terrain de coopération conflictuelle et de concurrence pour l'instant pacifique, il n'existe de jugement que par référence aux autres. Sans doute le tissu social français se déchire-t-il. La remontée du chômage, l'apparition dans les banlieues de quartiers interdits, l'essor de l'exclusion, la désertification des campagnes, la pression de l'insécurité, la peur de l'étranger : autant de réalités incontestables. Mais à regarder ailleurs, la France apparaît comme une oasis. Par rapport à une Angleterre qui se coupe en deux entre un Occident prospère réfugié dans la région de Londres et au Sud, et au Nord et au Centre, des régions en voie de tiers-mondisation : Roubaix est un havre de paix, comparé à Liverpool. Par rapport à une Italie que le clivage Nord/Sud, masqué un temps par le miracle de la croissance, peut conduire à la partition. Par rapport à une Espagne où le chômage atteint presque un quart de la population active et où s'opposent une Andalousie encore latifundiste et une Catalogne désireuse de s'accrocher à l'Europe la plus développée. Par rapport même à une Allemagne où les tensions entre Länder de l'Ouest et Länder de l'Est se perpétueront, une fois la réunification économique achevée et ce, indépendamment des pressions sur la société qu'induit la mitoyenneté immédiate avec l'ancienne Europe communiste. Par rapport à de petits pays comme la Belgique et l'Autriche, travaillés, la première par le séparatisme, la seconde par les effets indirects du maelström balkanique, et des désordres qui se manifesteront un jour en Europe centrale.

« Heureux, comme Dieu en France » : le vieux dicton ne semble guère adapté à un pays angoissé et en récession, qui cède par moments à une dépression nerveuse collective. Les autres, eux, le pensent et, sans doute, le ressentiront-ils encore davantage à l'avenir. Même notre vie politique devient parfois plus civilisée que celle de nos voisins, ce qui va à rebours de l'image que nous leur avons si longtemps donnée, de pratiquer une guerre civile froide. Les alternances se mènent dans un climat de civilités quasi britannique; les différences entre les partis de gouvernement se sont estompées, au point de laisser la place à un débat traditionnel entre le centre-gauche et le centre-droit; la politique étrangère bénéficie d'un consensus presque excessif; le « spoil system » ne connaît en rien la brutalité américaine. Les cohabitations auront poli nos institutions, de la même manière que le temps polit un meuble. En dehors même du jeu politique stricto sensu, les relations entre acteurs sociaux se sont normalisées, au point qu'une partie du patronat se lamente sur la faiblesse des syndicats. Les grèves ont presque disparu du panorama social et les minorités extrémistes se sont volatilisées. La montée de l'extrême droite ne suffit pas pour obscurcir ce tableau quasi idyllique. Nous ne sommes certes pas plus civilisés, ni sur le plan politique que les Britanniques, ni sur le plan social que les Allemands, mais toutes dimensions de la vie collective prises en compte, nous apparaissons désormais parmi les plus mûrs.

Atout, enfin, notre moindre exposition aux risques stratégiques. L'Europe est certes si étroite qu'un accident exerce des effets en chaîne sur le continent entier. Mais nous demeurons, toutes proportions gardées, mieux protégés. Vis-à-vis des aléas méditerranéens, nous sommes certes en première ligne : régimes intégristes à Alger ou Tunis, avec pour conséquence, chez nous, un flot de réfugiés; apparition, dans cette région, en Libye ou ailleurs, de lanceurs nucléaires susceptibles d'atteindre l'Europe; terrorisme islamique; instabilité chronique. Les pays latins sont dans la ligne de mire et première puissance latine, ancienne colonisatrice, la France au premier chef. Mais sur l'échelle de Richter des aléas, ceux-ci semblent moins menaçants qu'une onde de désordres en Europe. La bible des risques nous est connue : nous l'avons feuilletée. C'est l'Allemagne qui, chaque fois, semble la plus menacée. Nul conflit à ses portes, sans un surcroît d'immigration, la peur de la contagion, l'angoisse de devenir l'arrière-front des uns et des autres. Rien certes de ce qui peut arriver aux Allemands ne nous est étranger : par solidarité ou par intérêt. Mais ils constituent, de fait, un formidable rempart pour nous. Sauf un improbable conflit qui transformerait le territoire allemand en champ de bataille et nous impliquerait automatiquement, les autres aléas ne se répercuteraient qu'atténués par cet énorme amortisseur que constitue la République Fédérale.

Notre quiétude stratégique est, de surcroît, accentuée par notre sentiment d'impunité nucléaire. Trente ans de doctrine du sanctuaire national nous ont fait croire, du temps où il existait à l'Est une menace, que nous étions les seuls à l'abri. Cette impression de quiétude se perpétue aujourd'hui, dans un contexte qui a vu la menace s'effacer et les risques s'y substituer. Peut-être est-elle désormais illusoire : notre force nucléaire stratégique nous protège d'une Russie qui se voudrait belliqueuse, à l'instar de l'Union Soviétique et, cette fois-ci, à des fins de chantage économique. Nous aide-t-elle à nous défendre du terrorisme nucléaire en provenance du Sud ? En l'état actuel de notre panoplie, ce n'est guère évident. Nous permet-elle de peser efficacement sur les belligérants en Europe centrale ou les Balkans pour les ramener à la raison ? Rien n'est moins sûr. Notre bouclier nucléaire a perdu de son efficacité avec la disparition du monde de Yalta. Mais il continue néanmoins à exercer un effet sécurisant dont ne bénéficie aucun autre Européen : d'abord parce que détenir le feu nucléaire demeure une ultime assurance tous risques pour des circonstances, à ce jour, imprévisibles; ensuite parce que le statut de puissance atomique permet de jouer un rôle international disproportionné, y compris à des fins pacifiques; enfin parce que peu avertie du changement des règles du jeu, l'opinion en tire un sentiment accru de sécurité. Le danger inverse, de ce point de vue, nous menace; c'est-à-dire de céder à une telle illusion de tranquillité qu'elle nous conduirait à un réflexe d'indifférence ou d'isolement.

Celui-ci risque, de surcroît, de se nourrir d'une mémoire

historique très différente de celle des Allemands et des pays de l'Est. Étrange paradoxe pour un pays où les historiens sont rois, les commémorations innombrables, les références au passé si fréquentes : l'Histoire y est néanmoins plus légère qu'à l'est du Rhin. Quiconque parcourt le continent d'Ouest en Est découvre qu'au fil des kilomètres la mémoire devient plus lourde, voire plus obsédante : en Allemagne davantage qu'en France ; en Pologne ou en Hongrie davantage qu'en Allemagne. À Varsovie, le partage de la Pologne demeure un souvenir lancinant ; à Budapest le traité de Trianon ; à Prague la bataille de la Montagne Blanche et le rattachement de la Bohême à l'empire autrichien. L'histoire allemande est, à la limite, tellement complexe, tellement multiforme que les souvenirs s'annulent les uns les autres, les meilleurs contribuant à effacer les pires. Mais partout à partir de Strasbourg les réminiscences rôdent ; elles se manifestent dans les débats les plus quotidiens ; les élites et une grande partie de la population en sont pénétrées. En France, le souvenir est plus léger, voire plus volage. Témoignage de notre insigne privilège d'avoir fait l'Histoire davantage que de l'avoir subie, nous ne souffrons pas d'innombrables traumatismes. La guerre de 1918 ayant effacé la défaite de 1870, ne demeure finalement que Vichy. À l'échelle des chocs, des hontes, des humiliations qu'ont connus les autres, c'est une modeste croix à porter... De là, aussi, une moindre angoisse, un moindre sentiment que l'Histoire renaît avec tous ses maux. Ainsi, malgré leur désarroi actuel, les Français semblent moins marqués que les autres Européens par le désordre qui s'annonce, peut-être parce que protégés par leur gri-gri nucléaire et une conscience moins aiguë des drames passés, ils ne l'aperçoivent guère. Cela leur confère, à tort ou à raison, un privilège : par temps de grand vent, le sentiment de sécurité est un avantage hors du commun.

Certes, ce pays cartésien va souffrir d'un environnement qui fera une part de plus en plus faible au cartésianisme. Intellectuellement, idéologiquement, il aura du mal à s'habituer au nouvel état du monde. Peut-être ne se rendra-t-il pas compte qu'il devient un privilégié dans la partie qui s'annonce, et que la France dispose d'atouts sans équivalent pour elle depuis une très longue période. Vue de Paris, la France entre avec langueur dans le troisième millénaire ; vue d'ailleurs, c'est une oasis. Oasis de prospérité. Oasis de sécurité. Oasis d'équilibre. À nous de ne pas dilapider cet acquis et surtout de l'utiliser à des fins positives. Ne pas le dilapider, c'est essentiellement préserver notre État-nation : interdire tout démembrement, maintenir sa philosophie et sauvegarder son efficacité. De ce point de vue, sa paupérisation serait un drame. À l'époque où le monde était « aux arrêts » sous la surveillance des deux Grands et où le marché conquérait l'Occident entier, la question pouvait légitimement se poser d'une plus grande efficacité, avec un État réduit à la portion congrue : c'était affaire de productivité, ni plus ni moins.

Aujourd'hui, l'État-nation est redevenu un trop grand atout pour laisser ce qui en constitue l'épine dorsale, l'État, se déliter. Tous les pays finiront par tirer une telle conclusion à propos de l'impératif de défense et donc des dépenses militaires : on peut faire le pronostic, qu'une fois la récession terminée, elles repartiront partout de plus belle. Mais la chance française ne se limite pas à ce seul aspect militaire. Elle tient à un pouvoir régalien susceptible d'intervenir d'un bout à l'autre du pays, sans intercesseur, ni compromis. Elle s'identifie à un système de cohésion – école, Sécurité sociale, actions vis-à-vis des déshérités – qui, même s'il prend l'eau, demeure en état de fonctionnement. Elle se reconnaît à une philosophie de la citoyenneté qui a fait de la France le pays le plus unitaire d'Europe. Elle s'incarne, enfin, dans un système de valeurs qui continue à transformer la nation – en tout cas, mieux que les autres – en une communauté d'adhésion.

Mais au-delà de la volonté de préserver l'outil étatique, la France devrait utiliser cette position inattendue de privilégiée pour prendre des initiatives, les unes internes, les autres internationales. À elle de s'attaquer davantage encore que ne le feront les autres, au problème social du vingt et unième siècle, c'est-à-dire à la ville : la question urbaine pèsera en cette fin de siècle autant que la question ouvrière à son commencement. C'est tout l'enjeu de la reconquête, par l'État et la société institutionnelle, des zones grises qui les gangrènent le plus directement. À la différence de la question sociale dont l'évolution était influencée par un acteur, la classe ouvrière, les populations des banlieues n'en constitueront jamais un. Dès lors que nous rejetons à juste titre les communautés ethniques comme intercesseurs entre la puissance publique et les individus à aider, l'État doit être en première ligne. Il ne peut se défausser de cette crise sociale d'un nouveau type sur autrui, collectivités locales, associations, organismes caritatifs. C'est pourtant sa tentation, car habitué à traiter des populations spécifiques – les malades, les chômeurs, les handicapés, les mères au foyer... –, il est démuni face à des territoires à risques : il n'a ni l'expérience ni les instruments d'intervention.

Mais il n'y échappera pas : à défaut de repasser le mistigri à des conseils communautaires comme le fait une Grande-Bretagne qui traite ses ghettos ethniques sur le même mode qu'autrefois ses colonies, ou à des organisations mi-religieuses, mi-militantes, comme aux Pays-Bas, il devra prendre ces territoires à bras-le-corps. Peut-être même en dessinant, pour une période limitée, une structure de pouvoir exorbitante qui, appliquée à chaque zone grise, c'est-à-dire à chaque quartier, réunirait autour de lui les collectivités locales et les réseaux d'action sociale. Peut-être en unifiant, pour ces populations, tous les dispositifs d'intervention et de soutien en un seul, afin d'être en prise directe sur les intéressés, et donc en les prenant directement en charge. Peut-être en réunissant, pour une fois, sous une même autorité les services de répression – la police –, de prévention – l'action sociale –, l'éducation nationale et les autres acteurs publics, comme la poste. Il n'existe certainement aucune initiative miracle, mais toutes débouchent sur une même approche : un État qui s'attaque de son propre chef à ces zones grises. Le premier privilège d'un État-nation plus unitaire que les autres, c'est de se sentir capable de porter le fer contre les structures qui, progressivement, le dessaisissent.

Au nom du même devoir, la France est peut-être plus en état que d'autres de proposer une croisade internationale contre « Mafia Incorporated ». Elle a, en particulier, des territoires à protéger, voire à reconquérir. Pour qui se préoccupe de sécurité publique, c'est un combat autrement plus décisif que l'extension des contrôles d'identité. Il faudra demain une police financière internationale, dotée de moyens de contrôle sur les banques et les organismes financiers, avec pour relais les banques centrales nationales, elles-mêmes munies d'un arsenal juridique plus sévère. Retarder l'instauration d'un tel dispositif, c'est accepter de voir le marché financier à la merci d'un argent illégal de plus en plus envahissant. Quant aux pays rétifs vis-à-vis de ce dispositif, soit par incapacité technocratique, soit par complicité avec les trafiquants, ils devraient être interdits de lignes de crédits, au moins publiques et si possible privées. Qu'aucune grande puissance n'ait aujourd'hui proposé un tel schéma est affligeant ! L'inaction équivaut à une forme de complicité passive face à une gangrène qui risquera d'apparaître irréversible, le jour où les États commenceront à s'en préoccuper.

Certes, l'initiative pourrait venir de n'importe lequel des grands acteurs de la scène financière internationale. Mais la France qui s'est fait une spécialité de proposer des systèmes d'organisation mondiale, serait dans son rôle en avançant sur ce terrain. La force de son État, son processus de décision politique lui donnent, de ce point de vue, une souplesse sans équivalent. Ce n'est pas un mince attribut que de s'approprier, avant les autres, une capacité d'initiative. Il s'agit, en l'occurrence, de réinventer un pouvoir régalien : à propos des nouveaux enjeux qui relèvent d'une action de police ; et au seul niveau, où il ait un sens, en l'occurrence international. Le Fonds monétaire international policier financier ? À nous de le suggérer : pour une fois les Anglo-Saxons seront peut-être moins rétifs, qui voient dans tout encadrement des marchés un crime contre l'esprit. Au fond, seul un État-nation encore structuré peut se préoccuper de défendre son pré carré, de reconquérir les territoires qui lui échappent et d'entraîner ses alter ego dans une volonté d'organisation internationale, surtout quand elle s'accompagne d'intentions répressives.

La France avait, de longue date, dans le jeu international, deux avantages comparatifs : son statut de puissance nucléaire – même érodé, il demeure ; un droit à l'imagination politique, que personne ne lui contestait. Ni les Anglais trop pragmatiques pour céder au goût des idées générales. Ni les Américains longtemps tentés par l'exercice naturel de la toute-puissance. Ni les Allemands dont la moindre initiative serait perçue comme un premier signe d'arrogance. Ni l'Union Soviétique hier, suspecte, au moindre propos, d'impérialisme ; ni la Russie aujourd'hui, trop désorganisée pour réfléchir à froid sur les enjeux internationaux. C'est en occupant ce créneau que les Français ont inventé la construction communautaire, l'ont dominée et ont scandé le rythme de ses nombreuses renaissances. Ce serait folie que de tirer des perspectives de désordre à venir la conclusion qu'il ne faut désormais rien faire. S'enfouir, pour un pays, la tête dans le sable, c'est se condamner au pire : en l'occurrence à subir les événements. De notre part, ce serait encore plus absurde : l'étrange grâce que nous offre le nouveau Moyen Âge nous crée non seulement un droit mais une obligation, au minimum, de parole. Mieux protégés des ondes de choc que les autres Européens, sans être complètement à l'abri, davantage centrés sur nous-mêmes, plus stables, appuyés sur un État-nation que l'on nous enviera de plus en plus, nous devons lutter contre l'entropie de l'Histoire. Seuls, évidemment non ; mais en essayant d'entraîner les autres. Nous savons bien que le monde est en quête d'un minimum d'organisation et d'autorités.

Le passage pour l'Europe du rêve fédéraliste à l' « empire démocratique » : c'est un changement d'état d'esprit et une transformation institutionnelle. Si nous ne nous assignons pas cette mission, aucun de nos partenaires ne la prendra en charge. La volonté de stabiliser l'ouest du continent autour d'une alliance revivifiée entre Français et Allemands : inconcevable si l'initiative n'est pas de notre côté. Une réflexion anticipatrice sur les risques à venir et les moyens de les prévenir : notre mode d'être, plus cartésien, nous prédispose davantage à la suggérer, que nos alliés plus empiriques et plus convaincus que les crises se traitent à chaud et qu'il suffit, à ce moment-là, d'une dose d'intelligence et de sens tactique. Les réactions face aux crises brûlantes : plus sûrs de nous-mêmes, grâce oblige, nous devrions être moins empêtrés que les autres pour essayer de faire preuve de vista et de vivacité. L'acceptation plus généralement du monde tel qu'il vient : parce qu'il offre une rente inattendue aux États-nations unitaires et centralisés, nous pourrions, une fois convaincus de notre privilège, réagir avec davantage d'intérêt et d'allant que les autres. Les débats qui s'annoncent de plus en plus intenses, sur la citoyenneté et l'identité : au lieu de nous sentir isolés avec notre droit du sol face à la montée de l'ethnicité et de son corollaire, le droit du sang, nous devrions au contraire nous faire les prosélytes de notre système infiniment plus pacifique et réducteur de tensions que l'autre. La pression migratoire : parce que nous sommes, à rebours des préjugés, moins menacés, nous sommes les mieux placés pour proposer l'élaboration d'une règle du jeu internationale et un partage du fardeau. La montée de l'irrationnel et d'un nouvel extrémisme : puisque notre vieil État-nation nous offre de meilleures défenses, nous devons mener davantage encore que les autres le combat idéologique.

Sur chaque front, nous pouvons, parce que mieux protégés, être plus actifs. De la rente que nous offre en effet notre État-nation unitaire et centralisé, il existe deux usages possibles. Soit se calfeutrer sous son aile protectrice, se recroqueviller, tels les habitants du premier Moyen Âge à l'abri d'un donjon, ignorer au maximum ce qui se passe à l'extérieur, reprendre nos vieilles antiennes isolationnistes et protectionnistes. Soit se sentir plus forts dans la tourmente, y voir l'occasion d'être davantage présents au monde, se vouloir combatifs et innovateurs, essayer de peser sur le cours des choses. Ce ne sont pas deux tentations nouvelles pour la France : elle a toujours oscillé entre le réflexe villageois et l'universalisme, avec une double conception de l'État, bouclier dans le premier cas, glaive dans l'autre. Et d'une certaine manière, l'affrontement de Vichy et de Londres en a représenté le dernier épisode dramatique. Les quarante-cinq ans de développement économique et de congélation historique avaient pu faire croire que le débat avait été clos par la victoire de l'internationalisme : puisque nous avions confondu pendant cette période, international et Occident, et que nous avions cru les aspirations identitaires définitivement disparues.

Par un retour traditionnel de balancier, les premiers affres du nouveau Moyen Âge jouent en apparence au profit de ces dernières. Qu'exprimaient d'autre les presque 50 % de votes hostiles à Maastricht ? Longtemps sur la défensive, la tentation frileuse a retrouvé des couleurs : elle se croit la meilleure réponse aux événements qui s'annoncent. Et dans un premier temps, elle pourrait ne marquer que des points : déboussolés de voir disparaître leur modèle de référence, internationaliste et optimiste, les partisans de l'extraversion seront méfiants. S'ils s'accrochent à l'internationalisme du type de l'après-guerre, ils iront de défaite en défaite. Combien de temps leur faudra-t-il pour mener à son terme leur aggiornamento ? Quand abandonneront-ils les vieilles lunes empreintes d'une croyance au progrès éternel au profit d'une vision toujours extravertie mais plus réaliste ? Oseront-ils brûler le plus vite possible leurs icônes, afin de construire un autre internationalisme, marqué, cette fois-ci, au coin du pessimisme actif ? Accepteront-ils de faire le pari de la lucidité ? S'ils persistent dans leur vision du monde antérieure et s'acharnent à croire que nous vivons un bref moment d'adaptation et que l'ordre traditionnel reprendra le dessus, ils sont condamnés. Les frileux, les protectionnistes, les partisans version réactionnaire de l'État-nation, les angoissés, les xénophobes auront partie gagnée et la France fera la plus mauvaise utilisation possible des chances que le nouveau désordre mondial lui offre. Si, au contraire, ils sont capables de tirer profit de l'inattendu, s'ils adaptent leurs idées encore plus vite que le monde ne change, s'ils se dotent d'une boîte à outils conceptuels et de quelques principes bricolés, ils peuvent reprendre l'avantage et réussir à faire de ce qui paraissait le pire le meilleur usage.

Pour nous, le nouveau Moyen Âge se présente dans des termes assez positifs : les opportunités sont au moins aussi importantes que les risques. Pour la plupart des autres, le bilan est plus déséquilibré et les dangers plus nombreux que les chances. Nous n'aurions aucune excuse à nous tromper de voie. L'ampleur du basculement est tel qu'il va provoquer un long moment de désarroi. On ne sort pas impunément de plusieurs siècles vécus dans le culte du progrès et le sentiment d'un ordre possible. La tentation est grande, en première instance, de se croire condamnés à une régression et de la vivre dans l'angoisse, avec le même sentiment que nos prédécesseurs du premier Moyen Âge, convaincus d'une certaine façon que le ciel allait leur tomber sur la tête. De là les pulsions d'inquiétude, la séduction du fatalisme, les manifestations anxiogènes et le désarroi collectif.

Mais plus encore qu'à l'époque de l'ordre et du progrès, ce seront les premiers à prendre la mesure du phénomène qui s'en tireront le mieux : quand tout va bien ou du moins quand chacun croit que tout ira mieux, les différences se révèlent ténues entre ceux qui anticipent et ceux qui retardent : poussés par le vent, les seconds parviennent à ne pas être marginalisés. Avec pour toile de fond, le désordre, il est impossible d'imaginer la moindre épreuve de rattrapage : la lucidité devient vitale. Il n'existe, dès lors, d'autre mot d'ordre qu'anticiper, anticiper, anticiper. Avec les risques d'erreur inhérents à l'anticipation : « En voulant, on se trompe souvent. En ne voulant pas, on se trompe toujours », disait, pour une fois avec justesse, cet esprit faux de Romain

Rolland. Avec le danger de se trouver décalé par rapport à l'atmosphère dominante et donc réduit à l'impuissance. Avec la tentation, à l'inverse, de la solitude pessimiste et arrogante. Avec, surtout, la difficulté intellectuelle d'imaginer un monde moins rationnel en nous appuyant sur les seuls instruments que des siècles de rationalité nous ont légués. Avec, plus que tout, le problème presque insoluble d'essayer de penser, avec un minimum de certitude, l'incertitude.

Prendre cette position-là, l'anticipation, fût-ce à nos risques et périls, constitue la seule manière de passer d'un pessimisme existentiel à la seule forme de pessimisme qui, moralement, vaille, le pessimisme actif. Il s'agit, par rapport aux bonnes vieilles catégories de Max Weber, de prendre du même pied appui sur l'éthique de la conviction et sur l'éthique de la responsabilité. Sont-elles, à long terme, compatibles ? Ceci est une autre histoire...

DU MÊME AUTEUR

RAPPORT SUR L'INFORMATISATION DE LA SOCIÉTÉ, avec Simon Nora, la Documentation française, le Seuil, 1978.

L'APRÈS-CRISE EST COMMENCÉ, Gallimard, 1982.

L'AVENIR EN FACE, le Seuil, 1984.

LE SYNDROME FINLANDAIS, le Seuil, 1986.

LA MACHINE ÉGALITAIRE, Grasset, 1987.

LA GRANDE ILLUSION, Grasset, 1989.

L'ARGENT FOU, Grasset, 1990.

LA VENGEANCE DES NATIONS, Grasset, 1991.

FRANÇAIS, SI VOUS OSIEZ, Grasset, 1991.

LE MÉDIA-CHOC, Grasset, 1993.

Impression Société Nouvelle Firmin-Didot
le 16 janvier 1995.
Dépôt légal : janvier 1995.
Numéro d'imprimeur : 29264.
ISBN 2-07-032874-0/Imprimé en France

70805